Love me LORDLY

Freiherr-vom-Stein-Str. 23, 69517 Gorxheimertal
Buchcoverdesign: Katie Weber – unter Verwendung
von Bildmaterial von shutterstock.com
Korrektorat: Nathalie Kunze

Bestellung und Vertrieb:
Nova MD GmbH, Vachendorf

Druck: Sowa Sp. z o.o.
ul. Raszynska 13
05-500 Piaseczno, Polska

ISBN: 9783964432872

Prolog
Alice

Erleichtert atmete ich auf, als ich mich in den leeren Aufzug der Shoppingmeile von Fort Myers quetschte, bevor sich die Türen vor meinen Augen schließen und er ohne mich zum unteren Deck des Parkhauses fahren konnte.

Ich wollte nur nach Hause und mich unter eine kalte Dusche stellen, bevor ich ins Bett fallen und vermutlich augenblicklich einschlafen würde. Wieder einmal hatte ich eine 12-Stunden-Schicht hinter mir und das spürte ich jetzt in jedem einzelnen meiner Muskeln. Genauso wie die Müdigkeit, die sich nun, da ich endlich Feierabend hatte, qualvoll durch meine Knochen fraß.

Erschöpft lehnte ich mich mit dem Rücken gegen die Wand des engen Fahrstuhls und starrte in den verspiegelten Türen meinem fahlen, ausgelaugten Gesicht entgegen. Mein Blick wirkte leer, die Augen matt. Die dunklen Ringe darunter waren kaum zu übersehen, genauso wie die rissigen, trockenen Lippen, die sich nach mehr Pflege sehnten. Ähnlich wie meine strähnigen, spröden Haare, die mittlerweile aschblond statt einem gesunden Honigblond glichen, wie sie von Natur aus sein sollten.

Schulden hatten mich dahin gebracht, wo ich mich jetzt befand. Geldprobleme, die ich nicht zu bewältigen im Stande gewesen war und es vermutlich nie sein würde. Es war ein Teufelskreis, aus dem ich nicht ausbrechen konnte. Selbst wenn ich alles dafür tat, ich schaffte es nicht, das sich stetig weiter drehende Karussell zu verlassen und dem Unausweichlichen zu entspringen. Mein Leben schien die reinste Kapitulation des Schicksals, das mich gefangen hielt. Und momentan konnte ich absolut nichts dagegen tun, als zu arbeiten. Jeden Tag, jede Nacht. Immer dann, wenn ich gebraucht wurde und mir etwas dazuverdienen konnte. Jede freie Sekunde opferte ich dafür, nur um den nächsten Monat überleben zu können. Überleben in einer Welt, die so materiell und oberflächlich war, dass ich schlicht nicht in sie hineinpasste.

Erträumt hatte ich es mir einmal anders. Wie jedes kleine Mädchen wollte ich eines Tages in einem riesigen Märchenschloss leben – mit einem holden Prinzen an meiner Seite, der mich liebte und mich beschützte.

Die Realität sah allerdings anders aus. Und zu träumen hatte ich längst aufgegeben.

Geräuschvoll hielt der Aufzug im untersten Parkdeck mit einem Ruckeln, bevor sich die Spiegeltüren vor mir öffneten und damit die armselige Reflexion meiner Selbst und meiner Gedanken zerrissen.

Mühevoll schulterte ich die bleischwere Handtasche und ging zu meinem Wagen, den ich am frühen Morgen in der winzigen Parklücke mit der Nummer A24 abgestellt hatte, wie ich es jeden Tag tat. Nur beiläufig registrierte ich den feuerroten Luxuswagen neben meinem kleinen Polo und schenkte ihm keinerlei weitere Beachtung. Schließlich war das nichts Ungewöhnliches in dieser Gegend.

Vorsichtig und nur im Schneckentempo fuhr ich meinen Wagen in der Dunkelheit der Tiefgarage im Rückwärtsgang zur Hälfte aus der Parklücke, schlug das Lenkrad komplett ein und trat blitzschnell auf die Bremse, als mich plötzlich grelle Scheinwerfer im Rückspiegel blendeten.

Ich fluchte leise vor mich hin, als der Wagen direkt hinter meinem stehenblieb und mit augenausbrennenden Scheinwerfern darauf wartete, dass ich den Polo endlich aus der Parklücke bewegte, damit er sie sich schnappen konnte.

Mit vor Wut rasendem Herzen drehte ich das Lenkrad vollkommen geistesgegenwärtig in die andere Richtung und fuhr weiter zurück, als ich im nächsten Moment ein fürchterlich lautes Kratzgeräusch wahrnahm und erneut sofort auf die Bremse stieg.

Verdammte Scheiße! War das etwa ...?

Scharf sog ich die Luft ein, als ich erkannte, dass mein Wagen den sündhaft teuren Ferrari neben mir berührte. Ich hatte ihn geschrammt! Ausgerechnet diesen Luxusschlitten!

Mit weit aufgerissenen Augen saß ich tief in meinen Sitz gepresst und starrte vor mich hin. Was sollte ich jetzt bloß tun? Mein Kopf schien leergefegt. Das Einzige, was ich spürte, war die aufkeimende Panik, die unaufhaltsam in mir hochkroch und mich hart schlucken ließ.

Ein Unfall – das war es, was mir gerade noch gefehlt hatte. Nicht nur, dass ich keine Versicherung besaß, die mir aus der Patsche helfen konnte, ich hatte nicht das Geld, um die horrenden Reparaturkosten eines Luxusflitzers zahlen zu können.

Lautes Hupen hinter mir ließ mich aus meiner Starre schrecken. Binnen Sekunden fuhr ich den kleinen Polo völlig automatisiert, und ohne weiteren Schaden zu verursachen, aus der Parklücke und zur Seite, bevor ich zögernd und mit zittrigen Knien aus dem Wagen stieg.

»Das wird teuer werden«, hörte ich den Fahrer staunen, der sich in meine ehemalige Parklücke gestellt hatte und ebenfalls ausgestiegen war. Kurz sah er sich die schwarzen Lackstreifen an, die sich einige Zentimeter quer über das makellose Rot des Ferraris zogen, und blickte dann in meine Richtung. »Hoffentlich übernimmt das Ihre Versicherung.« Mit prüfendem Blick sah mir der Mann in die Augen, schüttelte verständnislos den Kopf und verschwand dann im Aufzug, aus dem ich erst vor Kurzem gestiegen war, während ich versteinert vor dem Ferrari stand und zu begreifen versuchte, was gerade passiert war.

Mein Leben war das reinste Chaos. Das war es schon immer. Doch das, was das Schicksal diesmal mit mir trieb, war unfair und für mich nicht zu bewältigen. Wie konnte ein Mensch nur so viel Pech haben?

Ich war müde. Und diese Müdigkeit hatte nichts mit Schlafmangel zu tun. Die Leere, die mich in diesem Moment durchzog, ließ mich wie ein nasser Sack zu Boden sinken und meine Augen schließen.

Ich brauchte nicht lange, um in Gedanken meine Möglichkeiten durchzugehen, denn ich hatte im Grunde absolut keine andere Wahl. Auch wenn dieser Schaden an dem Ferrari vermutlich meinen kompletten Ruin bedeutete, so konnte ich nicht davonfahren und flüchten. Nicht nur, weil mein Gewissen das niemals zulassen würde. Ich wusste, dass es mindestens einen Zeugen dafür gab, der das alles genau beobachtet hatte. Eine Anzeige wäre letztendlich nicht nur mein Ruin, sondern mein Tod. Ich könnte mich niemals mehr davon erholen, von den Gerichtskosten, die ich dann zusätzlich zu tragen hätte – denn, dass ich diesen Prozess verlieren würde, war ein unabweisbarer Fakt – mal ganz abgesehen.

Blind griff ich in meiner Handtasche, die ich neben mich auf den Boden hatte fallen lassen, nach Notizblock und Kugelschreiber und öffnete endlich wieder die Augen.

Mit rasenden Herzklopfen, schwitzigen und gleichzeitig eiskalten Fingern notierte ich mir das Kennzeichen des Ferraris und schrieb auf einen weiteren Zettel meine Kontaktdaten. Ich gestand dem Besitzer des roten Luxuswagens meine Schuld und erhob mich mit allerletzter Kraft vom Boden des Parkhauses.

Mit zittrigen Händen schob ich den Zettel an die Windschutzscheibe, klemmte ihn an den Scheibenwischer und hoffte, der

Besitzer würde ihn bemerken und sich bald bei mir melden, damit wir uns irgendwie einigen konnten.

Ich wusste, ich hatte keine Chance, den Schaden zu begleichen. Dennoch betete ich dafür, dass es irgendetwas gab, was ich tun konnte, um den Besitzer zu beschwichtigen oder ihn ein wenig zu vertrösten. Vielleicht würde er sogar in eine Ratenzahlung einwilligen? Ich hoffte auf ein Wunder, auch wenn ich mir sicher war, dass ich dieses nicht verdiente.

Ruhelos stieg ich zurück in meinen Wagen und versuchte mich zu beruhigen.

Es half nichts.

Denn das Gefühl, verfolgt zu werden, war zu präsent und gegenwärtig – verfolgt von meinem eigenen Schicksal und seinen Konsequenzen.

1

Alice

»Das macht zwölf Dollar, bitte.« Die sanfte Stimme der Kassiererin riss mich aus meiner Starre und den kreisenden Gedanken um den Ferrari, den ich vor einigen Tagen geschrammt hatte. Bis heute hatte sich niemand bei mir gemeldet und ich wusste nicht, woran das lag. Hatte der Besitzer meinen Zettel nicht bekommen? Hatte ihn jemand entfernt? Oder scherte sich dieser Mensch nicht um ein paar Kratzer in seinem Flitzer, da er genug Geld besaß, um sich einen Neuen zu kaufen? Was auch immer der Grund dafür war, es ließ mir seit Tagen keine Ruhe. Meinem Gewissen schon gar nicht.

Seufzend suchte ich mein letztes Bargeld zusammen, das ich besaß, und zahlte die Lebensmittel, die ich eingekauft hatte. Der Monat war noch nicht rum und langsam kam ich zu einem Engpass, was meine finanzielle Lage betraf. Nach Abzug der Miete, den dutzenden Ratenzahlungen, die ich zur Tilgung der Schulden tätigte, blieb mir selten genug Geld für Nahrungsmittel und andere Dinge. Längst ernährte ich mich nur noch von Brot, Nudeln und Reis. Für ein bisschen Fleisch oder gar Fisch fehlte mir das nötige Kleingeld.

»Danke und noch einen schönen Tag«, sagte ich zur Kassiererin und lächelte tapfer, als sie mir einen sorgenvollen Blick zuwarf.

Schnell räumte ich meine Lebensmittel in eine Papiertüte, nahm sie in beide Hände und verließ den kleinen Laden, um die Sachen nach Hause zu fahren. Doch als ich draußen stand und verzweifelt mit einer Hand versuchte, nach dem Autoschlüssel in meiner Hosentasche zu suchen, begann es plötzlich in Strömen zu regnen. Ohne jegliche Vorwarnung oder Vorankündigung und innerhalb weniger Sekunden.

Typisch Florida! Wenn es hier mal regnete, dann zumindest heftig und schnell.

Seufzend fluchte ich laut auf. Und gerade als ich den Schlüssel mit zwei Fingern zu fassen bekam, ohne die Papiertüte mit meinem Einkauf fallen zu lassen, klingelte plötzlich mein Handy.

Ich wusste, ich musste rangehen und das sofort. Denn ich rechnete jeden Moment, jeden Tag und schlichtweg immer damit, dass mich meine Chefin anrief und zur Arbeit orderte, was ich keinesfalls verpassen oder absagen durfte. Ich brauchte die Überstunden, brauchte das Geld dringend, also ließ ich den Schlüssel in der Hosentasche und fischte stattdessen nach dem Handy, das in meiner Jackentasche steckte.

Über mir brach die Hölle zusammen und der Regen wurde immer stärker, was ich mühsam ignorierte. Immerhin war es nur Wasser und ich war es längst gewohnt, in den unpassendsten Momenten nass zu werden.

Blinzelnd kämpften meine Augen gegen die dicken Regentropfen an, als ich versuchte, den Anrufer zu identifizieren, doch mein Handy schien die Nummer nicht zu kennen. Vorsichtig balancierte ich die Papiertüte auf den linken Arm, damit meine rechte Hand frei wurde, und nahm den Anruf schließlich entgegen.

»Hallo?«, meldete ich mich, als es über mir zu Donnern begann.

Stille am anderen Ende. Nichts als das Rauschen des Regens war zu hören, weshalb ich es noch einmal versuchte. »Ist da jemand? Ich kann Sie leider nicht verstehen«, redete ich automatisch etwas lauter, als es erneut über mir donnerte.

»Spreche ich mit Alice? Alice Hollister?«, durchfuhr mich die geheimnisvolle, männliche Stimme wie ein Blitz. Die angenehmen Vibrationen strömten durch meinen Körper wie Elektrizität und ich fragte mich, wem sie wohl gehörte.

»Ganz genau, ich bin Alice«, bestätigte ich zögerlich und wurde innerlich nervös. »Mit wem spreche ich denn?«

Wieder sekundenlang nur Stille und das Rauschen des Regens über mir. Bis ich ein tiefes Räuspern hörte. »Sie haben meinen Wagen vor einigen Tagen beschädigt«, kam die Erklärung trocken und abgeklärt. Beinahe so, als ob es ihn tatsächlich kaum kümmerte, dass sein Ferrari zerkratzt wurde.

Ich war erleichtert, dass sich der Besitzer endlich bei mir meldete und gleichzeitig stieg Angst und Panik in mir auf, denn dieser Mann klang so gar nicht interessiert daran, mir und meinen Geldproblemen entgegenzukommen. Ganz im Gegenteil sogar. Er schien nicht nur desinteressiert, sondern ziemlich direkt und auf eine mir bisher unbekannte Weise unhöflich. Nicht einmal anständig begrüßt hatte er mich am Telefon.

»Ich bin froh, dass Sie sich bei mir melden«, sagte ich nach einer kurzen Pause der Irritation und seufzte. »Ich dachte schon, der Zettel wäre ...«

»Bei welcher Versicherung sind Sie und wieso haben Sie die nicht kontaktiert? Dann wäre mir dieser Anruf zumindest erspart geblieben«, unterbrach er mich kühl, wirkte dabei eher genervt als verärgert.

Verunsicherung machte sich in mir breit. »Ehrlich gesagt«, presste ich gequält hervor und schloss instinktiv die Augen, »Ich habe leider keine Versicherung.«

Erneut kehrte eine angespannte Stille am anderen Ende ein und ich schluckte hart, während der Regen meine Wangen entlang lief, als wären es Bäche von Tränen.

»Wie wollen Sie den Schaden begleichen, wenn Sie nicht versichert sind?« Seine eindringliche, dunkle Stimme ließ mich zusammenzucken.

»Ich dachte, wir könnten ...«

»Haben Sie eine Ahnung, wie viel die Reparatur kosten wird?«, unterbrach er mich bereits zum zweiten Mal. Harsch und kalt. Seine Stimme triefte vor Desinteresse und Langeweile und es schien mir unbegreiflich, wieso.

»Nein«, krächzte ich verzweifelt und hievte die Papiertüte mit dem Einkauf auf die Motorhaube meines Polos. Mein Arm konnte dem Gewicht nicht mehr standhalten und so saugte sich die Tüte nun auch von unten voll Wasser. »Wissen Sie, ich dachte, ich könnte den Schaden vielleicht anders abbezahlen«, beeilte ich mich zu erklären, bevor er mich erneut unterbrechen konnte.

Zum wiederholten Male schwieg er und es kam nichts als Stille vom anderen Ende. Ich nutzte die Gelegenheit, um schnell nach dem Schlüssel zu greifen und meinen Wagen aufzuschließen. Vorsichtig schaffte ich den Einkauf samt nasser Papiertüte auf die Rückbank, ehe ich mich ebenso nass und frierend auf den Fahrersitz fallen ließ, das Handy noch immer an meinem Ohr.

»Ich schicke Ihnen gleich eine Adresse zu. Kommen Sie in einer Stunde dort hin.«

Verwirrt runzelte ich die Stirn. »Wo hin?«

Mein Blick fiel prüfend auf meine Armbanduhr. Bot er mir etwa gerade tatsächlich an, sich mit mir persönlich zu treffen, um eine Lösung für mein Problem zu finden? Das konnte unmöglich sein! So viel Glück verdiente ich nicht. Doch vielleicht ahnte er längst, dass ich arm wie eine Kirchenmaus war, es bei mir also nichts zu holen gab und das seine einzige Chance auf Gerechtigkeit war.

»Ich habe jetzt keine Zeit, die Einzelheiten am Telefon zu klären. Ich muss zu einem Meeting. Kommen Sie einfach zum Treffpunkt. Sie hören von mir.«

Verunsichert und vollkommen durcheinander starrte ich in den Regen, als ich ein Tuten am anderen Ende wahrnahm. Er hatte aufgelegt, ohne auf eine Antwort von mir zu warten oder sich zu verabschieden.

Was war das nur für ein seltsamer Mensch? Und wieso ging er fest davon aus, dass ich kommen würde? Immerhin kannte ich ihn nicht und wusste nicht, ob er irgendein gefährlicher Spinner war. Nicht einmal seinen Namen hatte er mir genannt.

Irritiert lehnte ich meinen Kopf ans Lenkrad und schloss kurz die Augen. In was für einen Mist hatte ich mich da wieder hineinmanövriert?

Praktisch gesehen hatte ich keine andere Wahl, als seiner Aufforderung nachzukommen. Schließlich hatte er all meine Kontaktdaten und wenn er wollte, würde er doch zur Polizei gehen und mich anzeigen lassen. Auch wenn ich ihm das seltsamerweise nicht zutraute, so wusste ich, die Chance bestand und da ich ihm bereits angeboten hatte, den Schaden seines Wagens anders zu begleichen, musste ich mich mit ihm treffen.

Gerade als ich die Augen wieder öffnete und es draußen mit einem lauten Knall donnerte, leuchtete mein Handy auf und ich erkannte eine neue Nachricht derselben unbekannten Nummer wie beim Telefonat zuvor.

Nervös öffnete ich sie und las mir die Adresse durch, die ohne jede weitere Information geschickt wurde. Ich wusste also nicht, ob ich zu seiner Arbeit, seinem Büro, irgendeinem Café oder gar seinem Haus zitiert wurde, geschweige denn, um wen es sich bei dem Besitzer des feuerroten Ferraris handelte. Alleine die Adresse sagte einiges über den Menschen dahinter aus – denn diese lag etwa vierzig Meilen außerhalb von Fort Myers, direkt am Meer in der Nähe von Naples am mexikanischen Golf, einer der nobelsten Orte dieser Gegend.

Die Zeit ließ es nicht zu, dass ich nach Hause fuhr, um mich frischzumachen, abzutrocknen und mich umzuziehen, also fuhr ich direkt vom kleinen Parkplatz des Ladens, in dem ich zuvor eingekauft hatte, zu der mir genannten Adresse, ohne zu ahnen oder zu wissen, was mich dort erwartete.

Hart schluckte ich den Kloß in meinem Hals hinunter, als ich in die richtige Straße einbog. Sie lag tatsächlich direkt am Meer, der Strand unmittelbar hinter den riesigen Villen, die mich schrecklich einschüchterten. Doch was hatte ich auch anderes erwartet von einem Mann, der einen Ferrari fuhr?

Langsam dämmerte mir, dass es sich um ein privates Anwesen handeln musste, zu dem mich das Navigationssystem auf meinem Handy führte. Nichts in dieser Straße wies darauf hin, dass sich hier öffentliche oder gewerbliche Gebäude befanden, also hielt ich meinen Wagen unweit der mir genannten Adresse und schaute mich verunsichert um.

Angst packte mich, als mir erneut bewusst wurde, in welche Gefahr ich mich begeben könnte. Niemand wusste, dass ich hier war, niemand würde nach mir suchen, wenn mir etwas passierte. Ich war allein auf mich gestellt und hatte keine andere Wahl, als das Risiko einzugehen.

Prüfend warf ich einen Blick in den Rückspiegel und betrachtete mein leichenblasses

Gesicht. Ich sah aus, als hätte ich ein Gespenst gesehen. Meine grünen Augen wirkten müde und ängstlich. Die Haare, triefend nass vom Regen, klebten mir auf Stirn und Wangen. Leicht befeuchtete ich meine trockenen Lippen, damit sie nicht ganz so glanzlos und rissig aussahen, wie sie sich anfühlten.

Tief atmete ich ein paar Mal ein und wieder aus, bevor ich nervös aus dem Wagen stieg und an mir herunterschaute. Meine helle Bluse schien stark durchnässt und ließ meine schwarze Unterwäsche unweigerlich durchschimmern.

Shit!

Ich wünschte, ich hätte mir heute Morgen etwas anderes angezogen, etwas, das nach mehr Qualität aussah und vor allem nicht direkt durchsichtig wurde, sobald es mit Wasser in Berührung kam. Meine Jeans sah ebenso erbärmlich und nass aus, was mich enttäuscht seufzen ließ.

Das Glück war auch heute nicht auf meiner Seite. Weshalb machte ich mir also überhaupt die Mühe, diesem Mann irgendeinen Deal vorzuschlagen? Wieso ergab ich mich nicht meinem Schicksal und fuhr wieder zurück nach Hause? Sollte er mich eben anzeigen. Wäre das denn so viel schlimmer, als diese Demütigung, der ich mich ihm gegenüber gleich hingeben würde?

Ich war mir unsicher, was ich tun sollte. Jemand der so viel Geld besaß, dass er hier problemlos leben konnte, dem konnte meine Notsituation doch vollkommen egal sein. Weshalb nahm er sich extra die Zeit, um mich anzuhören? Offenbar schien er vielbeschäftigt. Und sein Desinteresse am Telefon zeigte mir, dass es ihm egal war, ob und wer den Schaden seines Wagens zahlte.

»Sind Sie Alice Hollister?«

Eine Stimme hinter mir ließ mich zusammenzucken. Erschrocken drehte ich mich um und stand einer alten Dame gegenüber, die mich prüfend musterte. Sogar *ihre* Blicke weckten Unbehagen in mir, wie sollte das erst werden, wenn ich dem Mann gegenüberstand, dessen Luxusschlitten ich geschrammt hatte?

Stumm und voller Angst nickte ich, als mein Blick auf den großen Korb fiel, den sie in ihren Händen trug. »Kann ich Ihnen damit vielleicht helfen?«, bot ich ihr ohne weiter darüber nachzudenken an.

»Danke, das wäre wirklich sehr lieb von Ihnen«, erwiderte die alte Dame und lächelte überrascht.

Vorsichtig nahm ich ihr den Korb ab und erhaschte einen kurzen, prüfenden Blick auf den Inhalt. Frisches Obst, dazu ein paar Säfte, Gemüse und drei Flaschen Wodka. Ich hob eine Augenbraue. Vermutlich handelte es sich bei der Frau um die Haushälterin des Luxuswagen-Besitzers, auch wenn ich es seltsam fand, dass sie für ihn Alkohol kaufte. Für seine Mutter schien sie allerdings zu alt. Denn wider meiner Erwartungen klang der Mann am Telefon deutlich jünger, als ich ihn mir zuvor vorgestellt hatte.

»Folgen Sie mir bitte«, sagte die Dame, während wir uns einem der riesigen Grundstücke am Strand näherten und zunächst vor einem großen Eisentor stehenblieben. »Er wartet schon auf Sie«, murmelte die Frau, während sie einen dicken Schlüsselbund aus ihrer Tasche zog und das Tor vor uns öffnete. »Kommen Sie, nicht so schüchtern.« Ein Lächeln umspielte ihre Lippen, das ich nicht deuten konnte, als ich das Grundstück betrat.

Ein perfekt gepflegter Vorgarten befand sich vor uns, die Grundstücksmauern umgeben von großen Palmen, die das Anwesen freundlich und warm erscheinen ließen. Am hinteren Ende erkannte ich ein separates Gebäude, konnte es allerdings nicht zuordnen, hatte ich so etwas zuvor doch noch nie gesehen.

»Das ist der Fuhrpark«, erläuterte die alte Dame neben mir, als sie meinen musternden Blick bemerkte.

»Fuhrpark?!«, entwich es meinen Lippen ungläubig. Bedeutete das, dieser Mann besaß mehr als einen dieser Luxusschlitten? Schien er aus diesem Grund nicht interessiert daran, seinen Ferrari reparieren zu lassen?

»Und das da hinten, das ist das Poolhaus«, erzählte die Frau unbeirrt und deutete auf ein kleineres, aber ebenso schönes Gebäude, das wiederum an das Haupthaus, das eher wie eine altmoderne Villa aussah, anschloss. Zwar fragte ich mich, weshalb man ein Poolhaus benötige, geschweige denn einen Pool, wenn man ohnehin den

Ozean vor der Nase hatte, doch so war das bei den gutbetuchten Leuten in dieser Gegend scheinbar.

Das ganze Anwesen wirkte mehr als nur einschüchternd. Es war wunderschön und die Lage direkt am langen, weißen Strand, mit dem endlosen Ozean davor, war schlicht perfekt. Es erinnerte mich unweigerlich an das Traumhaus, von dem ich als kleines Mädchen immer geträumt hatte.

»Ich gehe sofort nachsehen, ob er Sie empfangen kann. Schauen Sie sich ruhig ein wenig hier unten um«, bat mich die alte Dame ins Haus, nachdem sie die beeindruckend große Haustür aufgeschlossen hatte.

Ehrfürchtig öffnete sich mein Mund, als ich ins Innere des Hauses eintrat und die stilvolle Einrichtung und Dekoration bewunderte.

Noch ehe ich bemerkte, dass ich mittlerweile völlig alleine in dem großen Eingangsbereich dieses Hauses stand, war die kleine Dame in einem der vielen Zimmer verschwunden und mein Herz begann dynamisch gegen meine Brust zu hämmern.

Unsicher biss ich mir auf die Unterlippe und versuchte einige Minuten lang einen Hinweis darauf zu finden, bei wem ich hier eigentlich gerade zu Gast war. Doch nichts von all dem, was sich hier befand, schien mir Aufschluss darüber geben zu wollen.

Nervös strich ich mir die durchnässte, durchsichtige Bluse zurecht, fuhr mir mit kalten Fingern durch die nassen Strähnen meiner aschblonden Haare und schluckte hart, als ich Schritte im Nebenzimmer hörte.

2
Kian

Wütend biss ich die Zähne zusammen und drückte das Smartphone in meiner Hand so fest, dass ich es beinahe zerquetschte. Wäre Sophia nicht ausgerechnet in diesem Moment reingekommen, hätte ich das verdammte Ding wahrscheinlich gegen die beschissene Wand geknallt, bis es in tausend Einzelteile zersprungen wäre.

»Mach nicht so ein angespanntes Gesicht, Junge. Davon bekommst du Falten.« Sophia, meine Haushälterin und frühere Nanny, lächelte besänftigend. Dabei hatte sie nicht die leiseste Ahnung, in welchen Schwierigkeiten ich diesmal steckte.

Zuerst die Sache mit dem verfickten Ferrari meines Stiefvaters, jetzt auch noch sein scheiß Ultimatum. Und als wäre das nicht genug, war da auch noch diese Kleine, die offensichtlich weder das Geld noch eine Versicherung besaß, um das Ausbessern des dämlichen Lackschadens zu bezahlen.

Nicht, dass ich darauf angewiesen wäre. Der Wagen war schließlich ohnehin bereits in der Werkstatt. Trotzdem hatte ich gehofft, den Mist nicht aus eigener Tasche blechen zu müssen. Zumal es für den Arsch war! Richmond würde der ausgebesserte Lack an seinem Liebling sowieso früher oder später auffallen und damit würde rauskommen, dass ich die Karre in der Stadt spazieren gefahren hatte, obwohl er es hasste, wenn ich das tat.

»War das dein Stiefvater eben am Telefon?« Sophia räumte ein paar leere Flaschen und Gläser von meinem Tisch, die von letzter Nacht herumstanden und mich an heiße, lange Beine und viel zu süßes Parfüm erinnerten.

»Der Teufel persönlich«, knurrte ich mit angespanntem Kiefer und starrte nachdenklich durch die verglaste Front nach draußen auf das weite Meer, das vor mir lag. Ich hatte keine Ahnung, was ich jetzt tun und ob ich überhaupt auf die Drohung von ihm reagieren sollte. Wer wusste schon, zu was er alles in der Lage war, wenn ich seinen Forderungen nicht nachkam? Wahrscheinlich würde er mir alles nehmen. Denn so war er eben. Ein dämliches, reiches Arschloch, das zu viel Macht für so wenig Hirn besaß.

Mit zusammengebissen Zähnen drehte ich mich um und starrte zu meiner Haushälterin, die mich mit besorgtem Blick musterte.

»Hat er gesagt, wann er wieder hier sein wird?«, fragte Sophia vorsichtig, während sie die Sitzflächen der Ledercouch abwischte. Sie wusste allzu genau, was sich gestern Nacht darauf abgespielt hatte. Schließlich hing der grässlich neongelbe String noch immer über der Armlehne.

Unweigerlich verzog ich das Gesicht, als ich das Teil musterte. Wusste der Teufel, wieso sich Frauen heutzutage Dessous in Neonfarben kauften. Wir lebten nicht in den 80ern. Was sollte der Scheiß also? Wo waren bloß all die Frauen geblieben, die

Stil und Klasse besaßen? Gab es die in Florida überhaupt noch?!

Ich schüttelte meine Gedanken ab und sah wieder zu Sophia. »Er kommt in etwa zwei Wochen zurück«, sagte ich und schob mir die geballten Fäuste in die viel zu engen Taschen meiner verhassten Anzughose, in der mein Schwanz nie genug Platz zu haben schien. »Er will, dass ich mich bis dahin zusammengerissen und mein Leben geordnet habe.«

Sophia hörte abrupt auf, das Leder der Couch zu schrubben, und starrte fassungslos zu mir rüber.

»Keine Eskapaden mehr. Keine Partys, kein Alkohol, und ganz besonders keine leichtbekleideten, schon gar keine bezahlten, Mädchen.« Ich lächelte verbittert. »Er sagt, ich soll endlich erwachsen werden, Verantwortung übernehmen. Ein braver Sohn sein. Sonst würde er mich nicht an der scheiß Firma beteiligen können, für die ich mir den Arsch aufgerissen hatte.«

»Das kann er doch nicht tun!«

Ich lachte bitter auf. »Er kann und er wird, wenn es sein muss. Denn so, wie ich jetzt bin, bin ich ihm zu unberechenbar.

Wenn ich in zwei Wochen nicht zu einem seiner Roboter geworden bin, nimmt er mir alles weg und schmeißt mich raus.«

Sophia sah mich mit offenem Mund an und schüttelte protestierend den Kopf. »Das kann ich mir nicht vorstellen, Kian. Deine Mutter wird das nicht zulassen, hörst du?«

»Wird sie nicht?«, fragte ich und hob beide Augenbrauen. »Ich bin ihr doch schon lange egal. Und wenn er mich nicht beteiligt und mich aus der Firma wirft, habe ich nichts mehr. Er wird mir alles nehmen, meine Konten und Kreditkarten sperren lassen und mich rausschmeißen. Du weißt, wie er ist. Geld ist alles, das zählt.«

Wie sich meine Mutter damals in diesen Wichser verlieben konnte, war mir bis heute ein Rätsel. Er hatte sie nicht nur verarscht, er hatte sie vollkommen geblendet. So sehr, dass sie mittlerweile nicht einmal mehr Realität von Wahnsinn unterscheiden konnte. Sie lebte in einer anderen Welt, seitdem sie mit ihm zusammen war – in einem verstrahlten Paralleluniversum, in dem alles, was Rich sagte, Gesetz war. In ihren Augen war er ein gottverdammter Heiliger, statt der Typ, der sie kleinhielt und sie in tiefe Depressionen stürzte. Ich hingegen als ihr Sohn ... Ich existierte für sie gar nicht mehr.

»Ganz egal, was passiert, ich werde dich nicht gehenlassen, hörst du, Junge? Du gehörst hierher, zu uns«, hörte ich Sophia entschlossen sagen, als sie auf mich zukam und mich plötzlich in ihre Arme zog.

Ich schmunzelte und hauchte ihr einen Kuss auf das leicht ergraute Haar. »Du bist die einzige Familie, die ich habe.«

Sophia war an meiner Seite, seitdem ich neun war. Nachdem meine Mutter mit mir zusammen aus Kanada nach Florida abgehauen war und sie kurz darauf Rich kennenlernte, kümmerte sich Sophia um mich. Meine Mutter brachte es nicht zustande, alleine mit mir fertig zu werden. Schon gar nicht, als ich irgendwann in die Pubertät kam und in der Schule nur Ärger machte. Sophia war deswegen unentbehrlich für meine Mutter geworden. Und mittlerweile war sie das auch für mich.

»Ist die Kleine schon da, die ich vorhin angerufen habe?«, fragte ich, als sie sich von mir löste und die letzten Überreste von gestern Nacht beseitigte.

»Du meinst, Alice Hollister?« Sophia lächelte geheimnisvoll. »Sie ist gerade angekommen. Deswegen wollte ich noch schnell hier drin etwas saubermachen. Nicht, dass sie noch denkt, du wärst Alkoholiker.« Mit tadelndem Blick hob sie die beiden leeren Flaschen Gin vom Boden auf und warf sie zusammen mit dem neongelben String mitsamt ihrer zum Putzen benutzten Latexhandschuhe in den Mülleimer.

»Bin ich das denn nicht?«, fragte ich amüsiert grinsend, »Ein Alkoholiker, meine ich.«

Sophia seufzte schwer und schüttelte den Kopf. »So weit würde ich es niemals kommen lassen, Junge.« Vorwurfsvoll sah sie mich an, bevor sie mit strenger Miene mein Outfit prüfte. »Du solltest dir dein Hemd wieder ordentlich in die Hose schieben, Kian. Begrüße das Mädchen anständig. Das hat sie verdient.«

Hellhörig hob ich erneut beide Augenbrauen und starrte meine Haushälterin überrascht an. »Mädchen?«

Sophia nickte. »Na, ich schätze, sie ist ein paar Jahre jünger als du.«

»Um Himmels willen!«, knurrte ich, »Hatte sie überhaupt einen gültigen Führerschein oder hatte sie die Karre ihrer Eltern geklaut, als sie den scheiß Ferrari geschrottet hatte?«

»Es waren nur Kratzer, Junge. Mehr nicht«, bemerkte Sophia spitz und sah mich warnend an. Sie war die einzige Frau, der ich so etwas durchgehen ließ.

Seufzend kapitulierte ich. »Sie ist also nicht minderjährig und ich mache mich hier nicht mit irgendetwas strafbar?« Ein dreckiges Grinsen schlich sich auf meine Lippen, ohne, dass ich es vermeiden konnte. Ich wusste, ich konnte Sophia damit ärgern – die Masche zog bisher immer.

Diesmal offensichtlich nicht. »Solange du deine Hände und Zunge bei dir behältst, wäre das auch bei einer Minderjährigen kein Problem«, konterte sie weder verärgert noch gereizt. Stattdessen erwiderte sie mein Grinsen keck und zuckte mit den Schultern. Ich wette, das hatte sie von mir.

Provokant hob ich dennoch meine Hände und grinste eine Spur breiter. »Zu schade!

Dabei bin ich doch so talentiert mit diesen Werkzeugen.«

Sophia verdrehte die Augen und schüttelte abermals den Kopf. »Bleib anständig, Kian. Sie scheint ein liebes Mädchen.«

Liebes Mädchen? Scheiße, waren wir hier in Disneyworld?!

»Super«, schnaubte ich und setzte mir ein falsches Lächeln auf. »Das sind ja beste Aussichten!«

Sophia grinste. »Oh, die wirst du tatsächlich gleich haben, Casanova!«

Was auch immer sie mir damit sagen wollte, sie hatte es zumindest geschafft, mich neugierig zu machen. »Lass Cheryl die Kleine reinschicken.«

3
Alice

Eine junge, sehr hübsche Brünette öffnete die Tür und musterte mich mit einem amüsierten, überheblichen Lächeln. »Mr. Paxton wartet auf Sie.«

Paxton also.

Auch wenn ich endlich den Namen des Mannes kannte, dessen Wagen ich vor einigen Tagen schrammte, schien die Tatsache plötzlich eher nebensächlich für mich. Denn es war die junge Frau, die ich als seine Assistentin vermutete, die meine Aufmerksamkeit erregte.

Die Art, wie die Brünette mich ansah, sagte mir, dass sie nicht nur seine Assistentin war – oder zumindest mehr als das sein wollte. Ihr Blick glitt mehrmals an mir auf und ab, prüfend und abschätzend. Doch ihr aufgelegtes, spöttisches Lächeln ließ mich längst erahnen, was sie über mich dachte. Und das lag nicht nur an meinen Kleidern oder deren Stil. Meine Haare waren nicht annähernd so glänzend und schön wie ihre. Genauso wenig wie meine Figur, die ihrer nicht im Geringsten glich.

Automatisch straffte ich die Schultern, damit ich größer und mein Dekolletee praller wirkte. Ich hatte noch nie Modelmaße besessen, wollte diese allerdings auch nicht. Ich war zufrieden mit meinem Körper, auch wenn er keiner Size Zero entsprach, wie der von der Brünetten vor mir. Dennoch schüchterten mich ihre Blicke ein, auch wenn ich es ihr gegenüber nicht zeigen wollte.

»Kommen Sie.« Ein gespielt freundliches Lächeln saß auf den tiefroten Lippen der Brünetten, als sie eine der vielen Türen einen Spalt breit öffnete und mir den Blick in das Zimmer hinter ihr ebnete.

Ein großer Raum, dunkel und mit viel Holz geschmückt, tauchte vor mir auf. Wandgroße Regale voller Bücher an den Seiten links und rechts, ein gigantischer

Tisch mit einem pechschwarzen Ledersessel dahinter, der mich wissen ließ, dass ich hier mitten in seinem privaten Arbeitszimmer stehen musste. Die gesamte Front vor mir schien komplett verglast, keine dicke, graue Betonwand, die mir die Sicht auf das raubte, was sich dahinter verbarg – der blaue Atlantik in all seiner Pracht.

Ich konnte nicht vermeiden, dass sich meine Lippen voller Erstaunen öffneten, während ich den Raum langsam betrat und die Hände nervös vor meinem Schoß verschränkte, bevor ich den Blick dem eigentlichen Ziel zuwandte.

Der Mann, der mich treffen wollte, stand mir und seiner Assistentin den Rücken zugewandt direkt vor der riesigen Fensterfront, beide Hände in den Hosentaschen seiner perfekt sitzenden und knitterfreien Anzughose. Das hellgraue Hemd umschmeichelte seine Figur.

Die pechschwarzen Haare, die mit einem modischen Schnitt versehen waren, strahlten Glanz und Frische aus, anders als meine durch Spliss zerfressenen Fransen. Allein von hinten besaß dieser Kerl eine unfassbare Ausstrahlung. Sein athletisch muskulöser Rücken wirkte einschüchternd.

Ich schluckte hart, als er sich auffällig laut räusperte.

»Lass uns alleine, Cheryl. Und geh dann endlich nach Hause. Du weißt, du hast hier normalerweise nichts zu suchen, wenn Rich nicht anwesend ist.« Kein Bitte, kein Danke. Nicht einmal einen Blick hatte er für seine Assistentin übrig, die sich sichtlich enttäuscht umdrehte, den Raum verließ und mich mit ihm alleine ließ.

Schnell und schwer atmend stand ich völlig verloren in dem riesigen Raum und traute mich kaum, etwas zu sagen, geschweige denn, ihm in die Augen zu sehen – würde er sich gleich umdrehen. Seine Präsenz schien pure Ehrfurcht in mir zu wecken. Ein Gefühl, das ich bisher bei keinem anderen Mann verspürte. Zumindest nicht, dass ich mich daran erinnern würde ...

Unsicher zupfte ich am Ärmel meiner immer noch feuchten und leicht durchsichtigen Bluse, bevor ich aus dem Augenwinkel erkannte, dass er sich ein wenig in meine Richtung drehte, jedoch ohne sich vollständig umzudrehen oder mich anzusehen. Ernst, vielleicht auch in Gedanken, starrte er aus dem Fenster und gab mir damit Zeit, ihn neugierig von der Seite zu begutachten.

Paxtons Profil war kantig und nichts anderes als männlich.

Ich schluckte abermals hart, als sich mein Puls beschleunigte und mein Blick unkontrolliert über seine Wangenknochen zu seinen Lippen glitt und wieder hinauf bis zu seinen Augen, die von hier aus dunkel und entschlossen wirkten. Die Augen eines Gewinners.

Im selben Moment, als mein Blick zum zweiten Mal an seinen Lippen hing, drehte Paxton sich zu mir um und mein Kopf senkte sich beschämt zu Boden. Mir war das schrecklich unangenehm, ihn so ungeniert gemustert zu haben – so unangenehm, dass mein Herz begann, laut gegen meine Brust zu hämmern und ich Angst bekam, er könnte es hören.

Meine Hände griffen fest um den Stoff meiner Bluse, meine eiskalten Finger klammerten sich daran, als würde mein Leben davon abhängen. Mir wurde unerträglich heiß, auch wenn ich gleichzeitig zu frösteln begann.

Verwirrt legte ich die Stirn in Falten.

Was war bloß los mit mir und wieso hatte dieser Mann solch eine Wirkung auf mich?

Ich hörte, wie er sich mir mit langsamen Schritten näherte und starrte angespannt nach unten auf den hübschen Teppich vor meinen Füßen. Immer noch sagte er kein Wort, schien mich nur zu mustern. Zu beobachten. Ich spürte seine Blicke auf mir und meinem Körper brennen und begann unweigerlich zu zittern, ohne zu verstehen, weshalb. War ich denn wirklich so eingeschüchtert? Oder war es Angst?

Wie eine Raubkatze schlich er um mich herum, umkreiste mich mehrmals. Langsam und musternd. Während mein Puls sich immer weiter beschleunigte, der Kloß in meinem Hals immer größer wurde und mir die Kehle zuschnürte.

»Ich hatte ja mit allem gerechnet, als ich den Zettel vor ein paar Tagen an der Windschutzscheibe des Ferraris vorfand«, durchbrach seine harte, dunkle Stimme endlich die Stille, als er vor mir zum Stehen kam. Noch immer spürte ich seinen bohrenden

Blick auf mir allzu deutlich. »Dass aber ausgerechnet jemand wie du in mein Arbeitszimmer spaziert ... *Das* hatte ich nicht erwartet.« Die angenehmen Vibrationen seiner Stimme hallten noch eine Weile in mir nach, während mein Unterbewusstsein versuchte, das Gesagte von ihm zu interpretieren.

Was sollte das bedeuten, *jemanden wie mich*?

Neugierde überkam mich und ich hielt es nicht länger aus, den makellosen, cremefarbenen Teppich anzustarren und hob unsicher den Blick.

Paxtons dunklen Augen verschlangen mich auf der Stelle. Als hätten sie die ganze Zeit nur darauf gewartet.

Sein Blick war der eines Raubtieres, das seine Beute vor sich begutachtete. Distanziert und gleichzeitig voller Gier und Wohlwissen. Eine ganze Weile beobachtete und musterte er mich, ohne etwas zu sagen. Lediglich eins seiner Mundwinkel schien sich beim Anblick meiner durchnässten, durchsichtigen Bluse zu heben.

»Also?«, dröhnte seine feste, selbstsichere Stimme durch meine Ohren, floss wie

Strom durch meinen Körper und ließ mich beben. »Wie hast du vor, mir den Schaden zu bezahlen, Aschenputtel?«

Aschenputtel. Als wüsste er genau, wie recht er damit hatte.

Mein Blick hing an seinem Adamsapfel, der sich durch die Dehnung seiner Stimmbänder langsam hob und wieder senkte. Wie hypnotisiert starrte ich auf seinen Hals und die darauf deutlich abzeichnenden Vene – seine Hauptschlagader. Im Augenwinkel erkannte ich erneut ein leichtes Zucken an einem seiner Mundwinkel, dennoch schien er nicht zu lächeln. Oder zumindest wollte er es nicht.

»Ich«, begann ich krächzend, als ich meine Stimme wiedergefunden hatte, traute mich dennoch nicht mehr, in seine Augen zu sehen. Sie würden mir nur erneut den Boden unter den Füßen entreißen und mich ins Straucheln bringen. »Ich weiß es nicht«, gestand ich ehrlich, wenn auch schrecklich leise und verunsichert. Hatte ich mir schließlich noch nicht überlegt, was ich ihm im Gegenzug für sein Entgegenkommen anbieten konnte. Ich besaß nun einmal nichts, das von wert war.

»Du weißt es nicht?« Spott erklang aus seiner Stimme und ich zuckte leicht zusammen, als er sich einen weiteren Schritt näherte. Nur wenige Zentimeter vor mir blieb er stehen und durchbohrte mich mit seinem Blick, den ich regelrecht in mich hineinbrennen spürte. »Hör mal, Kleines, meine Zeit ist kostbar. Entweder du kannst mir etwas anbieten oder du verschwindest wieder«, raunte er dunkel und heiser, kam mir dabei noch ein wenig näher.

Verunsichert biss ich mir auf die Unterlippe und fing damit seinen Blick ein.

»Weißt du, wer ich bin, Aschenputtel?« Sein Gesicht schien dem Meinen so nah, dass ich seinen heißen Atem auf meinen Lippen spürte und mich zusammenreißen musste, nicht unweigerlich die Augen zu schließen, um mich auf dieses Gefühl zu konzentrieren, das mich und meinen gesamten Körper erfasste – das Gefühl, zu fallen.

»Alice, ich heiße Alice – nicht Aschenputtel«, hauchte ich atemlos. Mir war egal, wer er war. Niemand hatte das Recht, mich so zu nennen. Schon gar nicht, wenn er mich nicht kannte.

»Trotzdem bist du hier nicht im Wunderland, Alice. Was hast du gedacht, würde passieren, wenn sich der Besitzer des von dir demolierten Wagens meldet? Hattest du geglaubt, du könntest hier mit deiner durchsichtigen Bluse auftauchen und alles würde sich irgendwie zum Guten wenden?« Er lachte spöttisch und durchbohrte mich mit seinem Blick. »Daraus wird nichts, Baby. Vielleicht solltest du also schleunigst wieder in deinen Kaninchenbau kriechen, aus dem du offensichtlich gefallen bist, *Alice*.« Die eindringliche Stimme, die abermals quer durch meinen Körper wanderte, als wäre sie elektrische Spannung, ließ mich erzittern.

»*Sie* haben gesagt, ich soll herkommen. Es war *Ihre* Idee, nicht meine. Ich hatte Ihnen bereits am Telefon gesagt, dass ich weder Geld noch Versicherung habe«, korrigierte ich ihn mit bebender, zerbrechlicher Stimme, während ich versuchte, seinem Blick standzuhalten.

Ich sah direkt in den tiefen, dunklen Schlund und Abgrund seiner Seele. Kälte durchströmte mich, während mir so heiß wurde, dass ich zu schwitzen begann.

Durchdringend starrten mich seine Augen an, suchten offenbar etwas in den Meinen, während ich versuchte, meine Atmung unter Kontrolle zu halten.

»Entweder bist du wahnsinnig mutig, Alice aus dem Wunderland, oder wahnsinnig dumm. Vielleicht beides.«

Empört wollte ich nach Luft schnappen und etwas sagen, schaffte es aber nicht. Denn es waren seine Finger, die sich plötzlich sanft auf meine Lippen legten und mich davon abhielten, meinen Mund zu öffnen. Stumm gehorchte ich seiner unausgesprochenen Bitte – oder war es ein Befehl? - und blickte ihm fasziniert, als auch erschrocken, in die Augen.

»Was mache ich jetzt bloß mit dir?«

Langsam glitten seine Finger von meinen Lippen hauchzart zu meinem Hals, entfachten ein heißes Feuer auf meiner Haut, bevor er beide Hände wieder in die perfekt geschneiderte Anzughose steckte und mich mit unergründlicher Miene musterte.

Wie versteinert stand ich da und starrte ihm entgegen, während alles in mir brannte und meine Knie, weich wie Pudding, beinahe einknickten. Ich fühlte mich hilflos

Paxton gegenüber und ich konnte mir bei bestem Willen nicht erklären, weshalb. Noch nie hatte ein Mann so etwas in mir ausgelöst. Und das bei der ersten Begegnung. Bei der allerersten Berührung. Warum also ausgerechnet dieser? Wieso passierte das jetzt?

»Ich weiß, was du für mich tun könntest, Aschenputtel«, hörte ich ihn heiser raunen, als er mir abermals näher kam und ich seinen Atem auf meinem Gesicht spürte. Tief sog ich die Luft ein, um meine Lungen zu beleben, doch anstelle von frischem Sauerstoff, den ich in diesem Augenblick dringend benötigte, schlich sich etwas anderes, etwas herbes, in meine Nase und ich erstarrte unweigerlich. *Er roch unvergleichlich.* Eine Mischung, die unmöglich zu beschreiben schien. Alles, was mir an passenden Worten dazu in den Sinn kam, war: Magisch.

»Du kannst deine Schulden bei mir abarbeiten.« Es war keine Frage, ganz klar. Für ihn schien es längst ein Fakt, eine Tatsache. Die Realität. Dennoch verstand ich seine Worte nicht und blinzelte nur etwas verloren vor mich hin, während ich zu begreifen versuchte, was er mir damit sagen wollte. Als was sollte ich denn bei ihm arbeiten?

4
Kian

Verwirrt starrte mich die Kleine mit den grünen Augen an. »Ich bin mir nicht sicher, ob ich das richtig verstehe, Mr. Paxton. Was genau soll ich für Sie tun?«

Mr. Paxton? War das ihr verdammter Ernst? Sah ich etwa aus, als müsste man mich Siezen? »Kian«, knurrte ich rau. »Mein Name ist Kian. Nenn mich also nie wieder Mr. Paxton, verstanden?«

Sie nickte eingeschüchtert und ich konnte nicht behaupten, dass es mir nicht gefiel. Ich mochte ihre vorsichtige, zurückhaltende Art. Erfrischend nach all den vielen Weibern mit großer Schnauze und noch größeren Titten.

Unweigerlich flog mein Blick bei dem Gedanken von ihren Augen hinab zu ihren Brüsten, die offenbar gut verpackt in einem schwarzen Spitzen-BH steckten. Ihre durchnässte, durchsichtige Bluse tat ihr durchaus einen Gefallen, denn das, was sich darunter verbarg, konnte sich allemal sehen lassen. Wohlgeformt und handlich sahen sie aus, genau so, wie ich sie liebte.

Ein durchtriebenes Lächeln schlich sich auf meine Lippen, als ich ihr wieder ins Gesicht sah und mit Genugtuung feststellte, dass sie meinem Blick gefolgt war und sich ihre Wangen deswegen leicht rot verfärbten.

»Ich lasse mir etwas für dich einfallen. Halte dich einfach bereit für mich, wenn ich anrufe.«

Alice' Augen weiteten sich erschrocken. »Bereithalten? Für was genau? Wovon reden wir hier gerade?« Sie warf erneut einen prüfenden Blick hinab zu ihren Brüsten, bevor sie schützend ihre Arme davor verschränkte und mich vollkommen verunsichert ansah.

Ich grinste provokant. »Keine Sorge, Cinderella, für diese Art von Dingen habe ich ganz andere Frauen. Und auch nicht gerade wenige davon«, raunte ich ihr ins Ohr und beobachte, wie sich eine Gänsehaut über ihren Nacken spannte.

Scheiße, es machte mir bereits jetzt viel zu viel Spaß, mit ihr zu spielen, als das ich sie gehenlassen könnte. Doch das war nicht der einzige Grund, warum ich sie in meiner Nähe behalten wollte. Alice Hollister, das unschuldige, arme Mädchen, kam mir momentan mehr als recht. Wenn ich mich nicht irrte, war gerade sie mein ultimativer Schlüssel zum Sieg. Und jeder, der mich kannte, wusste, ich verlor verflucht ungern.

»Wenn es hier nicht darum geht ... Was genau soll ich dann für dich tun?«

Ich lachte amüsiert auf. »Wieso sprichst du es nicht aus oder nennst es beim Namen? Sag ruhig, was du denkst. Ich möchte all deine schmutzigen Gedanken wissen.«

Alice presste peinlich berührt die Lippen zusammen, hob allerdings trotzig ihren Kopf, um mir so besser die Stirn bieten zu können. »Ich habe keine schmutzigen Gedanken. Ich möchte lediglich wissen, was ich für dich tun soll und ob es hierbei um irgendetwas Sexuelles geht. Denn wenn es so ist, werde ich mich auf der Stelle umdrehen und gehen. Ganz egal, welche Konsequenzen das für mich oder mein Leben hat.«

Mutig von ihr, das zu sagen. Vor allem, wenn man bedenkt, in welcher Lage sie steckte.

»Das würdest du dich trauen?«, fragte ich grinsend. »Du würdest lieber riskieren, hinter Gittern zu kommen, weil du den Prozess gegen mich verlierst und deine Schulden nicht bezahlen kannst, als einmal mit mir zu ficken?«

Alice zuckte bei meinem letzten Wort leicht zusammen, versuchte dennoch, keine Angst zu zeigen und nickte stattdessen bestätigend.

»Scheiße, Alice, das kränkt mich jetzt aber doch ganz schön.« Getroffen legte ich eine Hand an mein Herz und verzog das Gesicht.

Es war nur ein verdammter Scherz. Und doch sah sie mich an, als wüsste sie nicht genau, was sie davon halten sollte. Ihre Augen waren geweitet und ihr ganzer Körper wirkte schrecklich angespannt.

Genau wie ihre harten Nippel, die sich mir entgegenstreckten, als würden sie nur darauf warten, von mir ausgepackt und zwischen meine Lippen geschoben zu werden.

»Jetzt sieh mich nicht so an, Aschenputtel. Ich verarsch dich doch nur!«, sagte ich rau und hörte augenblicklich ein leises, erleichtertes Seufzen. »Du könntest mir allerdings bei anderen Dingen behilflich sein. Dinge, die nur ein Mädchen wie du vollbringen kann.«

Die Kleine starrte mich verwirrt an und runzelte die Stirn. »Ich habe bereits zwei Jobs, bei denen ich rund um die Uhr verfügbar sein muss. Ich weiß nicht, wie ich das mit einem weiteren schaffen soll. Zeitlich gesehen.«

Abschätzend musterte ich sie. Mit ihren großen, grünen Augen, den blonden Haaren und ihrer zierlichen Figur sah sie aus wie ein Engel, der gekommen war, um mich zu retten. Ein Engel, dem nicht nur meine Mutter, sondern vor allem auch mein verdammter Stiefvater aus der Hand fressen würde. Letzterer vielleicht sogar mehr als das. Ich kannte Richs Vorliebe für junge, unschuldige Dinger, bei denen er seine volle Macht spüren konnte.

Alice war perfekt dafür. Sie war perfekt, um meinen kranken Plan durchzuführen und endlich das zu bekommen, was mir zustand. Ich musste sie an mich binden, ganz egal wie viel es mich kostete. Denn für mich ging es hier schon lange nicht mehr um den beschissenen Ferrari und ihre mickrigen Schulden. Ich hatte Größeres mit ihr vor.

»Wie viel bekommst du insgesamt die Woche?«, fragte ich unbeeindruckt.

Alice stutzte. »Wenn ich genug Überstunden mache, dreihundert etwa.«

Ungläubig hob ich eine Augenbraue. »Verarschst du mich? Dreihundert Dollar die Woche? Und das auch noch mit Überstunden?«

Sie nickte.

Scheiße, wie nötig musste das Mädchen es haben, wenn sie sich für diesen Hungerlohn zu Tode schuftete? Denn dass sie hart arbeiten musste, das sah ich ihr an. Die dunklen Ringe unter ihren Augen waren nur ein Beweis dafür.

»Ich biete dir Tausend die Woche, wenn du die anderen Jobs hinschmeißt und dich nur auf mich konzentrierst«, sagte ich entschlossen, ohne mit der Wimper zu zucken oder darüber nachdenken zu müssen. Tausend Dollar waren nichts. Die gab ich meist an nur einem Abend im Club aus, wieso also nicht der Kleinen etwas davon abgeben und sie damit ködern?

»Aber ich dachte, ich soll meine Schulden abarbeiten?« Alice schien verwirrt. Und ich konnte es ihr nicht verübeln. In der Tat machte es aus ihrer Sicht überhaupt keinen Sinn, weshalb ich ihr diesen Deal vorschlagen sollte. Schließlich schuldete *sie* mir etwas, nicht umgekehrt. Doch sie hatte ja keinen blassen Schimmer, was sie sonst noch alles für mich tun konnte, das arme Ding.

»Die werde ich damit verrechnen und du bekommst am Ende trotzdem mehr, als du jetzt verdienst«, erklärte ich trocken und öffnete die ersten Knöpfe meines Hemdes, um sie vom Grübeln abzuhalten. Ich wusste genau, welche Wirkung ich auf sie hatte. Ihre Blicke und selbst ihr Körper verrieten sie. Genau wie jetzt, als ihre Augen von meinen Lippen zu meiner nackten Brust flogen, die ich gerade entblößt hatte.

»Das ... das kann ich nicht annehmen«, stotterte sie hart schluckend und senkte den Blick zu Boden.

Langsam wurde ich ungeduldig. »Wieso nicht? Sind Tausend zu wenig?«

»Nein! Das ist viel zu viel«, schoss es aus ihr heraus, während sich ihre Wangen in ein tieferes Rot verfärbten als vorher.

»Wo ist dann das scheiß Problem? Hast du Angst, von mir ausgenutzt und ausgebeutet zu werden?«, fragte ich mit höhnischem Grinsen.

»Ich weiß doch nicht einmal, was ich für dich tun soll.« Sie schien verzweifelt, hin- und hergerissen. Gut so.

»Du sollst mich bändigen, Alice. Das sollst du«, raunte ich heiser, als ich auf sie zutrat und so dicht vor ihr stehen blieb, dass ihre harten Nippel beinahe meine bebende Brust berührten. »Mein Stiefvater erwartet in zwei Wochen einen perfekten, braven Sohn, der sich auf nichts anderes als das Geschäft konzentriert. Und irgendwie habe ich im Gefühl, du bist eine Person, die weiß, wie so etwas geht. Anständig und fleißig zu sein.«

Alice atmete tief ein. »Das ist alles? Mehr soll ich nicht tun? Ich soll dir nur zeigen, wie du dich zu verhalten hast?«

Ich grinste selbstzufrieden. »Nicht ganz, nein. Du könntest vor all den Heuchlern und vor allem vor meinem Stiefvater und meiner Mutter vorgeben, meine brave, kleine Freundin zu sein, die mich schlagartig verändert und mich durch ihrer Liebe zu einem besseren Mann gemacht hat«, meinte ich nachdenklich, obwohl ich längst felsenfest von meinem Plan überzeugt war. Ich war sicher, mit ihr an meiner Seite würde es funktionieren. Und ich würde nicht auffliegen. Sie war die perfekte Tarnung, das perfekte Ablenkungsmanöver und würde mir damit auch noch genug Zeit verschaffen, um Rich mit seinen krummen Geschäften ein für alle Mal zu Fall zu bringen.

Alice wirkte schockiert. »Auf keinen Fall. Das kann ich nicht machen.«

»Scheiße, warum nicht? Du müsstest nur ein bisschen vor ihnen schauspielern. Das ist alles«, knurrte ich ungehalten und presste meinen Oberkörper gegen ihren, bevor sie zurückweichen konnte. Mit hartem Blick starrte ich auf sie nieder, während ihre nassen Haarsträhnen meine Stirn berührten. Ich wollte, dass sie sich mir ausgeliefert fühlte und mir nicht widersprach.

Tat sie aber.

»Ich kann so etwas aber nicht«, flüsterte sie zwar eingeschüchtert, kapitulierte jedoch nicht.

»Was kannst du nicht? Lügen? Ist mir schon aufgefallen, Prinzessin.« Ich grinste und warf einen kurzen Blick hinab zu ihren Brüsten und der hübschen schwarzen Spitze, in der sie steckten. »Komm schon, damit schlägst du mehrere Fliegen mit einer Klappe. Du hast einen angenehmen Job, bei dem du ausreichend verdienst und du bist deine Schulden bei mir los und landest nicht vor Gericht. Ist doch super!«

Alice sog scharf die Luft ein und versuchte etwas Abstand zu mir zu gewinnen, doch ich ließ sie nicht.

»Aber es ist nicht die Wahrheit! Willst du wirklich die Menschen betrügen, die dich lieben?«, wollte sie mit fassungslosem Blick von mir wissen.

Ein bitteres Lächeln stahl sich in mein Gesicht. »Glaube mir, Kleines, niemand von denen liebt mich. Ich bin ihnen egal und nur das Geld spielt dabei eine Rolle, nichts weiter. Du brauchst dir darüber nicht dein hübsches Köpfchen zerbrechen.«

Einen kurzen Moment sah sie mich nur an, ohne etwas zu sagen. Bohrte sich mit ihrem Blick in meinen und seufzte anschließend schwer. »Und wie soll das ablaufen? Ich meine, ich lebe in Fort Myers, das sind über vierzig Meilen von hier.«

»Wo ist das Problem?«, fragte ich begriffsstutzig.

»Ich kann nicht jeden Tag hierher fahren. Wahrscheinlich würde das mein alter Polo nicht überstehen«, gab sie zögernd zu.

Schulterzuckend sah ich sie an. »Ich kann dich abholen und herbringen lassen. Problem gelöst.«

Das schien Alice aber kein bisschen zu beruhigen. Nervös flog ihr Blick im Raum umher, bevor er an der Fensterfront hinter mir kleben blieb. Nachdenklich starrte sie hinaus auf den Atlantik.

»Und was passiert dann? Ich meine, was sind meine Aufgaben und wie soll das funktionieren ... mit dem Schauspiel, meine ich. Wir kennen uns doch gar nicht! Niemand würde uns abkaufen, wir wären ein Paar. Zumal wir kein bisschen zusammenpassen.«

»Wieso glaubst du, dass wir nicht zusammenpassen?«, fragte ich neugierig.

Alice seufzte erneut und sah wieder zu mir. »Ich gehöre nicht in diese Welt, Kian. Deswegen verstehe ich wirklich nicht, wieso du gerade mich dazu aussuchen willst, deine Freundin zu spielen. Das macht überhaupt keinen Sinn. Ich meine, sieh mich doch an!« Mit einer knappen Geste deutete sie auf sich und ihren Körper, der noch immer leicht zitterte. Ob nun wegen mir oder der nassen Klamotten, die an ihrer Haut klebten.

Mit bohrendem Blick legte ich langsam meine Hände auf ihre Wangen und strich mit den Daumen zärtlich über die gerötete Haut. »Das tue ich. Ich sehe dich an, Alice. Ganz genau sogar.«

Verunsichert öffnete sie ihre Lippen, während sie sich in meinen Augen verlor und ich wusste, gleich war ich am Ziel. Und wenn ich sie jetzt dafür küssen müsste, hätte ich rein gar kein Problem damit, so einladend und feucht, wie sie gerade aussahen.

»Okay«, hauchte Alice leise, noch bevor ich ihr näher kommen konnte.

»Okay, was?«, fragte ich mit Genugtuung. Schließlich wusste ich, ich hatte gewonnen.

»Ich werde es tun«, sagte sie entschlossen. »Aber nur solange, bis ich meine Schulden beglichen und wir deinen Stiefvater und deine Mutter davon überzeugt haben, dass du dich geändert hast.«

»Dass du mich gezähmt hast«, korrigierte ich sie mit siegessicherem Grinsen.

»Ich fürchte, jemanden wie dich kann niemand zähmen«, konterte Alice flüsternd und ich war mir nicht sicher, ob sie wollte, dass ich es hörte. Doch ich tat es. Und zu meiner Überraschung musste ich mir eingestehen, dass es mich heiß machte, zu wissen, dass in dem blonden Engel ebenso ein widerspenstiger Geist steckte, der es mir nicht so leicht machen würde, wie ich bisher annahm.

5

Alice

Es waren nicht die Schulden, die mich zu diesem Punkt führten, sein Angebot anzunehmen. Mir ging es nicht ums Geld oder darum, nicht von ihm angeklagt zu werden. Davor hatte ich ohnehin keine Angst mehr. Ich spürte, er würde es nicht tun, auch wenn er damit drohte. Kian Paxton war nicht der Typ dafür, jemanden vor Gericht zu schleifen, nur um Gerechtigkeit zu erfahren. Denn selbst wenn er es tun würde, war sowohl mir als auch ihm klar, dass er sein Geld nie wiedersehen würde. Sein Deal war also alles, was er von mir verlangen konnte. Und ich nahm ihn aus nur einem einzigen Grund an – wegen der Verbitterung in seinem Blick, als er über seine Mutter und seinen Stiefvater sprach.

Wahrscheinlich war es ihm nicht einmal bewusst, doch Kian Paxton war in seiner Vergangenheit schwer verletzt worden. Und das ausgerechnet von den Menschen, die ihm am nächsten waren. Ich musste es wissen. Sah ich jeden Tag im Spiegel schließlich dieselbe Verbitterung in meinem Blick wie in seinem.

Meine Eltern starben bereits vor vielen Jahren. Ein Raubüberfall riss sie damals unerwartet aus meinem Leben. Dabei wollten sie eigentlich nur die Weihnachtseinkäufe machen, wie in jedem Jahr zuvor auch.

Ich war gerade einmal 13, als die Polizei mich mitnahm und mir erklärte, was passiert war. Von heute auf morgen war ich nicht nur Vollwaise, ich verlor auch mein Zuhause, meine Freunde und meine gesamte Kindheit. Ebenso wie meine Jugend, nachdem ich zu meinem Großonkel kam, bei dem ich wahrhaftig wie Aschenputtel unter dem Dach lebte und für seine Familie nichts weiter als ein Hausmädchen war, um das sich niemand kümmerte.

Seitdem ich 14 war, jobbte ich illegal in irgendwelchen Bars und Kneipen, um mir wenigstens etwas Taschengeld zu verdienen. Denn obwohl mir von meinen Eltern ein Sparkonto geblieben war, das dazu gedacht war, mir das College zu finanzieren, hatte Berry, mein Großonkel, als mein Vormund, das mir zustehende Geld eingesackt und ich hatte bis heute keinen Penny davon gesehen.

So hatte ich bitterlich gelernt, mir nie große Ziele oder Erwartungen zu setzen. Schon gar nicht darauf zu vertrauen, dass andere sich für mich interessierten oder sich um mich kümmerten. Ich nahm seit jeher alles selbst in die Hand, arbeitete hart, kämpfte für das, was mir richtig erschien.

Meinen Highschoolabschluss absolvierte ich mit Bestnoten. Und das trotz mehrerer Jobs und dem Chaos in Berrys Familie, die nicht einmal zu meiner Zeugnisvergabe erschien. Dennoch bekam ich bis heute kein Stipendium und hatte längst aufgehört, darauf zu hoffen.

Ich war also tatsächlich das Aschenputtel, für das mich Paxton hielt. Nur hatte er keine Ahnung, wie tief das Loch war, in dem ich steckte. Nicht einmal Kristallschuhe und ein Prinz würden mich je aus dieser Hölle befreien können.

Zwei Tage waren seit dem seltsamen Treffen von Paxton und mir vergangen und bis heute hatte er sich weder bei mir sehen lassen, noch hatte er sich bei mir gemeldet. Ich dachte schon, das alles war ein großer Scherz für ihn und er verarschte mich nur. Doch dann stand er plötzlich vor mir.

Wie er von mir verlangt hatte, damit diesem Arrangement nichts im Wege stand, und auch wenn mir so gar nicht wohl dabei war, hatte ich gerade meine Kündigung in der Shopping Mall von Fort Myers abgegeben. Als ich dann zu meinem Wagen auf dem oberen Parkdeck lief, lehnte er auf einmal lässig und mit verspiegelter Sonnenbrille an meinem alten Polo und wartete auf mich.

Woher er wusste, dass ich hier war, war mir ebenso unklar, wie die Tatsache, dass er wusste, welcher Wagen mir gehörte.

»Bist du bereit, Aschenputtel?« Seine dunkle Stimme durchfuhr mich wie ein

Stromschlag und mir fiel auf, dass er heute ganz anders aussah, als noch vor ein paar Tagen, als ich ihn das erste Mal gesehen hatte. Er trug lediglich ein schlichtes, schwarzes T-Shirt, das eng um seinen Oberkörper, besonders aber um die muskeldurchzogenen Oberarme, spannte. Dazu eine leicht zerrissene Jeans und weiße Sneakers. Das irritierte mich und brachte mich für einen kurzen Moment total aus dem Konzept.

Unsicher zupfte ich an meinem Pullover, als ich bemerkte, dass er mich hinter der Sonnenbrille ausgiebig von Kopf bis Fuß musterte. »Bereit für was?«, fragte ich begriffsstutzig.

Kian setzte die Sonnenbrille ab und sah mich mit seinen dunklen Augen an. »Wir machen aus diesem Aschenputtel jetzt eine echte Prinzessin.«

Ich runzelte die Stirn und räusperte mich. »Was ... was hast du vor?«

»Später am Abend muss ich zu einem wichtigen Kundentermin. Du sollst mich dabei begleiten.«

Es war unübersehbar, dass er dabei keinen Widerspruch duldete. Dennoch verstand ich nicht, wozu das gut sein sollte und schüttelte verwirrt den Kopf. »Weshalb? Da geht es doch nur um das Geschäft und nicht darum, ob ...«

»Stell nicht alles in Frage, was ich entscheide, Alice! Ich weiß genau, was ich tue.« Kians tiefbraune Augen verschlangen mich auf der Stelle, ich hatte keine Chance. Nicht eine Sekunde lang. Sein feines, kaum sichtbares Lächeln schien entwaffnend und ich spürte augenblicklich die unsichtbaren Fesseln, mit denen er mich an sich band und ein paar Schritte näher kommen ließ.

»Bei dem Termin heute wird die Presse anwesend sein«, erklärte Kian und stieß sich von meinem Wagen ab, um mich wie ein Tier auf Beutejagd zu umkreisen. »Und da ich meinen Stiefvater ganz genau kenne, weiß ich, dass er am nächsten Morgen die Zeitungen studieren wird. Nur um wie so oft ein Bild darin zu finden, wie ich mich danebenbenehme. Doch stattdessen wird er *dich* sehen an meiner Seite – die perfekte, falsche Schwiegertochter, die er sich seit langem wünscht.« Heißer Atem streifte meinen Nacken, als er dicht hinter mir stehen blieb und ich mich durch seine plötzliche Nähe unweigerlich verspannte.

»Mir ist nicht wohl dabei. Schließlich könnte ich etwas Falsches sagen oder mich mit meinem Verhalten verraten. Ich weiß ja nicht einmal, um was es bei euren Geschäften geht«, sagte ich leise und wagte es nicht, mich zu ihm umzudrehen. Ich wusste, würde ich jetzt in seine Augen sehen, wäre ich verloren. Meinen Hormonen ausgeliefert, genau wie bei unserem ersten Treffen.

Kian seufzte an meinem Ohr. »Baby, du musst nur gut aussehen und brav lächeln, das ist alles. Bleib die ganze Zeit an meiner Seite, sprich mit niemandem außer mit mir und genieß den Abend. Wir gehen zuerst etwas Essen und dann in die Oper.«

Überrascht drehte ich mich jetzt doch um und starrte ihn entgeistert an. »Oper? Ist das nicht ein wenig übertrieben für einen Kundentermin?«

Er lächelte. Doch es erreichte seine Augen nicht. »So ist das Business, Kleines. Der Kunde will etwas geboten bekommen, bevor er anbeißt. Und *dieser* Kunde liebt nun einmal beschissene Opern. Außerdem

… habe ich nicht gerade noch gesagt, du sollst nicht alles in Frage stellen, was ich entscheide?«

Ich schluckte. »Und wie hast du darüber entschieden, dass wir noch immer nichts – und zwar rein gar nichts – übereinander wissen? Glaubst du nicht, es wäre besser, ein paar Infos zu haben, falls sich der Kunde nach mir oder unserer Fake-Beziehung erkundigt? Du weißt ja nicht einmal, wie alt ich bin.«

Kian schnaubte, gab dann zu meiner Überraschung aber nach. »Gut. Gib mir fünf Fakten über dich, die ich unbedingt wissen sollte, deiner Meinung nach.«

Überfahren sah ich ihn mit geöffnetem Mund an und versuchte irgendetwas zu finden, das von mir oder meiner Vergangenheit erwähnenswert gewesen wäre. Leider gab es da nicht viel, weswegen ich den Mund wieder schloss und tief seufzte.

»Was ist? Gibt es da nichts?«, zog er mich mit prüfendem Blick auf.

»Ich bin in Fort Myers aufgewachsen«, schoss es aus mir heraus, als mir nichts anderes einfallen wollte, das ich ihm über mich erzählen konnte. Erbärmlich, wenn ich so darüber nachdachte. Doch so war es. Es war die bittere Wahrheit.

»Okay«, meinte Kian gedehnt. »Würde niemanden interessieren, mich eingeschlossen. Also weiter«, forderte er ungeduldig.

»Ich werde in knapp vier Wochen 21«, sagte ich und biss mir auf die Unterlippe, als er mich mit leicht zugekniffenen Augen ansah.

»Dann sollten wir mit dem Alkohol heute Abend besser aufpassen.«

Und da wären wir schon beim nächsten Fakt über mich. »Ich habe noch nie Alkohol getrunken«, gestand ich so leise, dass ich beinahe flüsterte.

Kians Mund klappte regelrecht auf und seine Augen weiteten sich. »Du verarschst mich doch jetzt?«

Ich schüttelte den Kopf und starrte peinlich berührt zu Boden.

Kian räusperte sich. »Gut, okay. Auch das war eine Info, die ich durchaus verwerten kann«, kommentierte er. »Was sollte ich noch über dich wissen, Aschenputtel?«

Als ich meinen Kopf langsam hob, bemerkte ich erst, wie nah er mir war. Unsere Blicke trafen sich. Elektrisierend und intensiv. Sofort verspürte ich dieses verdächtige Kribbeln in meinem Bauch, das sanfte Ziehen in meinem Unterleib und die Hitze, die meinen Körper entlangkroch. Am liebsten hätte ich den verdammten Pullover ausgezogen. Doch dann würde ich lediglich in einem BH vor ihm stehen und müsste mich vermutlich erneut seinen Blicken stellen, die ungeniert an meinen Brüsten kleben würden.

»Über mich gibt es nicht viel zu erzählen, glaube ich«, sagte ich ehrlich und versuchte mich zusammenzureißen. Nur keine weichen Knie bekommen!

»Du hast mit dem Scheiß angefangen, mach jetzt also bloß keinen Rückzieher«, drohte Kian und kam noch einen Schritt näher, um seine Finger unter mein Kinn zu legen und meinen Kopf anzuheben, damit ich ihm weiter in die Augen sah und seinem Blick nicht auswich. Dabei hatte er keine Ahnung, dass ich nur versuchte, nicht ständig auf seine betörenden Lippen zu starren, die mein Herz zum Rasen brachten.

Krampfhaft überlegte ich, was ich ihm über mich sagen könnte. Doch mein Kopf schien gerade lieber darüber nachzudenken, wie es sich wohl anfühlen würde, ihn zu berühren.

»Ich lebe allein?!«, huschte es mir irgendwann verunsichert über die Lippen, als sein Daumen behutsam über mein Kinn strich und Panik in mir hochkroch, ich würde auf der Stelle vor Hitze zerschmelzen.

Kian sah mich abwartend an. »War das jetzt eine Frage und du weißt es nicht genau oder war das eine Info?«

Ich schluckte erneut. »Eine Info.«

»Gut. Was noch?«, fragte er, ohne mich loszulassen. »Jungfrau?«

Geschockt schnappte ich nach Luft. »Was?«

»Ob du noch Jungfrau bist, Hollister!«

Beschämt presste ich die Lippen aufeinander. »Das ist nichts, was du wissen musst, glaube ich.«

»Und ich glaube, du bist prüde.« Kian lächelte. Ein echtes, amüsiertes Lächeln, das er offensichtlich nur selten jemandem zeigte.

»Bin ich nicht«, widersprach ich leise. »Ich rede nur nicht mit jedem darüber. Ist doch normal.«

»Ich bin *nicht* normal, falls dir das entgangen sein sollte.« Kians Blick bohrte sich tief in mich hinein, als er kurz über seine Lippen leckte und mich endlich losließ.

Heiße Schauer lähmten mich, während ich versuchte mir nichts anmerken zu lassen. Ich wusste, Kian Paxton war gefährlich – das reinste Risiko für mich und mein Herz. Und dieses, hatte ich mir geschworen, würde ich nie wieder an jemanden verlieren, der es nicht verdiente.

Tief durchatmend schaute ich mich auf dem Parkdeck nach dem Ferrari um, dessen Lackschaden ich abarbeiten sollte. Kian musste schließlich irgendwie hierhergekommen sein. Doch auch nach einem zweiten Blick erkannte ich weit und breit keinen einzigen Luxusschlitten, mit dem er gekommen sein könnte.

Verwirrt runzelte ich die Stirn.

»Der Wagen ist bereits in der Werkstatt«, klärte er mich unvermittelt auf, als hätte er meine Gedanken gelesen. »Ich bin mit diesem Baby hier.« Er deutete auf ein tiefschwarzes Motorrad, das direkt hinter mir stand und dem ich bisher keine Beachtung geschenkt hatte, und grinste, als er meinem schockierten Blick begegnete.

Kian Paxton grinste. Genau wie bei unserem ersten Treffen und dennoch wusste ich, er tat es sonst nicht sehr häufig. Dabei sah er atemberaubend aus, wenn er es zuließ. Heiß. Und verdammt anziehend.

»Was ist mit dir?«, fragte ich hart schluckend, nur um den aufsteigenden Gefühlen schnellstmöglich zu entgehen. »Was sind deine fünf Fakten? Alter? College? Wo bist du aufgewachsen?«

Kians Grinsen verschwand. »25. NYU. Ontario, Kanada. Sonst noch was?«, zählte er im Schnelldurchlauf auf und sah mich auffordernd an.

»Du warst in New York auf dem College?«, staunte ich beeindruckt und nicht ohne einen gewissen Neid. Wie gerne wäre ich nach meinem Highschoolabschluss von hier abgehauen und hätte mir in New York ein neues Leben aufgebaut?!

Kian musterte mich abschätzend. »Wieso wundert dich das?«

Ich seufzte schwer. »Du wirkst nicht wie der typische Absolvent.« Und das meinte ich absolut ernst und keineswegs abweisend. Kian Paxton sah mit seiner zerrissenen Jeans und dem schlichten, schwarzen Shirt aus wie jemand, der gerade frisch von seinem 8-Stunden-Job als Barkeeper nach Hause kam. Hätte ich ihn vor einigen Tagen nicht noch vollkommen anders erlebt, mit gebügeltem Hemd und Designeranzughose, würde ich niemals glauben, dass er es geschafft hatte, ein ernsthaftes Studium abzuschließen. Und das noch dazu an einer der besten Universitäten des Staates.

»Wie wirke ich dann auf dich, Aschenputtel?«, fragte er lauernd und ließ mich keine Sekunde aus den Augen, als ich mich hilfesuchend umsah – nach wem oder was, wusste ich selbst nicht so genau. Ich wollte nur der angespannten Situation entkommen und das so schnell wie möglich.

»Um Himmels willen, mach dir nicht ins Spitzenhöschen, Alice. Ich zieh dich doch nur auf«, erlöste Kian mich mit einem spöttischen Grinsen auf den Lippen und ging zu seiner Maschine, während ich mich fragte, woher er wusste, welches Höschen ich unter meiner Jeans trug. Oder hatte er es nur geraten? Dieser Kerl schaffte es doch immer wieder, mich zu verunsichern. Ob er das mit Absicht tat? Vielleicht bereitete es ihm Freude, mich zu quälen?

Ich warf einen Blick in sein Gesicht und erkannte die Antwort darauf sogleich.

»Hier. Setz den auf.« Er reichte mir mit teuflischem Lächeln einen schwarzen Helm, der am Lenker des Motorrads baumelte. »Und dann schwing dich drauf, wir müssen los.«

Entsetzt starrte ich ihn an. »Du willst, dass ich mich da drauf setze? Mit dir?«

»Baby, wenn du willst, setz dich von mir aus auch *auf* mich drauf, nur komm endlich.« Kians Blick spieß mich regelrecht auf und ich wusste, er meinte es genauso doppeldeutig, wie es klang.

Bevor ich mir vor ihm noch einmal die Blöße gab, schluckte ich den dicken Kloß in meinem Hals und die Angst, auf diese zweirädrige Teufelsmaschine zu steigen, hinunter und griff zum Helm, den er mir entgegenhielt.

»Braves Mädchen«, lobte er mich wie einen Hund und schenkte mir ein knappes Lächeln, bevor er sich lässig auf sein Motorrad setzte. Wie ein waschechter Gentleman, der er jedoch nicht war, streckte er seine

Hand nach meiner aus, um mir beim Aufsteigen zu helfen.

Unbewusst hielt ich die Luft an, als ich viel zu dicht hinter ihm Platz nahm und meine Arme zögerlich um seine Taille legte. Guter Gott, ich spürte jeden verdammten Muskel unter meinen Fingerkuppen und das obwohl er nicht einmal nackt war.

Ohne Vorwarnung und ohne ein weiteres Wort warf Kian seine Maschine an und fuhr los, noch bevor ich es mir anders überlegen konnte.

Adrenalin durchfloss mich, als er mit rasender Geschwindigkeit quer durch die Stadt schoss und uns auf direktem Wege über den Highway nach Naples brachte. Alles in meinem Körper vibrierte und mein Herz überschlug sich jedes Mal, wenn er das Motorrad beim Abbiegen weit zum Asphalt unter uns neigte. Ich hatte gleichzeitig panische Angst als auch ein ungewohntes Gefühl von Freude. Und Spaß. Es war wie in einem Rausch und ich war tatsächlich etwas enttäuscht, als wir schon kurz darauf in einer Seitenstraße der Innenstadt von Naples stehenblieben.

»Wir sind da, Aschenputtel. Du darfst mich jetzt loslassen«, spottete Kian, als ich wie angewurzelt hinter ihm sitzen blieb.

Erst jetzt bemerkte ich, wie fest ich ihn umklammert hielt, ließ augenblicklich los und stieg von dem Motorrad. Meine Beine waren so wackelig auf dem festen Untergrund und meine Knie waren weich wie Pudding, als ich den Helm absetzte und ihn an Paxton reichte. »Wie kommt es, dass du keinen getragen hast? Ist das nicht Vorschrift?«, fragte ich vorsichtig.

»Sehe ich aus, als würde ich mich an irgendwelche Vorschriften halten?«

Ich schüttelte den Kopf.

»Ich habe noch nie einen Helm gebraucht und werde es auch in Zukunft nicht. Wenn ich verunglücken und mir den Schädel aufschlagen sollte, dann ist es eben so. Schicksal.« Er zuckte mit den Schultern und ich wagte es nicht, ihn zu korrigieren. Schließlich war es nicht Schicksal, wenn er selbst dafür sorgte, dass es überhaupt möglich war, sich den Schädel aufzuschlagen. Wenn er einen Helm tragen würde, wäre die Wahrscheinlichkeit geringer. Doch was wusste ich schon?

Nervös schaute ich hinter mir die Straße runter, um zu erkennen, wo er mich hingebracht hatte, und fühlte mich mit einem Mal vollkommen fehl am Platz. Umgeben von Marken- und Designernamen, die ich bisher nur aus Zeitschriften und Fernsehen kannte, starrte ich Paxton fragend an.

»Du wirst zuerst zum Friseur gehen«, sagte er, unbeeindruckt von meinem erstaunten Blick.

Ich wollte protestieren und ihm sagen, er solle sich zum Teufel scheren, mir Anweisungen wie diese zu geben. Doch dann erinnerte ich mich an unseren Deal und schwieg.

Wer wollte schon der Welt jemanden wie mich als seine Freundin präsentieren – mit den ausgetrockneten, aschblonden Fransen, die von meinem Kopf hingen? Auch wenn es innerlich schmerzte, so konnte ich es ihm nicht verübeln, dass er mich ummodellieren wollte. Und solange er nichts an meiner Persönlichkeit ändern wollte, gab ich mich damit zufrieden. Denn so, wie ich war, fand ich mich absolut in Ordnung. Abgesehen von den dunklen Gedanken und der Leere, die mich immer wieder heimsuchten, wenn ich allein war und die Gedanken zu laut waren.

Mit gesenktem Kopf folgte ich Kian in einen protzigen Friseurladen, in dem wir sofort mit falschem Lächeln und ebenso falscher Freundlichkeit empfangen wurden.

»Signore Paxton«, trällerte eine etwas ältere Dame, die Kian begrüßen und ihm Küsschen auf die Wangen hauchen wollte. Doch er hielt sie auf Abstand und nickte nur knapp, anstatt ihr die Hand zu reichen, geschweige denn, ihr zu erlauben, sich ihm mit ihrem Mund zu nähern – war es auch nur zur Begrüßung.

Ein amüsiertes Schmunzeln stahl sich auf meine Lippen, als ich den leicht pikierten Blick der scheinbar italienischstämmigen Dame erkannte. Dennoch blieb sie höflich und zuvorkommend, so wie man es zur zahlungskräftigen Kundschaft scheinbar war. »Was darf ich für Sie tun, Signore?«

»Kümmern Sie sich die nächsten zwei Stunden intensiv um meine Begleitung«, forderte Kian, ohne gekünstelte Freundlichkeit, packte plötzlich meinen Arm und zog mich vor sich. »Kein Kitsch, nichts Übertriebenes. Ich will, dass sie am Ende immer noch so aussieht wie sie selbst, kapiert?«

Der Italienerin und mir klappte gleichzeitig der Mund auf.

»Ich will auch keine beschissene Hochsteckfrisur an ihr sehen und schon gar kein übertriebenes Make-up. Die Haare bleiben blond und lang. Keine Kurzhaarfrisur. Haben wir uns verstanden?«

Kians autoritäre, herrische Art brachte Regionen in meinem Körper zum Pochen, die eindeutig bei diesem Verhalten von ihm nicht pochen sollten. Taten sie aber!

»Ich will sie genauso unschuldig zurück, wie sie in diesem Moment aussieht«, knurrte er bedrohlich und ließ die Dame sowie auch mich sprachlos zurück. Die Italienerin, der, wie ich vermutete, dieser Friseurladen gehörte, nickte nur stumm und verstehend. Sie wagte es nicht, ihm zu widersprechen oder Fragen zu stellen. Brav nahm sie seine Befehle entgegen und bemühte sich, ihr falsches Lächeln wiederzufinden.

»Ich werde ein paar Straßen weiter in einer Bar, im *Knox*, auf deinen Anruf warten. Sobald die fertig mit dir sind, meldest du dich bei mir. Ich werde dich dann abholen.« Kians fordernder Blick bohrte sich in mich hinein, als er sich zu mir drehte. »Du wartest hier auf mich. Rührst dich nicht vom Fleck. Haben wir uns verstanden, Prinzessin?«

Gänsehaut durchzog meinen Körper und ich brachte ebenso nichts anderes zustande, als stumm und gehorsam zu nicken. Gott, war er einschüchternd, wenn er es sein wollte!

Nicht einmal zwei Stunden später betrachtete ich mich ungläubig im großen Spiegel. Ich konnte nicht glauben, dass ich das sein sollte, die auf diesem unheimlich bequemen Stuhl saß und ihrem Spiegelbild entgegenstarrte.

Meine Haare strahlten so viel Frische aus, wirkten glänzend und samtweich. Vollkommen anders als zuvor. Statt aschblond, schimmerten sie wieder in meinem gewohnten Honigblond – so wie früher einst. Die Länge blieb annähernd gleich, es wurden nur die kaputten Spitzen geschnitten. Und mein Gesicht? Es sah selten lebendiger aus. Keine dunklen Augenringe, keine fahle, blasse oder gerötete Haut, mein Teint war frisch und jung. Die Augen nur leicht mit Mascara und etwas Kajal betont. Auf den Lippen ein zartes Rosa, das kaum auffallend schimmerte.

Ob ich Kian so gefallen würde? Etwas in meinem Magen rebellierte bei dem Gedanken daran.

»Ich habe hier noch ein Kleid für Sie, Signora.«

Verwirrt sah ich zuerst sie, dann den pastellfarbenen Traum in ihren Händen an, den sie mir plötzlich entgegenhielt.

»Signore Paxton brachte es vorhin vorbei, als Sie hinten beim Make-up saßen. Er möchte, dass sie das heute Abend anziehen.«

War das sein Ernst? Er konnte doch nicht einfach bestimmen, was ich anzog! *Doch, konnte er,* ermahnte ich mich. Schließlich hatte ich mich darauf eingelassen und spielte nun nach seinen Regeln. Und dieses Kleid, ein Hauch von Nichts, gehörte offensichtlich dazu.

»Wo kann ich mich denn umziehen, Signora?«, fragte ich höflich, jedoch mit einem dicken Kloß in meinem Hals.

Die Dame deutete zu einer Tür weiter hinten und lächelte ermutigend, während ich ihr das scheinbar sündhaft teure Kleid abnahm und mich in den abgetrennten Raum des Friseursalons begab, um mich umzuziehen. Jetzt war ich heilfroh, mich heute für die gute Unterwäsche entschieden zu haben, denn sonst hätte man sie allzu deutlich unter dem dünnen Stoff des Kleides erkennen können.

Prüfend warf ich einen Blick in den körpergroßen Spiegel an der gegenüberliegenden Wand und öffnete verblüfft den Mund. Es sah hübsch aus. Schlicht und doch edel. Wertvoll. Der federleichte Stoff lag bequem auf meiner Haut, schmiegte sich angenehm an meinen Körper. Und zu meiner Überraschung war das Kleid nicht so kurz, wie ich befürchtet hatte. Es ging fast bis zu meinen Knien. Selbst die Farbe, ein zarter Champagnerton, schmeichelte mir und meinem Teint, was ich niemals vermutet hätte. Es passte zu meinen Haaren und betonte sogar meine Augen. Ich glaube, ich hatte nie zuvor so etwas Schönes getragen.

Ein Lächeln schlich sich auf meine Lippen, als ich an Kian dachte. Ich ahnte, es war eine dumme Idee, die mir gerade in den Sinn kam. Dennoch konnte ich mich nicht davon abhalten, auf seine Forderung, mich hier von ihm abholen zu lassen, zu pfeifen und stattdessen zu dieser Bar zu gehen, in der er auf meinen Anruf wartete.

Schnell stopfte ich meine alten Sachen in eine Tüte, die ich von der hilfsbereiten Dame des Friseurladens erhalten hatte, bedankte mich bei allen, die mich bedient hatten und wollte gerade aus dem Friseurladen hinausspazieren, da winkte mich die Inhaberin, die ältere, italienische Dame von vorhin, zurück. Mit zusammengepressten Lippen hielt sie mir Kians schwarz glänzende Kreditkarte entgegen, die ich ihm scheinbar zurückgeben sollte, und deutete auf meine Füße.

»Sie brauchen noch angemessene Schuhe für dieses Kleid, Signora.«

Tatsächlich trug ich noch immer meine nicht mehr ganz so neuen Sneakers, doch um ehrlich zu sein störte mich das nicht die Bohne. Ich würde heute Abend noch lange genug auf hohen Schuhen laufen müssen, fürchtete ich. Daher war ich dankbar für die flachen, bequemen Treter, die mich, nachdem ich Kians Kreditkarte an mich genommen und mich bei der geduldigen Dame bedankt hatte, auf schnellem Wege zur besagten Bar brachten.

Doch sobald ich sie betrat und mich anschließend fünf Augenpaare ungläubig, finster und durchdringend anstarrten, blieb ich mit stark klopfendem Herzen stehen und hielt die Luft an.

Heilige Scheiße, wo war ich hier bloß reingeplatzt?

6

Kian

Verunsichert und mit leicht geöffneten Lippen starrte sie uns fünf an. Dabei hatte ich ihr ausdrücklich gesagt, ich würde sie abholen, sobald sie fertig war. Selbst schuld, wenn sie nicht hören wollte und mir stattdessen in die Höhle der Löwen folgte. Vor allem in diesem Kleid.

»Ich ... ich wäre dann soweit. Denke ich.« Alice sah zu den Jungs, die sie nur so mit ihren Blicken verschlangen. Jeder auf seine ganz eigene hungrige Weise.

»Das sehe ich«, meinte ich betont unbeeindruckt. Dabei war ich alles andere als das. Es war das erste Mal, dass ich sie so sah. Zurechtgemacht und mit einem Kleid an ihrem zierlichen Körper, das verboten gehörte. Ihre schlanken, nackten Beine waren ein Traum und ließen bestimmte Körperregionen von mir vor Freude zucken. Ebenso wie ihre gut verpackten Brüste, die durch den tiefen Ausschnitt perfekt zur Geltung kamen.

Fuck! Hätte ich vorhin nicht besser ein beschissenes Blümchenkleid aussuchen können? Am besten bodenlang und grauenhaft hässlich!

Unbemerkt von den anderen ballte ich meine Hände zu Fäusten, um mich zusammenzureißen und keine Regung zu zeigen. Nicht vor ihr. Und schon gar nicht vor meinen Jungs, die sie noch immer lüstern von Kopf bis Fuß abscannten. Wie gut, dass sie noch immer ihre Sneakers trug. In High Heels wäre ihr Anblick zu viel für uns gewesen. Wenn es um schöne Frauen ging, waren wir wie Tiere.

»Ist sie das?«, fragte West mit gehobener Augenbraue und leckte sich anzüglich über die Lippen.

Ich nickte mit warnendem Blick.

»Sieht gar nicht so unschuldig aus, wie du erzählt hast«, meinte East finster, den Blick tief in ihrem Ausschnitt versenkt.

»Und wie Aschenputtel wirkt sie auch nicht gerade.« Nash grinste.

»Darf ich vorstellen? Alice, das sind Nash, Gray, West und East. Meine besten Freunde.«

»West und East?«, fragte sie irritiert, bereute die Frage anschließend offensichtlich, als sie die angespannten Kiefer der beiden Brüder bemerkte.

»Weston und Easton«, erklärte ich trocken. »Sie sind Brüder. Weiß der Teufel, was sich ihre Erzeuger dabei gedacht haben.«

Alice nickte verstehend und schluckte nervös.

»Hey, Paxton, darf ich sie mir mal ausleihen? Ich würde zu gerne mit ihr spielen.« Nash musterte sie mit gierigem Grinsen, was Alice sichtlich verängstigte.

»Sorry, Kumpel. Du weißt, ich teile nicht gern«, sagte ich drohend und sah dann zu Alice, deren Augen vor Schock geweitet waren.

»Keine Sorge, Aschenputtel. Nash meint es nicht so. Er hat nur ein gewaltiges Spielsuchtproblem. Das allerdings in jeder Hinsicht.«

Alice nickte erneut und blickte dann verunsichert zu Gray, der bisher noch kein Wort gesagt hatte, sie aber keine Sekunden aus den Augen ließ.

»Was ist dann *sein* Problem?«, fragte sie mich vorsichtig und schluckte.

»Drogen«, sagte Gray geradeheraus, noch bevor ich für ihn antworten konnte. Ein amüsiertes Grinsen schlich sich auf sein Gesicht, auch wenn es dazu keinen Grund gab. Sein Drogenproblem war weitaus schlimmer, als er sich je eingestehen würde.

Alice' Blick flog zu Easton und jeder erkannte die unausgesprochene Frage in ihren Augen.

»Aggressionen«, sagte er kalt. »Ich schlage mich gern.« Und das war die Untertreibung des Jahrtausends. Easts Aggressionen waren unkontrollierbar. Sogar für uns.

Alice' Lippen öffneten sich erschrocken und ich hörte sie leise nach Luft schnappen, als sie weiter zu West blickte, der bereits darauf gewartet hatte.

»Ich bin lebensmüde. Und damit meine ich keine Depressionen«, säuselte er mit selbstgefälligem Lächeln und ließ Alice noch mehr verstört zurück, als sie ohnehin schon war.

Dennoch schien die Neugier in ihr größer als die Angst und so sah sie schließlich wieder zu mir. »Und was ist *dein* Problem, Kian?«, fragte sie mit bebender, zerbrechlicher Stimme, während sich mein Blick in ihren bohrte.

Easton schnaubte. »Sagte er doch schon, Baby. Er teilt nicht gern.« Und er hatte recht. Das war durchaus eins meiner größten Probleme. Ich war nicht nur schrecklich besitzergreifend, ich wollte, dass alles mir gehörte. Alles, was ich wollte. Ganz egal, wie größenwahnsinnig das sein mochte.

Alice spannte sich unter meinem bohrenden Blick sichtlich an und schwieg.

»Alter, Rich wird dir niemals abkaufen, dass du dir diesen Engel geangelt hast. Und schon gar nicht, dass sie dein Leben verändert hat. Viel eher wird er glauben, du hast sie verdorben und ihr Leben mit deinem Psychoscheiß zerstört.« West sah mich mit verzogener Miene an.

»Sehe ich genauso, das wird niemals funktionieren«, stimmte Gray ihm zu und schüttelte den Kopf.

»Hättest du irgendeine Schlampe aus dem nächsten Puff rausgezogen, wäre es glaubhafter«, meinte jetzt auch East und sah mich entschuldigend an. »Nichts für ungut, Bro.«

»Aber eine *Schlampe* könnte wohl kaum mein ganzes Leben verändern, oder? Zumindest nicht zum Positiven.«

»Prostituierte«, hörte ich Aschenputtel neben mir plötzlich leise murmeln.

Irritiert sah ich zu ihr auf. »Wie bitte?«

»Es heißt, Prostituierte – nicht Schlampe«, korrigierte sie mich nervös, während die Jungs und ich sie ungläubig anstarrten.

»Seht ihr, genau *das* meine ich«, sagte ich und deutete zu Alice. »Sie ist anständig. Nicht so verroht wie wir. Deswegen ist sie perfekt für das, was ich mit Rich vorhabe.«

East seufzte. »Ich bleib dabei. Du wirst sie versauen, noch bevor Rich sie überhaupt zu Gesicht bekommt.«

»Schon möglich«, meinte ich schulterzuckend und warf ihr einen prüfenden Blick zu. »Aber einen Versuch ist es allemal wert.«

Alice versteifte sich erneut und trat von einem Fuß zum anderen. Es war klar, dass sie hier weg wollte – und das so schnell wie möglich. Die Jungs mit ihren Sprüchen und Blicken lösten Unbehagen in ihr aus, auch wenn sie alles versuchte, es nicht zu zeigen. Wir waren wie Bluthunde und konnten Angst riechen. Alice schien das bewusst. Was mir wieder einmal nur bewies, wie smart sie doch war.

»Gehen wir«, beschloss ich und stand von meinem Platz auf. »Du brauchst noch Schuhe und ich muss mich umziehen.«

Alice nickte sichtbar erleichtert, bevor ich mich von meinen Jungs verabschiedete und ihren Arm griff, um sie aus der Bar rauszubekommen, die sie niemals hätte betreten sollen. Ohne Vorwarnung riss ich ihr die Tüte mit ihren alten Klamotten aus der Hand und pfefferte sie in den nächsten Mülleimer.

»Was zum ...? Das sind meine Sachen!« Alice blieb kurz stehen und sah mich erschrocken an.

»Die wirst du nicht mehr brauchen, ich kaufe dir neue«, sagte ich entschlossen und lief weiter.

»Aber ...« Sie starrte mich mit gekränktem Blick an, folgte mir dann aber langsam wieder. »So schrecklich waren sie gar nicht«, hörte ich sie hinter mir murmeln.

»Waren sie nicht«, bestätigte ich. »Nur eben alt und deiner Figur nicht gerecht. Deswegen bekommst du von mir neue Sachen.«

Alice musterte mich von der Seite, als sie mich eingeholt hatte, erwiderte jedoch nichts darauf. »Wir fahren doch aber nicht wieder mit deiner Maschine, oder?«, fragte sie stattdessen aufgeregt, als ich mich nach meinem Motorrad umsah, das ich hier vorhin in der Seitengasse abgestellt hatte. »Ich glaube nämlich nicht, dass das in diesem Kleid geht.« Sie schluckte hart und deutete zum Saum, der sich eng oberhalb der Knie an ihre Beine schmiegte.

»Du musst es nur ein wenig hochkrempeln, Baby. Dann geht alles.« Bestimmt legte ich meine Hände an ihre Oberschenkel, sah ihr in die Augen und schob das Kleid bis zu ihrem Arsch nach oben. Nur so weit, dass niemand zu viel erkennen, sie aber problemlos auf die Maschine steigen konnte.

Alice hielt die Luft an und starrte mir mit aufgerissenen Augen entgegen, während ich überrascht feststellte, dass meine Fingerkuppen vor Hitze und trotz – oder gerade wegen – ihrer seidenzarten Haut brannten.

»Los, komm. Wir haben nicht mehr viel Zeit bis zum Termin«, verkündete ich und stieg auf das Motorrad.

Alice folgte mir, blieb dann aber vor mir stehen und runzelte die Stirn. »Was ist mit dem Helm? Ich kann ihn nicht anziehen, sonst sind meine Haare wieder durcheinander und die Arbeit des Friseurs ist für den Eimer.«

»Lass ihn ab, ich fahre diesmal vorsichtig. Außerdem ist es von hier nicht weit bis zu mir.«

Nachdenklich nickte sie mir zu und stieg dann langsam hinter mich, die Finger fest um meine Bauchmuskeln gekrallt.

Nicht einmal eine Stunde später war ich geduscht und umgezogen, bereit, meinen ersten Auftritt mit meiner Pseudofreundin hinzulegen. Alice hatte solange mit Sophia auf mich gewartet und sich von ihr ein paar passende Schuhe zu ihrem neuen Kleid bringen lassen.

Als ich nach unten ging, hörte ich sie beide in der Küche und folgte ihren Stimmen.

»Ich bin ganz schön nervös«, gestand Alice angespannt, als ich hinter ihr im Türrahmen stehen blieb und ihre zugegeben überraschend heiße Rückansicht betrachtete. Das Kleid saß perfekt an ihrem Körper, eng und kurz. Ihre Beine kamen darin übertrieben gut zur Geltung. Von ihrem Arsch ganz abgesehen. Und in diesen High Heels, die sie jetzt trug, hatte sie plötzlich eine vollkommen andere Haltung eingenommen, selbstbewusster und mit geradem, durchgedrückten Rücken – nicht wie zuvor in den billigen Sneakern, die sie dauernd trug.

»Mach dir keine Sorgen, Alice. Kian wird schon auf dich aufpassen, da bin ich mir sicher«, sagte Sophia mit aufmunterndem Lächeln, warf mir dann aber über Aschenputtels Schulter hinweg einen warnenden Blick zu, der mich amüsiert grinsen ließ. Sophia kannte mich einfach zu gut. Besser als jeder andere, meine Freunde eingeschlossen.

»Wir können los, Prinzessin. Der Wagen steht draußen schon für uns bereit.«

Alice drehte sich zu mir um, musterte mich von Kopf bis Fuß. »Wagen? Ich muss also nicht nochmal mit diesem Kleid auf das Motorrad steigen?«

Scheiße, verflucht! Schön wär's. Ich spürte ihre erhitzte Mitte noch immer dicht an meinem Arsch und würde die ganze Nacht nichts lieber tun, als mehr davon an meinem Körper zu fühlen, sie dort anzufassen und dabei zu beobachten, wie nass sie wurde. Doch der Kunde ging nun einmal vor, wenn ich Rich davon überzeugen wollte, ein braver Sohn zu sein. Ich konnte mir solche Ablenkungen nicht erlauben, so eng meine Hose bei dem Gedanken gerade auch wurde.

»Wir fahren mit meinem Mustang«, verkündete ich und ging, ohne auf sie zu warten, nach draußen.

Alice folgte mir mit klackernden Absätzen, die auf dem Marmorboden widerhallten. »Ist der Ferrari noch in der Werkstatt oder wieso fahren wir nicht mit dem?«

»Der Ferrari gehört nicht mir.«

»Was?! Aber … wem dann?« Alice stolperte fast über ihre eigenen Füße und beeilte sich, mir hinterherzukommen. »Kian! Wieso zur Hölle mache ich das alles hier, wenn es gar nicht dein Wagen war, den ich geschrammt hatte?« Sie griff nach meinem Arm, damit ich stehenblieb.

Ich sah sie durchdringend an. »Weil du nicht willst, dass der eigentliche Besitzer davon erfährt, glaube mir.«

Alice' Lippen öffneten sich betörend und schön, als sie zu begreifen schien. »Er gehört deinem Stiefvater, oder? Rich.«

Ich nickte. »Goldrichtig. Und er würde dich sofort vor Gericht zerren, wenn er davon wüsste. Ganz egal, ob du deswegen in den Knast wanderst, weil bei dir nichts zu holen ist.« Oder vielleicht Schlimmeres als das. Rich war bekannt dafür, andere spielendleicht auszubeuten und ihnen auch nachträglich noch das Leben zu zerstören – so sehr, dass sie danach nie wieder auf die Beine kamen oder sich davon erholen konnten. Er hatte zu viel Macht über zu viele Menschen. Und genau das musste ich endlich ändern.

»Sei froh, dass ich dir diesen Deal vorgeschlagen habe. Besser hätte es für dich nicht kommen können«, sagte ich trocken und stieg ein.

»Ist das wenigstens dein Wagen? Der Mustang, meine ich«, fragte Alice verunsichert, als sie neben mich auf den Beifahrersitz kletterte und ihr Kleid sorgfältig zurechtrückte, damit es während der Fahrt nicht knitterte.

»Jep.« Ich startete den Motor und sah zu ihr hinüber. »Entspann dich mal. Ich brauche dich gleich mit charmantem Dauerlächeln und zuckersüßem Wimpernklimpern, klar?«

Alice atmete tief durch und sah hinaus zum Fenster, als ich losfuhr. »Ich habe Angst, einen Fehler zu machen«, gestand sie leise. »Habe Angst, mich zu verraten. Uns.«

Schnaubend gab ich Gas. »Und wennschon. Die denken über mich doch sowieso alle nur das, was sie denken wollen.«

»Wie meinst du das?« Interessiert drehte sie sich in ihrem Ledersitz zu mir um und sah mich verwundert an.

»Ich bin ein 25-jähriges, verwöhntes Arschloch in ihren Augen. Ein Typ, der nichts in seinem Leben selbst erreicht hat und der nichts anderes will, als das Geld seines Stiefvaters zu verprassen, Party zu machen und wie wild in der Gegend zu vögeln. Also all das, was sie nicht mehr dürfen, sich aber so sehr wünschen.« Ich lächelte verbittert und warf ihr einen kurzen Seitenblick zu. »Sie sind neidisch, Aschenputtel. Und Neid lässt die Menschen hässlich werden. Nicht nur äußerlich.«

»*Ich* bin neidisch«, hörte ich sie plötzlich nachdenklich flüstern und war mir nicht sicher, ob sie wollte, dass ich es hörte oder ob sie das nur zu sich selbst sagte.

»Auf was oder wen?«, fragte ich dennoch finster, weil ich mir nicht vorstellen konnte, dass sie einen ernsthaften Grund dazu hatte.

Alice seufzte. »Darauf, dass *du* dir keine Gedanken darum machen musst, wie du den nächsten Monat überlebst, zum Beispiel. Du brauchst dir um nichts Sorgen zu machen, kannst in Ruhe dein Leben genießen. Darauf bin ich neidisch und ich habe kein Problem, es zuzugeben. Macht mich das in deinen Augen jetzt ebenso hässlich wie diese anderen Menschen?«

Scheiße, nein! Sie könnte vor Neid zerfressen sein und würde noch immer aussehen wie ein verdammter Engel.

»Du hast überhaupt keine Ahnung, wovon du redest, Hollister«, knurrte ich wütend. Schließlich kannte sie mich nicht. Sie hatte keinen Schimmer, mit welchen Sorgen ich mich tagtäglich herumschlagen musste und wie sehr meine Gedanken mich manchmal verfolgten und innerlich zerfraßen. Nur weil ich Geld hatte, bedeutete das nicht, dass es mir an nichts fehlte. Ganz im Gegenteil. Doch woher sollte sie das wissen?

Als wir einige Minuten später am Restaurant ankamen, in dem der Kunde und ich uns zum Essen verabredet hatten, blieb ich noch einen Moment im Wagen sitzen und blickte hinüber zu Alice.

Ihr Körper hatte sich versteift und ihre Finger gruben sich tief in das weiche Leder meines Mustangs, als sie hinaus zu der Menschenmenge starrte, die adrett in einer Schlange vor dem Eingang des Restaurants standen und darauf warteten, einen freien Tisch zu bekommen.

»Müssen wir uns auch anstellen?«, fragte sie nervös und zupfte unnötigerweise an ihren Haaren herum.

»Ich muss mich niemals anstellen, Aschenputtel. Nirgendwo. Es wurde ein Tisch für uns reserviert, wir können also direkt reingehen und uns setzen.«

Alice sah mich an. »Was ... was soll ich tun? Ich meine, wie soll ich mich jetzt verhalten und wie gehe ich mit deinem Kunden um? Ich ... ich bin nicht gut in so etwas.« Sie stotterte.

»Verstell dich nicht. Sei genauso, wie du bist – nur versuch, so oft es geht, den Mund zu halten und mich antworten zu lassen. Ich will, dass du diese alten, geilen Böcke mit deiner Art so sehr entzückst, dass sie nachts beim Wichsen an dich denken müssen.«

Unweigerlich verzog sie das Gesicht und schüttelte den Kopf. »Das ist widerwärtig. Und das tue ich auf gar keinen Fall, Kian.«

»Fuck, du weißt, was ich meine«, sagte ich hart. »Sei ein Engel, ein zuckersüßer Engel, denen sie nicht widerstehen können und von dem sie auch Rich später vorschwärmen werden, wenn er sie ins Kreuzverhör nimmt. Mehr musst du nicht tun. Klar?«

Sie atmete ein paar Mal tief durch und nickte langsam. »Ist gut. Ich versuch's.«

»Du musst keine Angst haben. Ich werde dich keine Sekunde aus den Augen, geschweige denn alleine mit diesen Männern lassen. Verstanden?« Bohrend starrte ich sie an.

»Verstanden«. Alice nickte erneut. »Du teilst nun mal nicht gern.«

Ein leicht beeindrucktes Lächeln schlich sich auf meine Lippen. »Ganz genau.«

7

Alice

Ohne ein weiteres Wort an mich zu richten, stieg Kian aus und ging zur Beifahrerseite seines Mustangs, um mir die Tür zu öffnen und mir beim Aussteigen zu helfen. Unerwartet sanft griff er nach meiner Hand und schenkte mir ein Lächeln, von dem ich nicht sicher wusste, ob es gespielt oder echt war.

Vorsichtig stieg ich aus, ohne meine Beine zu weit auseinander zu schieben. Bloß nichts von meiner Unterwäsche preisgeben, mahnte ich mich. Auch wenn Kian scheinbar darauf gehofft hatte und sein Blick unnötig lang am unteren Saum meines Kleides klebte.

Viel zu nah stand er vor mir und musterte mich ein letztes Mal prüfend, ehe wir das Restaurant betreten konnten. Sein Blick schien ausdruckslos, genau wie vorhin im *Knox*.

Ich hatte so sehr gehofft, er zeigt irgendeine Regung, lächelt oder nickt zufrieden. Schließlich war er es, der dieses Kleid für mich ausgesucht hatte. Genauso wie er der armen Friseurin gezielte Anweisungen gegeben hatte, wie sie mich herrichten sollte. Und doch bekam ich als Dank nichts weiter als ein ausdrucksloses Gesicht und einen Blick, den ich nirgends zuordnen konnte.

Mittlerweile bekam ich den lächerlichen Verdacht, er versteckte seine Gedanken mit voller Absicht vor mir. Nur verstand ich leider nicht, wieso er das tat. Vermutlich war das so ein Macht-Ding, das er unbedingt brauchte, um sich besser und erhabener zu fühlen. Dabei hatte er das nun wirklich nicht nötig …

»Kian! Wie schön, dass wir mal wieder Zeit gefunden haben, uns zu treffen. Wie lange ist es bereits her – zwei Jahre?!«

Paxton drehte sich um und sah einem leicht ergrauten, älteren Herren entgegen, der ihn freundlich mit einem Lächeln und einem Händedruck begrüßte, bevor sein Blick unweigerlich auf mich fiel und sich seine Augen verwundert weiteten.

»Tony, darf ich vorstellen? Das ist Alice. Meine bessere Hälfte.« Kian legte besitzergreifend seinen Arm um meine Taille und zog mich an sich.

Tony schien sichtlich überrascht, versuchte trotzdem höflich zu bleiben und sich nichts anmerken zu lassen. Wie ein Gentleman hauchte er einen Kuss auf meinen Handrücken und lächelte. »Bezaubernd«, kommentierte er, wie ich vermutete, mein Aussehen, und sah dann wieder zu Kian, dessen Arm mich noch fester an seinen Körper presste.

Etwas verunsichert, ob ich etwas dazu sagen sollte, sah ich hinauf und begegnete Kians Blick. Seine Augen bohrten sich in meine und ich spürte mein Herz, wie es aus meiner Brust springen wollte. Es raste unkontrolliert und laut.

Schnell schluckte ich den dicken Kloß in meinem Hals hinunter und räusperte mich unbeholfen, damit er meinen pochenden Herzschlag nicht hörte. Ein unwiderstehliches Lächeln lag auf seinen hypnotischen Lippen, eins, das ich bisher noch nie bei ihm gesehen hatte, und ich konnte die Wirkung, die dieser Mann vom ersten Moment an auf mich hatte, nicht mehr länger leugnen. Ich fühlte mich von ihm – selbst von seiner seltsam herrischen Art – angezogen. Und auch wenn ich wusste, wie dumm es von mir war, das zuzulassen, so konnte ich mich ihr nicht entziehen. Nicht, wenn er mir so nah war wie in diesem Moment.

Mein anfängliches Hochgefühl verwandelte sich mit jeder weiteren Minute, die ich neben Kian und zwischen all den mir unbekannten Männern am Tisch saß, in unbehagliches Schweigen. Das Restaurant schien voll mit reichen, selbstverliebten und erfolgreichen Geschäftsleuten. Paxtons Kunde und sein Gefolge, das er zum Schutz oder einfach nur aus Spaß mitgebracht hatte, waren beinahe furchteinflößend und nahmen kaum Rücksicht auf mich. Ich war mit Abstand die Jüngste an diesem Tisch voller stinkreicher Männer, die mich zwar immer wieder mit für mich unangenehmen Blicken bedachten, mich letztendlich aber dennoch ignorierten.

Nur Kian warf immer wieder einen Blick zu mir hinüber, vermutlich nur um zu kontrollieren, ob ich noch brav lächelte. Sein Wort hielt er dennoch. Er ließ mich nicht eine einzige Sekunde mit diesen Leuten alleine. Dafür war ich ihm dankbar.

Als wir uns nach dem Essen auf den Weg in die Oper machen wollten und zu meiner Überraschung nicht die Geschäftsleute, jeder für sich, sondern Kian ganz allein die Rechnung im Restaurant für alle zahlte, hielt er mich kurz auf. »Geht es dir gut, Aschenputtel? Kommst du die nächsten drei Stunden noch klar mit diesen Wichsern?« Kians Blick spiegelte pure Verabscheuung wider und ich ahnte, weshalb. Diese Männer erinnerten ihn offensichtlich an Rich, seinen Stiefvater, der ihm scheinbar mehr als nur das Leben zur Hölle machte.

»Mir geht es gut, ich schaff das schon.« Ich versuchte zu lächeln, doch mir war klar, dass ihm die Lüge in meinen Augen auffallen würde. »Es gehört zu unserer Abmachung und ich habe nicht vor, dich zu enttäuschen.«

Kians linker Mundwinkel zuckte, doch er blieb ernst und funkelte mich stattdessen warnend an. »Das würde ich dir auch raten. Vor dem Eingang der Oper werden Fotografen auf uns warten und ich will, dass jeder sieht, dass du mein Mädchen bist. Haben wir uns verstanden?«

Erneut bildete sich ein gigantischer Kloß in meiner Kehle und ich nickte ehrfürchtig. »Solange wir uns nicht küssen müssen, ist das kein Problem für mich.«

Kian lachte spöttisch auf. »Kannst du vergessen, Baby. Wenn es sein muss, fick ich dich auch direkt vor ihren Augen. Und wenn ich dich küssen will, dann tue ich das genauso.«

Ich erstarrte. Die Härte seiner Worte ließ mich an mir selbst zweifeln. Denn statt davon angewidert zu sein, war ich etwas ganz anderes – erregt. Und genau das bemerkte er sofort. Schließlich verriet mich der viel zu dünne Stoff meines Kleides, unter dem sich jetzt meine Brustwarzen deutlich abzeichneten.

Befriedigung, vor allem aber Genugtuung, lagen in seinem Blick und ich spürte, wie sich ein intensives Kribbeln durch meinen Körper zog und zielgerecht in meinem Schoss endete.

Ich schluckte hart. »Das war nie Teil unserer Abmachung, Kian. Keine Küsse. Du kommst mir auch nicht zu nah, sonst ist der Deal geplatzt«, sagte ich voller Entschlossenheit. Ganz egal, wie sehr sich mein Körper von ihm angezogen fühlte, mein Verstand funktionierte noch einwandfrei und ließ mich nicht zu einer seiner Marionetten werden.

Kian hob überrascht eine Augenbraue und sah mich herausfordernd an. »Und wenn ich dich anfasse?« Heiser und lauernd kroch seine dunkle Stimme quer durch meinen Körper und löste eine Welle von Beben in mir aus.

Ich riss mich mühevoll zusammen und hielt seinem Blick stand. »Wenn es der Situation angemessen ist und du nicht übertreibst, deine Hände also weder an meinem Hintern, noch unter meinem Kleid landen, habe ich nichts dagegen.«

Kians Mundwinkel zuckte erneut. »Für die Sache mit deinem Arsch kann ich nicht garantieren.«

»Du wirst dich aber zusammenreißen, es nicht zu tun«, warnte ich ihn und ließ ihn damit einen Moment lang sprachlos zurück, wie mir schien. Zumindest sagte er kein Wort, starrte mir nur ungläubig, und möglicherweise auch wütend, entgegen. Bis jemand seinen Namen rief und wir bemerkten, dass wir die Einzigen waren, die noch im Restaurant standen, während die anderen entweder draußen oder längst zur Oper vorgefahren waren.

»Keine Frau hat es je gewagt, mir Forderungen zu stellen«, flüsterte mir Kian knurrend ins Ohr, als er meine Hand nahm und mit mir nach draußen ging.

»Dann bin ich wohl die Erste«, erwiderte ich leise, als er mir half, in seinen Wagen zu steigen.

Kian beeilte sich, um sich hinter das Steuer zu setzen und ließ den Motor unnötig laut und lange aufheulen, bevor er sich zu mir umdrehte und mir einen vernichtenden Blick zuwarf. »Du bist und bleibst die Einzige. Ich lasse mir sonst nur ungern etwas sagen.«

»Und ich lasse mich nur ungern benutzen«, meinte ich trotzig, bevor er mit quietschenden Reifen losfuhr, als wäre er auf der Flucht.

Die Oper war nicht annähernd das, was ich erwartet hatte. Natürlich war es faszinierend und irgendwie geheimnisvoll. Doch es war einfach nicht meine Welt. Und wie ich amüsiert feststellte, war sie es ebenso wenig Kians.

Schwer ausatmend saß er nach nur einer Stunde neben mir und wirkte ganz und gar gelangweilt und müde. Im Gegensatz zu seinem Kunden und dessen Gefolge, die den Gesang der fülligen Dame auf der Bühne wahrlich zu genießen schienen.

Unauffällig und mit genervtem Blick sah Paxton auf seine sündhaft teure Armbanduhr, als er bemerkte, dass ich ihn dabei beobachtete. Prüfend zog er die Augenbrauen zusammen und starrte mich an. Stechend und intensiv, als versuchte er, in mir zu lesen.

Das verräterische Kribbeln, das sich heute zum wiederholten Mal tief in mir meldete, zog sich quer durch meinen Körper und mündete unweigerlich zwischen meinen Oberschenkeln.

Nervös biss ich mir auf die Unterlippe.

»Gib mir einen Grund, endlich von hier zu verschwinden, Aschenputtel.« Erstarrt blieb ich regungslos sitzen, als ich seinen heißen Atem an meinem Nacken spürte und seine warmen Lippen an meinem Ohr.

Hart schluckend versuchte ich ruhig zu atmen und ihm meine Unsicherheit nicht zu zeigen, doch ich wusste, mein Körper verriet mich gnadenlos. »Ich bekomme hier drin kaum Luft«, hauchte ich atemlos und hoffte, das würde ihm als Grund genügen, um die Flucht ergreifen zu können.

Kians Augen funkelten auf. Knapp nickte er mir zu, bevor er sich zu den Herrschaften zu seiner Linken lehnte und ihnen etwas zuflüsterte, was ich nicht verstand. Anschließend griff er nach meiner Hand und zog mich von meinem Sitz hoch.

»Lass uns gehen. Jetzt!«, befahl er launisch und schob mich mit der Hand in meinem Rücken durch die Stuhlreihe hinaus in den Gang und geradewegs zum Ausgang, noch ehe ich mich von den Geschäftsleuten verabschieden und ihnen einen schönen Abend wünschen konnte.

Ein brennendes Prickeln entflammte unter seiner Berührung auf meiner Haut und so beeilte ich mich, das große, barocke Gebäude zu verlassen. Erst als wir draußen in einer Seitengasse standen und ich erlösend die frische Nachtluft in mich einsog, ließ Kian mich los und schob seine Hände mit einem ehrlich beeindruckten Lächeln in die Hosentaschen.

Stumm betrachtete er mich zufrieden.

»Werden diese Leute jetzt nicht misstrauisch, weil wir so überstürzt abgehauen sind?«, fragte ich unsicher. »Ich dachte, ich soll einen guten Eindruck hinterlassen, damit sie vor deinem Stiefvater nichts Falsches über mich sagen.«

»Das werden sie nicht«, sagte er überzeugend. »Sie haben dich den ganzen Abend haargenau beobachtet und werden jetzt denken, dass wir irgendwo hier draußen oder in meinem Wagen miteinander vögeln, weil wir keine Sekunde länger die Finger voneinander lassen konnten.«

»Und das ist gut?«, fragte ich mit gerunzelter Stirn und war leicht entsetzt über diesen Gedanken.

»Das ist perfekt!« Kian grinste. Es war dieses echte Grinsen, das er nur selten zeigte und das sämtliche Körperregionen von mir zum Zittern brachte. »Sie werden denken, du bist mir wichtiger als der Kundentermin und das – genau das – macht mich in ihren und auch in Richs Augen zu einem besseren Mann. Zumindest schätze ich ihn so ein. Dabei ist er selbst ein dummes Arschloch, das keine Ahnung von Manieren und Anstand hat. Schon gar keine von Ehre oder Loyalität.«

»Loyalität ist wichtig«, erinnerte ich mich mit bitterem Lächeln, das er ebenso bemerkte, wie meine fröstelnden Arme, über die ich für einige Sekunden rieb.

»Ich fahre dich nach Hause«, beschloss er und nahm meine Hand, um mich zu seinem Wagen zu führen.

Bevor ich jedoch einsteigen konnte, spürte ich plötzlich, wie er mir sein Sakko um die Schultern legte. Vielleicht steckte ja doch ein kleiner Gentleman in ihm, nur wollte Kian ihn nicht zeigen. Aus Angst, man würde es ihm als Schwäche auslegen. Möglich wäre es. Und mittlerweile traute ich ihm alles zu. Er schien unberechenbar, ganz egal, was er tat.

Wenige Minuten später standen wir vor dem heruntergekommenen Gebäudekomplex, in dem ich ein winziges 1-Zimmer-Appartement bewohnte.

Ich schämte mich, zusammen mit Kian hier zu sein und hatte darauf bestanden, dass er mich zum Parkdeck der Einkaufsmeile bringt, auf dem er mich heute Mittag aufgegabelt hatte. Schließlich stand dort noch mein Wagen und ich hätte dann alleine nach Hause fahren können. Doch Kian ließ keine Diskussionen zu und brachte mich auf direktem Wege hierher.

»Du bist sicher, dass du hier lebst? Da drin?« Er deutete mit verzogener Miene auf das Haus, das nicht nur voller Graffiti war, sondern so kaputt und beschädigt aussah, als würde es jeden Moment in sich zusammenfallen.

Ich erwiderte nichts auf seine Frage, sondern bedankte mich stattdessen dafür, dass er mich hergebracht hatte und stieg aus, ohne ihn noch einmal anzusehen. Mir war es schrecklich unangenehm, dass er sah, wie ich lebte. Dabei hatte ich kaum eine Wahl. Ich konnte mir mit meinen bisherigen Jobs nichts anderes als das leisten.

Mit gestrafften Schultern ging ich die Treppenstufen hinauf und suchte den Schlüssel in meiner Handtasche. Doch bevor ich die Haustür aufschließen und Kians bohrenden Blick, den ich noch immer von seinem Wagen aus in meinem Rücken spürte, entfliehen konnte, stolperten die Sanchez Brüder aus dem Haus und kreisten mich neugierig ein.

»So rausgeputzt, Hollister?«, fragte einer von ihnen und zupfte am Saum meines Kleides. »Woher hast du den hübschen und scheinbar teuren Zwirn, hm, Bitch?«

In dem Augenblick bemerkte ich erst, dass Kians Sakko noch immer um meine Schultern lag, und schloss ihn enger um meinen Körper, als könnte er mir Schutz bieten.

»Bist du zur Vernunft gekommen und machst jetzt für reiche, alte Säcke die Beine breit?«, fragte der jüngste Sanchez breit grinsend. Dabei war er gerade einmal 14.

Doch so war das in dieser Gegend eben. Kinder verrohten, noch bevor sie die Chance bekamen, aus diesem elenden Teufelskreis der Armut, auszusteigen.

Fest presste ich meinen Schlüssel an die Brust und versuchte mich zwischen den Brüdern hindurchzuzwängen, um endlich ins Haus und in Sicherheit zu kommen. Doch statt mir Platz zu machen, griff einer plötzlich nach meinem Arm und mit der anderen Hand nach meinem Hintern.

Ich riss die Augen auf und wollte ihm gerade mit der flachen Hand eine Ohrfeige verpassen, da schoss auf einmal eine Faust in sein Gesicht und ließ mich erschrocken nach Luft schnappen.

Kian schubste die anderen Brüder mit warnendem Blick beiseite, griff nach meiner Hand und zerrte mich ins Haus hinein.

»Wo ist dein Appartement? Wir holen jetzt deine Sachen und verschwinden dann von hier.«

Irritiert deutete ich in den zweiten Stock und ließ mich von ihm die Treppen hinauf ziehen, bis wir vor meiner Wohnungstür standen und er mich fordernd anfunkelte.

»Mach schon, Prinzessin. Mein Wagen steht draußen und ich will nicht, dass einer dieser Schmarotzer sich daran zu schaffen macht oder ihn stiehlt.«

Ich war so durcheinander, dass ich einfach gehorchte. Schnell stürmte ich in mein Appartement und schaute mich nach etwas um, worin ich meine Sachen hineinschmeißen konnte. Eine Reisetasche oder einen Koffer besaß ich nicht. Wozu auch? Ich hatte kein Geld, um zu verreisen. Meine Handtasche war allerdings zu klein, um darin irgendetwas zu transportieren.

»Nimm den verdammten Wäschekorb«, knurrte Kian ungeduldig und deutete zur Couch, auf der er stand.

»Und was genau soll ich mitnehmen?«, fragte ich verwirrt, weil ich noch immer nicht verstand, was hier gerade passierte. Wofür sollte ich überhaupt packen?

»Deine Klamotten, was sonst? Alles, was du brauchst, wenn du bei mir leben willst.«

Abrupt blieb ich stehen und starrte ihn an. »Wieso sollte ich bei dir leben wollen? Das ist mein Zuhause. Ich zahle schließlich Miete hierfür.«

Kians Kiefer spannte sich an und sein Blick verfinsterte sich. »Scheiß auf die Miete, ich lasse dich keinen Tag länger hier in diesem Haus. Keine Widerrede!«

Bitte, was? »Das kannst du nicht bestimmen. Das ist …«

»Ich sagte, keine Widerrede, Alice«, raunte Kian ruhig, aber nicht ohne Warnung. »Du kommst mit zu mir, bis wir eine andere Lösung gefunden haben.«

»Das war nicht Teil unserer Abmachung«, erinnerte ich ihn fassungslos, verstummte allerdings, als er auf mich zutrat und so dicht vor mir stehenblieb, dass ich seinen Atem auf meiner Haut spüren konnte.

»Verflucht nochmal, Hollister. Mach einfach, was ich dir sage!«, drohte er heiser. »Oder willst du das nächste Mal von diesen Wichsern begrapscht werden, wenn dir niemand zur Hilfe kommt? Willst du ihre schmierigen Finger unter deinem Kleid?«, fragte er flüsternd an meinem Ohr und strich mit seinen Fingern über meine Beine, bis zu meinem Kleid hinauf.

Ich verspannte mich unter seinen Berührungen und erschauerte am ganzen Körper. Ich fühlte mich ihm ausgeliefert und war nicht sicher, ob ich es hasste oder ob es mir gefiel.

»Willst du, dass sie dich gegen deinen Willen anfassen?« Kians Augenbrauen zogen sich wütend zusammen und er ließ von mir ab. »Denn das werden sie tun, Aschenputtel. Jetzt, wo sie denken, du lutschst gegen Geld Schwänze, werden sie es immer wieder bei dir versuchen.«

Ich schluckte schwer und sah ihn hilflos an. Gegen ihn anzukämpfen hatte keinen Sinn. Und gegen das, was er sagte, konnte ich nicht widersprechen. Ich wusste, er hatte recht, so sehr sich alles in mir dagegen sträubte, mit ihm zu gehen. Lieber war ich bei ihm als hier ganz allein.

8

Kian

Am nächsten Morgen wurde ich von Easton aus dem Bett geworfen, nachdem Sophia ihn reingelassen hatte. Wie es aussah, hatte er wieder einmal zu viel Energie, von der er nicht wusste, wie er sie loswerden sollte. In solchen Momenten konnte er nicht mehr klar denken und die einzigen beiden Möglichkeiten, ihn wieder runterzubringen, waren Sport oder Sex.

Da ich ihm bei der einen Sache definitiv nicht aushelfen konnte, und es verdammt nochmal auch nicht wollte, begab ich mich mit ihm zusammen in meinen Trainingsraum, der im hinteren Teil des Hauses lag. East und ich trainierten hier oft und nicht gerade wenig. Doch was er heute mit meinem Boxsack veranstaltete, war selbst für seine Verhältnisse nicht mehr normal.

»Meinst du nicht, es reicht langsam? Du schlägst schon seit über einer Stunde auf das blöde Ding ein.« Auffordernd sah ich ihn an und griff nach meiner Wasserflasche.

»Gibst du etwa schon auf, Paxton? Ich dachte, du hältst länger durch.« Er grinste provozierend, bevor er dem Sandsack noch eine verpasste.

Seufzend ließ ich mich auf die Bank neben der Tür fallen. »Scheiße, ich will doch nur endlich unter die Dusche und etwas frühstücken. Die Nacht gestern war lang und du hast mich viel zu früh aus dem Bett geschmissen. Wieso warst du um diese Uhrzeit überhaupt schon unterwegs?«

»Konnte nicht schlafen.« Er zuckte mit den Schultern. »Und was ist deine Ausrede für die lange Nacht? Ich dachte, du warst mit deinem Aschenputtel bei einem Kundentermin?« Easton warf mir einen prüfenden Blick zu.

»War ich auch«, sagte ich knapp und dachte wieder daran, wie diese Wichser sie gestern Nacht begrapschen wollten, als ich sie an ihrem Appartement abgesetzt hatte. Wäre ich gefahren, noch bevor sie das Haus betreten hatte ... Ich wollte mir nicht ausmalen, was sie dann mit ihr gemacht hätten.

»Und?«, fragte East, als ich nicht weitersprach, sondern nur vor mich hinstarrte.

»Und was?«

»Wie hat sie sich angestellt, scheiße nochmal. Muss man dir neuerdings alles aus der Nase ziehen?«

Ich schnaubte. »Sie war gut. Genau so, wie ich sie gebraucht habe.«

Er hob beide Augenbrauen und sah mich überrascht an. »Das heißt, du ziehst das weiter mit ihr durch?«

Ich erinnerte mich, wie sie mich im Restaurant und in der Oper beobachtet hatte. Alice dachte, ich hätte es nicht mitbekommen, doch ihre Blicke entgingen mir keineswegs. Sie schien beeindruckt von meinem Umgang mit dem Kunden und doch wirkte sie, als wäre sie sich nicht sicher, was das ganze Theater sollte. Trotzdem blieb sie souverän in ihrer Rolle, ohne mir dabei zu nahe zu kommen. Was ich fast schon schade fand. Deswegen wollte ich es unbedingt noch einmal mit ihr versuchen.

Entschlossen sah ich zu Easton und grinste. »Sieht ganz danach aus.«

Nachdem ich geduscht hatte und die Küche betrat, saß East bereits am Tisch und stopfte sich unkontrolliert Sophias selbstgemachte Pfannkuchen ins Maul. Scheinbar ebbte das Adrenalin noch immer nicht ab und das bedeutete, er versuchte sich von der überschüssigen Energie abzulenken.

»Dir ist schon klar, dass Zucker nicht gerade förderlich ist in deinem Zustand?« Amüsiert beobachtete ich ihn dabei, wie er mitten im Kauen innehielt und mich einen Moment lang ertappt anstarrte.

»Ich hab seit gestern Abend nichts mehr gegessen. Und Sophia macht die besten Pancakes weit und breit, also ... Mir egal!« Schulterzuckend stürzte er sich auf den Berg voller Pfannkuchen und goss mit breitem Grinsen noch mehr Sirup darauf.

Kopfschüttelnd lachte ich auf und holte mir den frischgepressten Orangensaft aus dem Kühlschrank, als plötzlich Alice neben mir auftauchte und mich aus überraschten Augen ansah.

»Oh! Ähm ... Guten Morgen«, sagte sie leise und runzelte die Stirn, als sie mich musterte. Nach dem Duschen hatte ich mir lediglich eine bequeme Jogginghose übergezogen, allerdings weder ein Shirt noch sonst etwas.

»Tut mir leid, ich dachte, ich wäre alleine hier«, meinte sie verunsichert, als ihr Blick zu Easton glitt, der mit dem Kauen aufgehört hatte und sie mit finsterer Miene niederstarrte.

»Sophia hat gesagt, ich darf mir ... Ähm ...« Aschenputtel schien nicht nur verwirrt, sie wusste überhaupt nicht, wie sie mit dieser Situation umgehen sollte. Schließlich war sie erst seit letzter Nacht hier und seitdem hatten wir uns nicht mehr gesehen. Nicht nachdem ich ihr das Poolhaus gezeigt hatte, in dem sie, zumindest bis wir eine andere Lösung gefunden hatten, leben konnte.

»Tut mir leid, ich wollte nicht stören«, entschuldigte sie sich jetzt schon zum zweiten Mal, obwohl weder East noch ich bisher etwas gesagt hatten. »Ich glaube, ich komme später wieder.«

Sie drehte sich gerade auf dem Absatz um und wollte schnellstmöglich verschwinden, als East plötzlich von seinem Platz aufstand und sie am Arm packte. »Hiergeblieben, Blondie.«

Alice' Atmung beschleunigte sich, das konnte ich deutlich erkennen und auch hören. Trotzdem versuchte sie nicht zu zeigen, dass sie Angst hatte, und sah meinem Freund freundlich lächelnd ins Gesicht. »Easton, richtig? Der mit dem Aggressionsproblem.«

Ich verkniff mir das Grinsen, als East die Stirn in Falten legte und irritiert über diese Begrüßung schweigend nickte.

Alice straffte die Schultern und reckte ihm ihr Kinn entgegen. »Falls Kian es nicht erwähnt hat, mein Name ist Alice. Nicht Blondie, nicht Aschenputtel – einfach nur Alice.«

Die Muskeln in meinem Kiefer zuckten, als Eastons Gesichtszüge entglitten und er entgeistert zu mir hinübersah. »Die traut sich ja was!« Er schnaubte abfällig und trat einen Schritt auf sie zu. »Bring ihr bloß Manieren bei, Paxton, bevor ich es tue.«

Erneut schüttelte ich grinsend den Kopf und schob ihn von ihr weg. »Lass sie in Ruhe, East. Hast du es etwa schon vergessen? Ich brauche sie noch.«

Alice warf mir einen dankbaren Blick zu. »Ich wollte mir sowieso nur etwas zu trinken holen.«

Ich deutete hinter mich. »Im Kühlschrank ist alles, was du brauchst. Bedien dich.«

Sie nickte knapp, bevor sie an mir vorbei zum Kühlschrank ging, nicht ohne dabei von Easton und mir genauestens beobachtet zu werden.

Barfuß und nur in knappen Shorts, die ihr gerade so bis zu ihren Arschbacken ging, stand sie vor uns. Die Titten befreit von einem BH, die sich sichtbar unter ihrem weißen, schulterfreien Shirt abzeichneten. Scheiße, sie sah heißer aus, als sie sollte. Und wesentlich heißer, als East mit seinem Adrenalinpegel gerade vertragen konnte.

Nur mit Mühe schaffte er, sich zusammenzureißen und sie nicht festzunageln, bevor sie uns, nachdem sie sich eine Flasche aus dem Kühlschrank herausgenommen hatte, nervös zulächelte und die Küche verließ.

Geladen wie ein Stier sprang Easton auf und umkreiste den Tisch, nur um sich wie ein Idiot vor mir aufzubauen und mich mit wütendem Blick anzustarren. »Scheiße, was soll das, Mann?! Wieso ist sie hier? Hast du sie etwa schon geknallt?«

Ich seufzte unbeeindruckt und schob ihn von mir. »Reg dich ab, sie wohnt seit gestern Nacht im Poolhaus.«

»Was?« Überrascht sah er mich an. »Bist du jetzt vollkommen übergeschnappt? Seit wann holst du dir irgendwelche Nutten ins Haus?«

»Fick dich, Price!«, knurrte ich wütend. »Ich bin dir keine Rechenschaft schuldig. Außerdem spielt sie verdammt nochmal meine Freundin. Was erwartest du also? Dass ich sie in dem Drecksloch, das sie angemietet hat, verrotten lasse?«

Er schnaubte. »Kann dir doch scheißegal sein. Oder etwa nicht?«

»Und was glaubst du, wie das für mich aussieht, wenn irgendjemand herausfindet, dass sie, statt bei mir, in irgendeiner heruntergekommenen Absteige wohnt?«

Kurz schien er nachzudenken, doch dann zuckte er wieder mit den Schultern. »Dann miete für sie eben eine andere Wohnung an, solange euer Deal läuft. Du kannst sie hier auf keinen Fall wohnen lassen«, beschloss er, als wäre es sein Haus, um das es gerade ging.

»Wieso? Weil du es dann nicht schaffst, deine Finger von ihr zu lassen?«, fragte ich angepisst.

Doch East schnaubte erneut. »Nein, weil *du* es nicht schaffst, Arschloch!«

Verwirrt runzelte ich die Stirn. »Wo liegt dein Problem? Selbst wenn ich sie ficke, was interessiert es dich?«

»Du checkst überhaupt nichts, oder?« Easton fuhr sich verzweifelt über das Gesicht. »Sie ist keine von denen, die du nur einmal vögelst und dann gehen lässt. Dieses Mädchen gehört zu der Sorte, die dich irgendwann vollkommen um den Verstand bringen und dich so wahnsinnig machen, dass du nie wieder eine andere willst als sie. Kapierst du, was ich damit sagen will, Kumpel? Deine kleine Alice wird dich zerstören, wenn du ihr zu nah kommst.«

Einen Augenblick starrte ich ihn an, nur um herauszufinden, ob er den Scheiß, den er quatschte, tatsächlich selbst glaubte. Doch scheinbar meinte er es ernst, und das brachte mich wiederum unweigerlich zum Lachen.

»Du redest ganz schön viel Bullshit, wenn du unter Adrenalin bist, Price.«

»Fahr zur Hölle, Paxton. Du wirst sehen, dass ich recht habe! Nur wird es dann längst für dich zu spät sein, um aus der ganzen Sache wieder auszusteigen. Sag also nicht, ich hätte dich nicht gewarnt.«

Scheiße, langsam ging er mir damit gewaltig auf den Geist.

»Letzte Warnung«, sagte East, fest davon überzeugt, dass er recht behalten würde. »Du wirst auf Knien vor ihr kriechen, wenn du nicht auf mich hörst.«

Ich grinste. »Das werde ich hoffentlich ganz bestimmt. Aber nur um mein Gesicht zwischen ihren Beinen ...«

Alice‘ tauchte wieder in der Küche auf und sah uns beide sichtlich geschockt an. »Entschuldigt. Ich habe vergessen, mir ein Glas mitzunehmen.«

Ohne uns noch einmal anzusehen oder etwas zu sagen, griff sie sich im Schrank, zu dem ich deutete, ein Glas und tapste barfuß wieder hinaus.

Easton folgte ihr mit seinem Blick, bis er zischend das Gesicht verzog und zu lachen begann. »Fuck, ich könnte es dir nicht verübeln, wenn du ihr verfällst. Alleine ihr Arsch ist es wirklich wert.«

Ich presste die Lippen zusammen und sah ihn herausfordernd an. »Lass uns ein paar Körbe werfen gehen. Mir scheint, du hast mehr als nur Adrenalin im Blut, gegen das wir etwas tun sollten.«

Nachmittags versuchte ich, einen freien Kopf zu bekommen, um mir die Zahlen der letzten Tage anzuschauen. Ich wusste, wenn Rich nicht in der Nähe war, um die Firma und ebenso wenig mich zu kontrollieren, hatte ich eine größere Chance, meinen Plan durchzuziehen. Doch dazu brauchte ich dringend Konzentration, die ich allerdings nicht hatte. Stattdessen spukte mir ständig dieses Mädchen im Kopf herum. Oder ... viel eher ihr Arsch in diesen knappen Shorts.

Alice sah heute Morgen zum Anbeißen aus. Wortwörtlich. Ich hatte reichlich Mühe, mir das vor Easton nicht anmerken zu lassen. Es reichte schon, dass er tatsächlich glaubte, Aschenputtel könnte mein ganzes Leben verändern. Ich wollte ihm nicht noch mehr Gründe liefern an meiner Standhaftigkeit zu zweifeln. Ganz egal, wie schwer es mir in ihrer Gegenwart fiel.

Mein Handy klingelte, als ich mich gerade wieder an die Bilanzen setzen wollte, um mir die Unregelmäßigkeiten in den Zahlen herauszuschreiben.

Seufzend sah ich auf das Display und hätte am liebsten auf der Stelle gekotzt. ... Als würde dieser Bastard ahnen, dass ich gerade dabei war, ihn ans Messer zu liefern.

»Was gibt's?«, meldete ich mich mit zusammengebissenen Zähnen, ohne diesen Wichser zu begrüßen.

»Ich habe eben die Zeitung aufgeschlagen«, verkündete Rich, nicht ohne Überraschung in der Stimme.

Ich grinste zufrieden. »Und? Was soll ich jetzt mit der Info anfangen?«, fragte ich dumm, auch wenn ich ganz genau wusste, auf was er anspielen wollte.

»Um ehrlich zu sein, hatte ich erwartet, dein Gesicht wieder sturzbetrunken und höchst wahrscheinlich vergraben im Dekolletee irgendeines bezahlten Mädchens zu sehen. So wie auch sonst immer.« Ich sagte nichts dazu, ließ ihn einfach weitersprechen. »Ich hatte aber ganz sicherlich nicht erwartet, dich ordentlich gekleidet mit einer gutaussehenden Dame vor der Oper zu entdecken. Und das auch noch Hand in Hand.«

»Du sagtest doch, ich bin unberechenbar«, kommentierte ich trocken.

»Das bist du. Ganz offensichtlich.« Rich seufzte und holte tief Luft. »Wer ist das Mädchen, Kian? Und sag mir bitte nicht, du hast sie dafür bezahlt, mit dir dort hinzugehen.«

So in etwa ... Doch das würde er niemals erfahren.

»Das ist Alice. Und wenn du dich jemals für mich interessiert hättest, wüsstest du schon lange, wer sie ist«, sagte ich und versuchte so anklagend zu klingen, wie ich nur konnte. Hauptsache, er kaufte es mir ab.

»Du willst mir nicht wirklich weismachen, dass sie *dein* Mädchen ist.« Rich, der Mistkerl, lachte.

»Ich will dir überhaupt nichts weismachen. Mir ist scheißegal, was du über mich denkst oder ob du dich für uns interessierst.«

»Uns?«, fragte er amüsiert. »Das meinst du doch um Himmels willen nicht ernst. Du kannst unmöglich mit jemandem wie ihr zusammen sein«, spottete er säuselnd. »Wir wissen beide, du bist kein Kerl für ernsthafte Beziehungen.«

Stimmt! Doch nur um ihm eins reinzuwürgen, würde ich beinahe alles tun.

»Wenn du mich kennen würdest, wüsstest du, dass das nicht wahr ist«, erwiderte ich mit enttäuschter Stimme und hoffte, sein Gewissen meldete sich bald zu Wort.

»Und wieso habe ich sie dann vorher noch nie zu Gesicht bekommen? Weshalb sehe ich sie erst jetzt an deiner Seite und dann auch noch in der Zeitung?«, fragte er lauernd und wartete nur darauf, dass ich mich verriet oder irgendetwas Dummes sagte.

»Weil ich sie verdammt nochmal fernhalten wollte von dieser verkorksten Scheinwelt, in der es nur darum geht, möglichst viel Geld zu besitzen und sich so das Ansehen der Menschen zu erkaufen.« Und das war nicht einmal gelogen. Alice gehörte hier nicht rein, nicht weil sie es nicht verdiente, sondern weil sie besser war als das. Sie würde ihre Seele niemals an den Teufel verkaufen, nur um ein paar Minuten Ruhm zu haben. Geld war für sie nichts weiter, als eine Notwendigkeit, um zu überleben. Ganz anders als für Rich und mich. Für uns bedeutete Geld Macht.

»Du wolltest sie schützen?« Warum schien er so überrascht? Er wusste genau, ich hasste es, mich dieser Welt anzupassen. So sehr ich nämlich Geld und Macht liebte, so sehr hasste ich die Gesellschaft, die davon profitierte – mich eingeschlossen.

»Was willst du von mir, Rich? Du hast mich doch sicher nicht nur angerufen, um mich wegen Alice auszufragen.« Dafür kannte ich ihn zu gut. Ihm ging es immer nur ums Geschäft, nie um etwas anderes.

»Ich habe Feedback vom Kunden, mit dem du dich gestern getroffen hast –

zusammen mit deiner vermeintlichen Freundin.«

»Sie *ist* meine Freundin, daran ist nichts vermeintlich.«

Rich überging meinen Einwand. »Jedenfalls war er sehr zufrieden, wie der Abend verlaufen ist, und würde den Vertrag mit uns gerne verlängern.«

Ich grinste zufrieden. »Warum überrascht dich das? War doch klar, dass ich ihn dazu bekomme, sich für weitere drei Jahre an uns zu binden.«

Erneut hörte ich ihn seufzen. »Nach unserem letzten Telefonat war ich mir nicht mehr sicher, ob das dein oberstes Ziel ist. Mag sein, dass ich ein wenig hart zu dir gewesen bin. Das Ultimatum sollte dich keinesfalls verärgern, Kian. Ich wollte dich damit nur anspornen, besser zu werden. Vor allem solltest du endlich verstehen, wie wichtig es ist, eine reine Weste zu haben, solltest du weiter in diesem Business und vor allem in meiner Firma arbeiten. Und die letzten Monate warst du auf dem besten Weg deinen Ruf zu gefährden. Das musste ich verhindern.«

»Du meinst wohl eher *deinen* Ruf!«, korrigierte ich ihn knurrend.

»Ich will dir nur helfen, Kian. Verstehst du das denn immer noch nicht?«

Ich konnte nicht anders, als zu lachen. »Du drohst mir, mich aus der Firma und aus dem Haus zu schmeißen, sollte ich deine Forderungen nicht erfüllen. Wie soll mir das helfen, besser zu werden? Du weißt genau, wenn du mir alles nimmst, könnten sie mich zurück nach Kanada ausweisen. Meine beschissene Greencard besteht seit meinem 21. Lebensjahr nur darin, bei dir unter Vertrag zu sein.«

»Dann lass es nicht so weit kommen«, drohte er mir erneut und brachte damit mein Blut zum Kochen.

»Weiß meine Mutter, dass du mich nie offiziell adoptiert hast?«, fragte ich wütend.

»Sie weiß das, was sie zu wissen ertragen kann«, erwiderte er gepresst und spielte auf Moms labile Psyche an, mit der ich besser nicht spielen sollte. Seit Jahren versank sie in Depressionen und war dank ihrer Medikamente schon lange nicht mehr in der Lage, die Realität zu erkennen. Deswegen war sie abhängig von diesem Mistkerl. Weil er sie dazu gebracht hatte, die Opferrolle einzunehmen und sich darin auch noch wohlzufühlen, statt endlich etwas dagegen zu tun.

»Gibt es sonst noch etwas, das du mir sagen willst?«, fragte ich ungeduldig.

»Ich mag das Mädchen«, kam es plötzlich ohne jede Ironie von ihm. »Sie hat auf die Fotografen und Reporter, die euch beobachtet haben, einen guten Eindruck hinterlassen. Vielleicht kann sie ja deinen angeknacksten Ruf retten und dich vor der Selbstzerstörung bewahren – solltest du sie tatsächlich lieben«, schlussfolgerte er, genau so, wie ich es von ihm erwartet hatte. »Ich bezweifle trotzdem, dass du es ernst mit ihr meinst. Schließlich ist es nicht lange her, da hast du dich noch mit irgendwelchen Nutten abgegeben und weiß Gott was mit ihnen gemacht.«

Ich schnaubte genervt. »Das tue ich aber nicht mehr. Alice ist die Einzige, die zählt.« Eigentlich ein Wunder, dass mir diese Worte so leicht über die Lippen gingen.

»Das hoffe ich für dich. Vor allem aber für sie. Nicht auszumalen, was mit ihrem armen Herz passiert, sollte sie rausfinden, dass du sie nur als Mittel zum Zweck benutzt.«

Wütend biss ich die Zähne zusammen. »Ich benutze sie nicht. Ich liebe sie, verdammt nochmal! Weiß du noch, was das ist, Rich – Liebe?«

»Wieso hast du sie dann ausgerechnet jetzt der Welt präsentiert? Warum gleich der gesamten Presse, wenn du sie doch vor uns allen schützen wolltest?«

»Es war an der Zeit und ich hatte das Versteckspiel satt. Ich wusste, die Presse würde Alice irgendwann vor die Linse bekommen, und wollte verhindern, dass sie negativ über sie schrieben oder sie als eines der Mädchen abstempelten, das sie nicht war. Ich wollte dem ganzen Zirkus zuvorkommen und ihr damit die negativen Schlagzeilen ersparen.«

Rich atmete tief durch. »Das scheint mir ein nobler Gedanke und genau das Beste, was du für dich und auch für sie hättest tun können. Die Presse jedenfalls ist entzückt von euch beiden als Paar.«

Offensichtlich. Ich hatte die Schlagzeilen heute Mittag ebenfalls überflogen. Und auch wenn ich mit Alice an meiner Seite ein ganz bestimmtes Ziel verfolgte, so war ich trotzdem auch ein wenig stolz darauf, welche Wirkung diese Frau auf andere hatte. Mein Gefühl, als sie das erste Mal vor mir stand, hatte also nicht getrügt. Jetzt musste ich nur noch Rich davon überzeugen.

Der schien jedoch hartnäckig daran zu zweifeln und ließ es mich auch unverblümt wissen. »Mir ist im Grunde vollkommen egal, ob du dieses Mädchen liebst oder es ernst mit ihr meinst, Kian«, eröffnete er gefühlskalt. »Solange sie deinem Ruf guttut und dich von Alkohol, Stripclubs und Ärger fernhält, bin ich voll und ganz zufrieden und freue mich für dich. Für *euch*.«

Frustriert ballte ich die Hände zu Fäusten und beendete das Telefonat, bevor ich etwas sagte, was ich später bereuen könnte.

Dreckiger Bastard!

Nicht mehr lange und ich würde all seine falschen Geschäfte auffliegen lassen und endlich seinen Posten einnehmen. Die Firma gehörte längst mir und dieser Mistkerl wusste das. Das war der einzige Grund, wieso er mir dieses verdammte Ultimatum stellte. Er wollte mich auf elegante Weise loswerden, weil er nicht daran glaubte, dass ich mich jemals zusammenreißen würde und mich stattdessen mit meiner rebellischen Art ihm gegenüber selbst ins Aus katapultierte.

Ihm ging es nie darum, mich zur Vernunft zu bringen und mich vor mir selbst zu retten. Rich war ein manipulatives Arschloch, das einen simplen, und im Normalfall wirksamen, Trick anwandte: umgekehrte Psychologie.

Er verlangte von mir das eine, nur damit ich dann genau das andere tat und ihm somit mit meinem Verhalten in die Karten spielte.

Mich an der Firma zu beteiligen war niemals sein Ziel, und schon gar nicht würde er mir jemals den Chefposten überlassen, den ich längst verdiente. Mein Ansehen bei den Angestellten, Kunden und Geschäftspartnern wurde ihm zu groß, mein Erfolg jagte ihm Angst ein. Deswegen wollte er mich loswerden und es so aussehen lassen, als wäre ich selbst daran schuld.

Diesen Sieg und vor allem die Genugtuung darüber würde ich ihm nicht überlassen. Rich gab mir keine andere Wahl, als ihn endlich zur Strecke zu bringen.

9
Alice

Seit Tagen wohnte ich bereits in Kians Poolhaus und konnte es noch immer nicht fassen, hier sein zu dürfen. Das Rauschen des Meeres lag stets in meinen Ohren und das weiche Laken meines Bettes war ein einziger Traum. Ich konnte mich nicht daran erinnern, je so komfortabel gelebt oder geschlafen zu haben.

Kian ließ mir relativ viel Raum, kam nur dann zu mir, wenn er mich zu einem Event oder einer anderen Veranstaltung mitnahm. Hin und wieder saßen wir zusammen in der Küche oder draußen auf der gigantischen Terrasse und übten unser Schauspiel. Er zeigte mir, wie ich eine Lüge richtig verkaufte – ich hingeben lehrte ihn, sich höflich und anständig anderen Menschen gegenüber zu verhalten. Ihm schien nicht bewusst, wie häufig er mit seiner Arroganz oder seiner herrischen, kühlen Art andere vor den Kopf stieß. Doch als ich ihn an die arme Friseurin von vor ein paar Tagen erinnerte, dämmerte es ihm langsam. Auch wenn er es sich nur ungern eingestehen wollte.

Wenn er Rich allerdings bald davon überzeugen wollte, er hätte sich geändert, dann hatte er keine andere Wahl, als auf mich zu hören und mir zu vertrauen. Genauso wie ich ihm vertrauen musste, dass er sein Wort hielt und mir nicht irgendwann in den Rücken fiel. Zumindest was meine Schulden wegen des beschädigten Wagens und des Zusatzgehalts anging, das ich von ihm bekommen sollte, dafür, dass ich in der Öffentlichkeit seine Freundin spielte.

»Oh, entschuldige, Liebes. Ich wusste gar nicht, dass noch jemand im Haus ist.« Sophias Stimme ließ mich überrascht zusammenzucken, als ich in Gedanken versunken am Pool saß und meine Beine im Wasser abkühlen ließ. Seit Tagen war es unerträglich heiß und ich konnte es mir, nachdem Kian heute früh das Haus verlassen hatte, nicht nehmen, in meinen alten Badeanzug zu steigen und mich an den großen Außenpool zu begeben.

Solange Kian den ganzen Tag in der Firma war und Rich und Hellen, Kians Mutter, sich nicht einmal im selben Bundesstaat befanden, hatte ich das ganze Haus für mich allein. Zumindest fast.

Lächelnd sah ich zu Sophia auf und winkte sie zu mir. »Setz dich ruhig«, sagte ich und deutete auf den Platz neben mir. »Bei der Hitze kannst du eine Abkühlung sicher gut gebrauchen.«

Kians Haushälterin grinste, schob den kleinen Rollwagen mit ihren Putzsachen beiseite und setzte sich neben mich an den Beckenrand. »Du hast recht, das tut unglaublich gut«, meinte sie seufzend, als sie ihren Rock ein wenig hochkrempelte und ihre Beine in den Pool baumeln ließ.

»Du weißt, ich kann dir jederzeit beim Aufräumen, Einkaufen oder Putzen helfen. Schließlich habe ich momentan nichts anderes zu tun, solange Kian nicht hier ist«, bot ich ihr an.

Sophia schüttelte den Kopf. »Das ist mein Job, Liebes. Ich tue es gern. Mach dir also keine Gedanken um mich und genieß lieber deine freie Zeit.« Sie lächelte sanft.

»Ich weiß nicht, was ich den ganzen Tag tun soll, wenn niemand hier ist oder ich Kian nicht bei irgendetwas helfen soll«, gestand ich mit aufeinandergepressten Lippen. »Früher hatte ich zwei, manchmal sogar drei, Jobs nebeneinander. Ich war den ganzen Tag unterwegs und nicht selten bis tief in die Nacht am Arbeiten. Doch jetzt?«

»Ist doch schön, etwas Zeit für sich zu haben und nichts tun zu müssen«, sagte sie lachend.

»Nicht für mich. Ich komme mir von Tag zu Tag immer nutzloser vor«, gab ich zu.

»Du bist nicht nutzlos, Alice. Auf keinen Fall! Kian braucht dich.« Sophias eindringlicher Blick ließ mich erahnen, dass sie nicht nur über Paxtons Deal mit mir sprach.

»Weißt du denn überhaupt, warum ich hier bin? Ich meine ... kennst du den Grund?«, fragte ich stattdessen, um sicher zu gehen, dass sie über die Abmachung zwischen Kian und mir Bescheid wusste.

»Ich weiß alles, was ich wissen muss«, erwiderte Sophia geheimnisvoll und lächelte erneut. »Weißt du, Kian ist wie ein Sohn für mich. Ich kenne ihn schon, seit er mit seiner Mutter mit neun Jahren zu Rich in dieses Haus gezogen ist. Damals war ich seine Nanny, nicht nur die Haushälterin.«

Überrascht japste ich auf. »Ehrlich? Du warst Kians Nanny?« Die Vorstellung darüber brachte mich unweigerlich zum Grinsen.

»Er war ein braver, sehr kluger Junge. Hat manchmal mehr von dem Erwachsenenkram verstanden, als mir lieb war«, erzählte sie nicht ohne Stolz.

»Ja, clever ist er in der Tat«, stimmte ich ihr zu und biss mir auf die Unterlippe, als ich daran dachte, wie er mit seinen Kunden und Geschäftspartnern umging. Kian wusste stets, wie er sich zu Verhalten hatte – zumindest in dieser seltsam kalten Businesswelt. Er durchschaute jeden, der ihn über den Tisch ziehen oder ihm Steine in den Weg legen wollte, und war ihnen allen somit immer einen Schritt voraus. Vermutlich war das sogar der wahre Grund, weshalb Rich ihn besser in den Griff bekommen wollte – weil er so unglaublich gut in seinem Job war und für die Firma goldwert.

»Ich hoffe, er behandelt dich gut«, hörte ich Sophia auf einmal neben mir murmeln und war mir nicht sicher, wie sie das meinte.

Unsicher sah ich zu ihr rüber.

»Kian kann manchmal ganz schön ... bestimmend sein. Und auch sehr direkt. Vor allem aber überheblich. Nicht jeder kommt mit seiner Art klar«, erklärte Sophia, als sie meinen fragenden Blick bemerkte.

»Du meinst, sein Stiefvater, zum Beispiel?«, bohrte ich nach, auch wenn ich wusste, dass sie ebenso mich damit meinte.

»Richmond ist Kian sehr ähnlich, was diese Eigenarten angeht. Deswegen streiten sie ständig.«

So etwas in der Art hatte ich mir schon gedacht. »Und was ist mit seinem leiblichen Dad?«, fragte ich neugierig und hoffte, sie könnte mir etwas mehr über Kians Vergangenheit erzählen. Irgendetwas, das mich verstehen ließ, weshalb er so war, wie er war.

»Der lebt in Kanada. Weder Hellen noch Kian haben Kontakt zu ihm.«

Ich legte die Stirn in Falten und sah hinaus zum Atlantik, den man vom Pool aus gut sehen konnte. »Was ist passiert, wenn ich fragen darf?«

Sophia zuckte mit den Schultern und verzog das Gesicht. »Ich weiß nicht viel. Nur dass Kian seinen leiblichen Vater noch mehr verabscheut als Rich.«

Und ich wette, er hatte verdammt gute Gründe dafür.

Ein tiefes Räuspern ließ mich zusammenzucken. Erschrocken drehte ich mich um und sah geradewegs in Kians dunkle Augen, die mich wütend anfunkelten.

Hatte ich etwas Falsches gesagt? Und überhaupt ... wie lange stand er schon da und hörte Sophia und mir zu? Ich wagte nicht, daran zu denken.

»Du bist heute ja früh zurück«, bemerkte Sophia überrascht und stand auf, um sich wieder dem Haushalt zu widmen. Es schien ihr egal, dass Kian sie dabei erwischt hatte, wie sie hier mit mir am Pool saß und offensichtlich nicht ihrer eigentlichen Arbeit nachging. Genauso wie es schien, dass Kian diese Tatsache überhaupt nichts ausmachte. Denn sein finsterer Blick galt mir allein, nicht seiner Haushälterin.

»Ich habe später einen Geschäftstermin, deswegen bin ich früher nach Hause gegangen.«

Sophia nickte verstehend und lächelte ihren Boss – oder eher Schützling? – liebevoll an. Sie und Kian hatten tatsächlich eine besondere Bindung und fast war ich ein wenig neidisch darauf. Doch schließlich kannte sie ihn schon mehr als sein halbes Leben – ich hingegen erst seit einer Woche.

»Du isst heute Abend also auswärts?«

Kian nickte stumm und warf mir erneut einen seltsam düsteren Blick zu, bevor er sich wieder zu seiner Haushälterin drehte. »Du brauchst heute nichts für mich zu kochen, danke.«

Sophia hob beide Augenbrauen. »Und was ist mit Alice? Nimmst du sie zu dem Termin mit oder bleibt sie hier? Denn dann mache ich gerne etwas für sie fertig.«

»Sie braucht nichts«, knurrte Kian zwischen zusammengebissenen Zähnen. »Wenn sie Hunger hat, kann sie sich selbst etwas zu Essen machen. Richtig, Hollister?«

Überrumpelt starrte ich ihn an, bevor ich hektisch zu nicken begann. Nicht dass Sophia noch dachte, ich könnte nicht selbst für mich sorgen. »Ähm ... Ja, selbstverständlich. Du musst mir nicht extra etwas zubereiten, Sophia. Ich mach das schon. Gar kein Problem.« Ich lächelte sie dankbar an, hoffte, sie glaubte mir. Schließlich war ich keines dieser Mädchen, die nicht einmal wussten, wie ein verdammter Herd zu benutzen war.

»Siehst du, alles gut«, sagte Kian an Sophia gewandt. »Du darfst jetzt gerne nach Hause gehen, wenn du willst. Der Tag ist zu schön, um ihn nur mit Arbeit zu vergeuden.« Ein zartes Lächeln schlich sich auf seine Lippen, das ich so nur selten an ihm gesehen hatte. Ganz klar, Kian hatte Sophia fest in seinem Herzen. Anders konnte ich mir dieses Verhältnis zwischen den beiden nicht erklären.

Mit einem schweren aber zufriedenen Seufzen verabschiedete sich Sophia von mir und Paxton und ließ mich mit ihm allein.

Hart schluckend sah ich ihn an, als er langsam auf mich zukam und mich ungeniert in meinem Badeanzug musterte. Ich traute mich kaum, mich zu bewegen. Schon gar nicht, als er plötzlich begann, sein schickes Designerhemd aufzuknöpfen.

»Du hast echt Nerven, Prinzessin.« Kian schob die Augenbrauen wütend zusammen und blieb direkt neben mir stehen, starrte finster auf mich nieder, während ich am Beckenrand saß und ihn dabei beobachtete, wie er sich das Hemd auszog und es achtlos zu Boden warf.

»Ich weiß nicht, was du meinst«, wisperte ich heiser, den Blick an seinen nackten Oberkörper geheftet. Genau wie vor ein paar Tagen schon stand er komplett oben ohne vor mir und ich konnte nichts anderes tun, als ihn anzustarren.

»Erstens«, fing er an aufzuzählen und öffnete seinen Gürtel. »Hör endlich auf, so knapp bekleidet durch mein Haus zu rennen. Easton konnte sich vor ein paar Tagen kaum beruhigen, nachdem du in diesen knappen Shorts vor seiner Nase herumgetanzt hast.« Mit einer schnellen Bewegung hatte er sich seiner Hose entledigt und sprang in den Pool, während ich ihm völlig perplex hinterher sah und zu verstehen versuchte, was das alles sollte.

Doch bevor ich überhaupt einen klaren Gedanken fassen konnte, tauchte Kian direkt zwischen meinen Beinen wieder auf und griff mit beiden Händen an meine Hüften. Seine Hände waren durch das Wasser angenehm kühl auf meiner Haut und doch stieg eine unerträgliche Hitze in mir auf, als er mich packte und näher an sich zog. So nah, dass sich meine stark pochende Mitte unwillkürlich an seinen nassen Oberkörper presste.

Ich schluckte mehrmals.

»Zweitens«, raunte Kian, als ich seinem Blick begegnete. »Wag es ja nicht, noch einmal mit Sophia über mich zu sprechen. Mein Leben, und vor allem meine Vergangenheit, gehen dich einen Scheißdreck an, verstanden? Wenn du etwas wissen willst, frag gefälligst mich, und ich entscheide dann, ob du eine Antwort wert bist.«

Noch bevor ich realisieren konnte, was er gesagt hatte, packte er meine Hüften fester und schmiss mich ohne Vorwarnung ins Wasser.

Nach Luft japsend tauchte ich klatschnass wieder auf und wurde von einem ungewohnten Klang empfangen. Kian lachte. Scheiße, er lachte mich doch tatsächlich aus, dieser Mistkerl! Wie gemein konnte ein Mensch eigentlich sein? Zuerst spielte er mit mir, verwirrte und verunsicherte mich, sodass ich nicht mehr wusste, wo oben und unten war, und dann machte er sich über mich lustig. Kein Wunder, dass Rich ihm dieses Ultimatum setzte. Es war an der Zeit für ihn, erwachsen zu werden.

Schnaubend drehte ich mich um und wollte zum gegenüberliegenden Beckenrand schwimmen, um wieder aus dem Pool zu klettern, doch da packten mich auch schon von hinten muskulöse Arme und hoben mich hoch.

Nicht mehr im Stande, mich frei zu bewegen, geschweige denn zu fliehen, brachte mich Kian zum Rand des Pools, ließ mich los und drängte mich dann mit verdunkeltem Blick zur Poolwand. »Das war kein Scherz, Alice. Wehe, ich erwische dich noch einmal, wie du mit jemandem über mich sprichst«, knurrte er warnend und presste seinen Körper gegen meinen.

»Keine Sorge, mein Interesse an dir oder deinem Leben ist mir soeben vergangen«, zischte ich ihm mit erhitzten Wangen entgegen und fühlte, wie sich alles in mir gegen meinen Verstand stellen wollte. Das Pochen zwischen meinen Beinen trieb mich in den Wahnsinn. Genau wie Kians Blick und seine Hände, die noch immer fest um meine Hüften lagen, die Finger direkt am Saum meines Badeanzugs.

»Du gibst also zu, Interesse an mir zu haben?« Kians Mundwinkel zuckten.

»Nicht so wie du vielleicht denkst. Es gibt mehr als gutes Aussehen und Reichtum, weißt du?«

»Also gibst du zu, dass ich gut aussehe?« Jetzt grinste er. Das seltene, echte Grinsen, das mir den Atem raubte. Dennoch versuchte ich ruhig zu bleiben und ihm nicht zu zeigen, wie anziehend er in diesem Moment auf mich wirkte.

»Du drehst einem wirklich die Worte im Mund um.«

»Ich würde dir viel lieber etwas anderes im Mund umdrehen«, raunte er heiser und drängte sich enger an mich.

Mit rasendem Herzen und glühenden Wangen bemerkte ich, dass ich nicht die

Einzige war, die von seinen Worten und der ganzen verfluchten Situation erregt schien.

Ich spürte Kians Erektion deutlich gegen meine Mitte pressen und schluckte schwer. »Gefällt es dir, obszön zu sein? Gibt dir das einen Kick?«, wollte ich mit zittriger Stimme von ihm wissen und schaute zur Seite, um seinem bohrenden Blick zu entkommen. Ich wusste, er testete mich nur aus und beobachtete meine Reaktion, nur um mich damit dann aufziehen zu können. Doch diesmal ließ ich es nicht zu. Ich durchschaute ihn.

»Sag du es mir, Aschenputtel«, flüsterte er dicht an meinem Ohr, streifte dabei hauchzart meine Wange mit seinen Lippen und ließ mich automatisch die Luft anhalten. »Turnt dich das an?«

Ich schwieg.

Doch als sein Blick hinab zu meinen Brüsten glitt, die durch den dünnen Stoff des Badeanzugs meine echten Gefühle verrieten, grinste er überrascht aber sichtlich zufrieden. »Oh, ja. Und ob es das tut! Ich wusste doch, dass du irgendwo unter deinem Engelsgesicht auch eine verdorbene Seite haben musst.«

»Bilde dir nichts drauf ein, das Wasser ist kalt«, log ich eingeschnappt, spürte aber plötzlich, wie sich seine Finger vorsichtig unter den Saum meines Badeanzugs schoben und sich besitzergreifend um meinen nackten Hintern legten.

»Hmm. Sicher«, raunte Kian dunkel an meinem Hals und brachte damit beinahe meine Lunge zum Explodieren, so lange hielt ich die Luft an. »Deswegen ist mein Schwanz auch gerade so verdammt klein, nicht wahr?«

Fuck, er war alles andere als klein! Und so sehr ich mich dafür hasste, so sehr wollte ich ihn gerade unbedingt in mir spüren. Doch eher würde ich sterben, als das vor ihm zuzugeben.

10
Kian

Am liebsten hätte ich ihr diesen verdammten Badeanzug auf der Stelle vom Leib gerissen, so sehr wollte ich sie in diesem Moment.

Mein Ständer presste sich schmerzvoll zwischen ihre Schenkel und ihre Lippen, bedeckt mit Wassertropfen, öffneten sich, um etwas zu sagen. Doch es kam kein Wort aus ihrem Mund. Stattdessen starrte sie mir mit verschleiertem Blick entgegen und schluckte schwer, während meine Finger sich tiefer in ihr Fleisch gruben.

Wie gern wüsste ich jetzt, wie bereit sie schon war? Fuck, ich würde einiges dafür geben, meine Hände auf Erkundungstour zu schicken und mir diese Antwort zu liefern.

»Scheiße, was ist denn hier los?«

Überrascht schoss mein Blick über Alice' Schulter hinweg zur Terrasse, auf der plötzlich Gray schweißgebadet und in zerrissenen Klamotten vor uns stand. »Kein Wunder, dass du die verfickte Klingel nicht hörst, wenn du Dornröschen hier draußen vögelst!«

Ich widerstand dem Drang, ihn zu korrigieren und ihm zu sagen, dass es Aschenputtel und nicht Dornröschen war, mit der ich Alice immer verglich, und starrte ihn stattdessen finster und warnend an. »Lockwood, was zum Teufel willst du hier? Und wie bist du hier überhaupt reingekommen?«

»Scheiße, ich musste über den beschissenen Zaun klettern, weil niemand aufgemacht hat!«

Alice ergriff die Gelegenheit und schob mich von sich, bevor sie sich mit eleganten Bewegungen aus dem Wasser stieß und aus dem Pool kletterte.

Klasse, dieser Wichser hatte mir gerade meinen Spaß vermasselt!

»Woher wusstest du, dass ich hier bin?«, bellte ich angriffslustig und folgte Hollister aus dem Pool und auf die Terrasse, während sie sich ein Handtuch griff, das auf der Sonnenliege lag, und es sich um den nassen Körper wickelte.

»Dein Wagen steht noch draußen in der Einfahrt«, erklärte Gray mit seltsam schwerer Zunge, weswegen ich ihn genauer musterte und endlich die wild pochende Ader an seinem Hals entdeckte.

»Was ist los? Bist du schon wieder auf 'nem Trip?«, fragte ich alarmiert und bemerkte, dass Alice noch immer hinter mir stand, statt sich vom Acker zu machen.

Gray musste nicht antworten, ich erkannte die Wahrheit in seinen rotunterlaufenen Augen. »Verflucht, Lockwood! Du solltest das doch endlich in den Griff bekommen!«

Verzweifelt taumelte er einen Schritt auf mich zu, stolperte dabei fast über seine Füße, sodass ich ihn an seinen Schultern packte und festhielt. »Scheiße, hilfst du mir jetzt oder was? Du hast gesagt, ich kann immer zu dir kommen, wenn ich Probleme hab.«

»Und was ist diesmal dein Problem? Hast du deinen Dealer nicht bezahlt?«, spottete ich, war aber nicht nur enttäuscht, ich war stinkwütend auf diesen Idioten.

Gray grunzte amüsiert. »Als ob! Ich hab genug Kohle, um ganz Florida zu kaufen.« Er schaffte es kaum noch, sich auf den Beinen zu halten, weswegen ich ihn stützte und vorsichtig auf die Liege verfrachtete.

»Was hat er genommen?«, fragte Alice neben mir und sah Lockwood besorgt an. Dabei hätte es ihr egal sein können, was mit ihm war. Sie kannte ihn ja nicht einmal.

»Du solltest schleunigst von hier verschwinden, Prinzessin. Das ist nichts, was du sehen oder hören solltest«, warnte ich sie und meinte es durchaus gut damit. Sie sollte sich nicht mit Lockwoods Drogenproblem beschäftigen, das würde sie nur verstören.

»Hat er's dir eben ordentlich besorgt im Pool, Kleine?« Gray grinste sie amüsiert an. Zumindest versuchte er es. Doch stattdessen schnitt er nur eine undefinierbare Grimasse, die mich wissen ließ, dass er langsam keine Kontrolle mehr über seinen Körper hatte. »Tut mir leid, dass ich euch dabei gestört habe. War nicht meine Absicht, Paxtons sichere Ficknummer zu sprengen.«

Wütend schob ich die Augenbrauen zusammen. »Halt die Klappe, Lockwood, und sag mir, was ich tun soll. Weswegen bist du hier?«

Er schluckte mehrmals, vermutlich weil seine Kehle ständig austrocknete. »Ich ... ich glaube, ich hab übertrieben. Ich bin mir nicht sicher, was ich alles eingeschmissen hab. Ich weiß nur, dass ich ganz sicher draufgehe, wenn ich alleine bleibe«, sagte er todernst und mit solch einer Sachlichkeit, dass ich ihm fast eine gescheuert hätte.

Wieso spielte dieses verdammte Arschloch ständig mit seinem Leben? Was zur Hölle war sein Problem? Gray hatte alles, wovon ein Mensch nur träumen konnte. Und trotzdem war er niemals zufrieden. Niemals gesättigt.

»Wie lange ist es her, dass du diese Sachen genommen hast?«, hörte ich Alice plötzlich fragen und war überrascht, dass sie geblieben war, statt auf meinen Rat zu hören und zu verschwinden.

Lockwood verzog das Gesicht erneut zu einer Grimasse und zischte leise. »Scheiße, Mädchen, woher soll ich das wissen? Mein Schädel platzt gleich und mein Hirn fängt langsam an, irgendwelche Halluzinationen abzuspulen, die mich spätestens in dreißig Minuten zerstören werden, also ... Du solltest lieber abhauen, bevor du Sachen siehst, mit denen du nicht klarkommst.« Da gab ich ihm ausnahmsweise voll und ganz recht.

Doch Alice dachte scheinbar nicht einmal daran, zu gehen. Stattdessen griff sie sich, ohne zu fragen, mein Hemd, das noch am Boden lag, und tauschte es gegen das Handtuch, das um ihren Körper gewickelt war. »Sein Magen muss sofort ausgepumpt werden. Bringen wir ihn ins Krankenhaus«, sagte sie entschlossen und wollte gerade zu meinem Wagen laufen, der einsatzbereit in der Einfahrt stand, da griff Gray nach dem Hemd, das ihr viel zu groß war, und hielt sie davon ab.

»Ich kann nicht zurück in die Klinik, hörst du, Aschenputtel? Auf keinen Fall!«

Verzweiflung spiegelte sich in seinem Blick und ließ Alice resigniert seufzen.

»Dann musst du deinen Magen eben so entleeren. Hier und jetzt!«, beschloss sie fordernd und stemmte die Hände in die Hüften.

Fuck, ich wusste doch, dass sie die Zügel auch Mal selbst in den Händen halten konnte, wenn sie es nur wollte.

Ungläubig blickte Lockwood mich an. »Scheiße, was zur Hölle quatscht die Schlampe da?«

Ich wusste, er hatte nur Angst. Trotzdem würde ich ihm für diesen Spruch irgendwann noch eine verpassen. Jetzt schien allerdings nicht der richtige Zeitpunkt.

»Sie hat recht, wir müssen dich zum Kotzen bringen, sonst kratzt du noch ab«, stimmte ich Alice' Idee zu und sah, wie sich Grays Augen panisch weiteten.

»Ich kann mich aber nicht auf Kommando übergeben, Arschloch!«, fluchte er, was mich völlig kalt ließ. Er war total drauf und wollte meine Hilfe. Also hatte er keine andere Wahl.

»Ich hab eine Idee«, sagte Alice und sah mich auffordernd an. »Bring ihn nach unten ins Badezimmer. Ich komme gleich nach.« Mit diesen Worten verschwand sie im Haus und ließ mich mit meinem zugedröhnten Freund allein.

»Was hat die Kleine vor? Die will mich doch bestimmt umbringen!«, protestierte Lockwood, als ich ihn an den Schultern packte, ihn auf seine Beine stellte und mit beiden Armen stützte. Mit langsamen Schritten brachte ich ihn ins Innere und auf direktem Weg ins Badezimmer, wo er wie ein Stein zu Boden sackte und sich liegend darauf ausbreitete.

»Hier, das muss er trinken. Ob er will oder nicht.« Alice tauchte neben mir auf und hielt mir ein Glas mit einer nicht mehr ganz durchsichtigen Flüssigkeit entgegen.

»Was zum Teufel ist das?«, fragte ich skeptisch.

»Wasser mit Kochsalz. Simpel aber effektiv, um den Würgereiz auszulösen«, erklärte sie schulterzuckend.

Verwundert sah ich sie an und fragte mich, woher zur Hölle sie so etwas wusste. Wie jemand, der Bulimie hatte, sah sie nicht aus. Ihr Körper war zwar zierlich, jedoch mit schönen, weiblichen Rundungen.

»Vergiss es, das trink ich auf keinen Fall!«, protestierte Lockwood erneut und brachte damit meinen Geduldsfaden langsam zum Reißen.

»Stell dich nicht so an und trink jetzt«, befahl ich, nachdem ich ihn am Kragen gepackt und hochgezogen hatte, damit er sitzen konnte. »Du bist extra zu mir gekommen, damit ich auf dich aufpasse und dir bei deinem Scheiß helfe, also tu das, was ich dir sage.«

Gray sah mich hilflos an, griff dann aber doch zum Glas und stürzte den Inhalt in einem Zug runter.

»Fuck, war das widerlich.« Er verzog das Gesicht und wischte sich mit seinem Ärmel den Mund ab.

»Du musst am besten sofort Wasser hinterhertrinken, sonst dehydrierst du zu schnell«, meinte Alice, nahm ihm das Glas ab und füllte es mit Wasser, bevor sie es ihm erneut reichte.

Lockwood sah sie abschätzend an, dann warf er mir einen fragenden Blick zu. »Scheiße, was ist sie – Krankenschwester?«

»Halt die Schnauze und trink!«, knurrte ich ungehalten und fuhr mir mit beiden

Händen durch die Haare, als Gray sich plötzlich über die Kloschüssel schmiss und wie auf Kommando begann zu kotzen.

Mit einem Schlag wurde mir bewusst, dass dieses Arschloch jetzt Tod sein könnte, wenn Alice nicht hiergewesen wäre. Wenn sie auf mich gehört und abgehauen wäre. Wenn ...

Fuck! Sie hatte ihm heute vielleicht das Leben gerettet.

Nachdenklich sah ich zu ihr rüber, während Lockwood sich die Seele aus dem Leib kotzte und Alice wie selbstverständlich neben ihm kniete und das Wasserglas für ihn bereithielt, das er gleich dringend brauchen würde.

»Was mach ich jetzt mit ihm?«, fragte ich und fühlte mich ungewohnt machtlos.

Alice stellte das Glas neben Gray auf dem Boden ab und legte ihm besänftigend eine Hand auf den Rücken, bevor sie zu mir aufsah. »In diesem Haus gibt es doch sicher noch ein freies Gästezimmer, oder?« Ich nickte. »Bring ihn dorthin, er soll sich ausschlafen. Schon bald bekommt er schreckliche Magenkrämpfe und wird sich noch einige Male übergeben müssen. Da sollte er entspannt, allerdings in jedem Fall auf der Seite liegen, damit er nicht an seinem Erbrochenen ersticken kann. Du musst also unbedingt bei ihm bleiben und darauf achten.«

»Scheiße, woher weißt du bloß so viel darüber?«, schoss es unaufhaltsam aus meinem Mund. Denn ich konnte kaum glauben, wie abgeklärt sie darüber sprach. Und es schien sie kein bisschen zu verstören, so wie ich vorhin angenommen hatte. Grays erbärmlicher Anblick schockierte sie nicht im Geringsten. Im Gegenteil. Alice wirkte zwar besorgt, aber für diese Situation merkwürdig ruhig.

»Mein Großonkel Berry war die letzten Jahre, als ich bei ihm und seiner Familie gelebt hatte, auf Heroin«, sagte sie plötzlich mit bitterem Lächeln. »Er konnte es eine Zeitlang gut verstecken. Doch dann kam er immer häufiger in genau dem Zustand nach Hause, in dem sich Gray gerade befindet. Ich habe mich um ihn gekümmert, zugesehen, dass er nicht noch mehr nimmt, clean wird und seine Kinder nichts davon mitbekamen.«

Scheiße, das hatte ich nicht gewusst. Auch nicht, dass sie bei ihrem Großonkel gelebt hatte. Das konnte nur bedeuten, sie hatte entweder keinen Kontakt zu ihren Eltern oder ... sie waren tot, alle beide.

»Danke«, murmelte Lockwood erschöpft und kringelte sich auf dem kalten Fliesenboden meines Badezimmers zusammen, als er sich endlich beruhigt hatte und nichts mehr aus seinem Magen hochkam.

»Du hast ihm gerade vielleicht das Leben gerettet«, sagte ich zu Alice und sah sie ehrlich dankbar an. Ich wollte lieber nicht daran denken, was ohne sie passiert wäre.

»Er hat sich selbst das Leben gerettet, indem er zu dir gekommen ist. Ihm muss klar gewesen sein, wie ernst es um ihn steht«, erwiderte sie nachdenklich und seufzte. »Wieso tut er nichts dagegen, wenn ihm klar ist, dass es sein Leben kosten könnte? Was ist los mit ihm, Kian? Es gibt so viele gute Therapiemöglichkeiten heutzutage ...«

Ich presste die Lippen aufeinander und atmete erschöpft durch. »Lass gut sein, Aschenputtel. Lockwood kann niemand helfen. Er hatte es schon unzählige Male versucht und stürzt trotzdem jedes Mal wieder ab. Er ist ein hoffnungsloser Fall.« So sehr ich mir wünschte, es wäre nicht so.

11

Alice

Am nächsten Abend war Gray noch immer in Kians Haus und wurde abwechselnd von Paxton und mir bewacht, damit er bloß keinen Blödsinn trieb und sich von irgendwoher noch einmal Drogen besorgen konnte. Ob er wollte oder nicht, nach seiner letzten Aktion gestern Mittag hatte Grayson Lockwood uns beide am Hals – sowohl Kian als auch mich. Denn obwohl ich diesen Blödmann noch kaum kannte, so würde ich dennoch nicht zulassen, dass er noch einmal mit seinem Leben spielte. Nicht, wenn ich es verhindern konnte.

»Hast du ihn endlich rangelassen? Ich glaube nämlich, er platzt bald, wenn du es nicht tust. Seine Eier sind sicher schon ganz geschwollen.« Gray sah mich aus seinen sturmgrauen Augen an und grinste über das ganze Gesicht, als ich ein neues Glas Wasser neben seinem Bett abstellte.

»Könnten wir einmal nicht über Kians Eier oder sonst etwas, das damit zu tun hat, reden?«, fragte ich ihn seufzend und setzte mich an die Bettkante ihm gegenüber.

Grays Gesicht sah schon wesentlich besser aus als gestern Nacht. Es hatte wieder etwas Farbe und wirkte nicht mehr ganz so blass und fahl wie zuvor. Es schien ihm tatsächlich ein wenig besser zu gehen und das erleichterte mich ungemein.

»Ach, komm schon, Aschenputtel! Mir ist langweilig und du und Paxton seid die Einzigen, die mich bespaßen können. Also ... Was wäre passiert, hätte ich euch gestern nicht im Pool gestört?« Seine Augen funkelten belustigt, als er meinen wütenden Blick bemerkte.

So sehr mich Grayson Lockwood bei unserer ersten Begegnung eingeschüchtert hatte, so sehr tat er mir jetzt leid. Ganz egal, was in seinem Leben schieflief, er hatte es nicht verdient, so zu leiden.

»Geht's ihm besser?« Kian platzte in Grays Gästezimmer und sah mich prüfend an. Statt seiner lässigen Kleidung mit Shirt und Jeans, die er immer trug, wenn er nicht arbeiten musste, hatte er diesmal ein enganliegendes, schwarzes Hemd mit ebenso schwarzer Hose an.

»Du kannst mich auch selbst danach fragen, Arschloch. Ich bin schließlich nicht tot«, meldete sich Gray zu Wort und musterte ihn genauso überrascht wie ich eben. »Gehst du schon wieder aus? Du hattest doch erst gestern einen Geschäftstermin.«

»Das ist kein Geschäftstermin.« Kian funkelte seinen Freund warnend an. Vermutlich, damit er keine weiteren Fragen stellte und die Klappe hielt.

»Das heißt, du willst nicht, dass ich mitkomme?« Erwartungsvoll sah ich ihn an, doch Kian schüttelte wortlos den Kopf.

»Bleib hier und pass auf diesen Pisser auf«, befahl er, ohne jede weitere Erklärung und ohne Bitte oder Danke zu sagen. Schließlich war ich nicht seine Sklavin, die nur das tat, was er von mir verlangte.

»Ich brauche keinen Babysitter«, protestierte Gray, noch bevor ich es tun konnte.

Doch als er Kians Blick begegnete, begann er wieder zu grinsen. »Gut, wie du willst. Lass mich mit ihr ruhig alleine. Am besten den ganzen Abend und die ganze Nacht.« Lockwoods Grinsen wurde breiter. »Immerhin geht es mir schon deutlich besser und wer weiß, was passiert, wenn ...«

Ehe ich mich versah, war Kian ins Zimmer gestürzt und hatte Gray am Kragen gepackt. »Provozier mich nicht, Lockwood«, drohte er seinem Freund knurrend und wirkte ungewohnt angespannt. »Ich muss da heute hingehen, kapiert? Nutz es also nicht aus!«

Stirnrunzelnd beobachtete ich die beiden und fragte mich, was zum Teufel er damit meinte. *Wohin* musste er gehen und weswegen machte er daraus ein Geheimnis? Was wusste Gray darüber und was sollte die dämliche Drohung?

Kian wusste, Gray würde mich niemals anrühren. Lockwood und ich waren zwar noch lange keine Freunde nach der Sache von gestern, doch er schien mir seitdem zu vertrauen.

»Na, dann ... Viel Spaß dabei. Werde ruhig zu der Person, die du am meisten hasst. Bist sowieso nicht mehr weit davon entfernt.«

Kians Kiefer mahlte, doch er erwiderte dennoch nichts darauf. Ruckartig ließ er Gray los, drehte sich um und stapfte, ohne sich zu verabschieden oder uns noch einmal anzusehen, hinaus und geradewegs aus dem Haus.

Ich keuchte, als ich die Tür unten ins Schloss fallen hörte und holte tief Luft. »Was zur Hölle war das gerade?«

Lockwood lachte, als er mein verstörtes Gesicht sah. »Reg dich ab, Aschenputtel. Manchmal muss man ihm das eben so direkt sagen, sonst checkt er's nicht.«

»Ich weiß ja nicht einmal, was du damit gemeint hast. Und ich bin mir auch nicht sicher, ob ich das wissen sollte. Oder ob ich überhaupt will.«

Gray musterte mich grinsend. »Du willst, du bist viel zu neugierig.«

Ich runzelte die Stirn. »Woher willst du das so genau wissen?«

»Sonst wärst du damals nicht ins *Knox* marschiert, obwohl er dir extra etwas anderes gesagt hatte.«

Da hatte er nicht ganz Unrecht, auch wenn nicht nur meine Neugier mir hin und wieder in die Quere kam, es war auch meine Ungeduld. Und in diesem Moment quälte sie mich wieder.

»Wenn Kian gerade nicht unterwegs ist, um etwas Geschäftliches zu erledigen ... Was macht er dann?«

Grays Augen begannen zu funkeln. »Fahr hin und sieh es dir selbst an, Baby.«

Ich lachte. »Das sagst du doch nur, damit ich dich alleine lasse und dich niemand mehr bewacht.«

Er zuckte mit den Schultern. »Oder ich sage es, um Paxton vor sich selbst zu schützen und ihm zu helfen.« Lockwood lächelte geheimnisvoll. »Du kannst von mir aus auch meinen Wagen nehmen und mich auf dem Weg dorthin bei Nash absetzen. Der passt solange auf mich auf.«

Misstrauisch sah ich ihn an und schob die Lippen neugierig vor. »Was hättest du davon, wenn ich Kian hinterherspioniere?«

»Vermutlich würde er mir dafür eine verpassen, also ... Nichts. Ich hätte nichts davon. Er hingegen ...« Gray machte eine bedeutungsschwere Pause und durchdrang mich mit seinem Blick. »Ich bin nicht Eastons Meinung, nur damit du es weißt, Aschenputtel.«

Eastons Meinung? Ich verstand kein Wort. »Die da wäre?«

Gray grinste. »Dass Paxton sich von dir fernhalten soll, solange er kann.«

Überrascht riss ich die Augen auf. »Easton kennt mich überhaupt nicht. Außerdem läuft zwischen Kian und mir nichts. Ich bin nur hier, um ihm zu helfen.«

»Er ist trotzdem der Meinung, du würdest ihm nicht guttun.«

Auch wenn ich es niemals zugeben würde, so tat es dennoch seltsamerweise weh, das zu hören. Schließlich war ich kein schlechter Mensch und ich wollte Kian auch nicht schaden. Ganz im Gegenteil.

»Und du siehst das also anders?«, fragte ich Lockwood.

»Du bist eine scheiß Heilige, Hollister. Wieso solltest du ihm nicht guttun? Der Typ ist so geschädigt durch seinen Dad, wegen Rich und seiner Mom. Er braucht jemanden wie dich in seinem Leben, damit er endlich wieder normal und nicht zu einem der

Menschen wird, die er am meisten verabscheut.«

Skeptisch hob ich eine Augenbraue und musterte ihn einen Moment lang. »Ganz schön ernste, aufrichtige und reife Worte für jemanden, der ein Drogenproblem hat und gestern noch völlig zugedröhnt war.«

Grays Grinsen tauchte wieder auf. »Ich bin immer für eine Überraschung gut.«

Nachdenklich starrte ich zur Tür und überlegte, ob ich ihm vertrauen und Kian aufsuchen sollte, damit er nichts Dummes tat. Doch ganz egal, was Lockwood in Wahrheit damit bezweckte, meine Neugier war zu groß, um den ganzen Abend alleine mit ihm hier herumzusitzen und mir seine dämlichen Witze anzuhören. Ich wollte unbedingt wissen, wo Kian war und wieso er so ein Geheimnis daraus machte.

Seufzend sah ich zu Gray und nickte entschlossen. »Abgemacht. Ich fahr dich zu Nash, wenn du mir sagst, wo ich Kian finden kann.«

Lockwoods Augen glänzten verräterisch. »Nichts lieber als das.«

Nachdem ich eine Stunde später Gray bei Nash abgesetzt hatte und anschließend weiter zu der von ihm genannten Adresse gefahren war, blieb ich wie versteinert in seinem Wagen sitzen, als ich erkannte, wohin er mich geführt hatte.

Tausende Gedanken schossen mir durch den Kopf, mein Herz schlug mir bis zum Hals und meine Kehle schnürte sich zu, als ich langsam ausstieg und mich der Eingangstür des Clubs näherte, wo mich ein riesiger Gorilla von einem Mann kritisch beäugte.

»Tänzerin oder eifersüchtige Ehefrau?«, fragte er, mich abschätzend musternd.

»Nichts dergleichen«, sagte ich hart schluckend. »Ich bin nur neugierig.«

Sofort schlich sich ein schmierig wissendes Lächeln auf sein Gesicht und er machte mir bereitwillig Platz, um mir die Tür aufzuhalten. »Dann wünsche ich viel Vergnügen, Baby.«

Mit weichen Knien und einem unguten Gefühl im Magen betrat ich den Club, aus dem dunkle Bässe drangen und grelles Neonlicht meine Augen blendete. Trotzdem ging ich immer weiter, blieb nicht stehen, ganz egal, wie unwohl ich mich fühlte. Denn obwohl ich wusste, ich hätte nicht hiersein und vor allem nicht nach Kian suchen dürfen, so hatte ich trotzdem das Gefühl, Gray hatte mich nicht ohne Grund hergeschickt. Vielleicht war er besorgt um seinen Freund. Vielleicht war das aber auch nur ein dummer Scherz von ihm, um mich zu schocken und ein für alle Mal zu vertreiben.

Schweißgebadet vor Aufregung und den angsteinflößenden Blicken der Männer, die mir bei jedem Schritt und jeder meiner Regungen folgten, suchte ich den Club nach Kian ab, fand ihn allerdings nicht. Zumindest nicht im vorderen Bereich, wo die Mädchen auf ihren kleinen Bühnen tanzten und sich von den Typen mit den Geldscheinen bejubeln und anfassen ließen.

Angewidert verzog ich das Gesicht und drehte mich um, als mein Blick plötzlich hoch auf einen abgetrennten Bereich fiel. Die VIP-Lounge, wenn ich mich nicht täuschte. Wenn Kian wirklich hier war, dann mit Sicherheit dort oben.

Meine Beine waren schneller als mein Verstand. Und so stand ich nur Sekunden später oben und wollte gerade die Absperrung durchqueren, als mich zwei Pranken an den Schultern packten und mich davon abhielten.

»Kein Zutritt für Frauen, Kleines. Es sei denn, du bist neu hier und weißt noch nicht, wie es läuft.«

Erschrocken starrte ich in zwei gefährlich funkelnde Augen, die mich von oben bis unten taxierten. »Bist du Tänzerin oder gehörst du zur anderen Sorte der Mädchen?«

Ich runzelte die Stirn. »Die andere Sorte der Mädchen?«, fragte ich begriffsstutzig, als er plötzlich mit dem Kopf hinter sich deutete und mein Blick über seine breiten Schultern hinweg zu einem großen Ecksofa flog, auf dem ein Typ saß, vor dem ein knapp bekleidetes Mädchen kniete und ...

Großer Gott! Ich riss die Augen auf und keuchte erstickt.

Kian hatte den Kopf tief in den Nacken gelegt, die Augen geschlossen und seine Hände in den Haaren des Mädchens vergraben, die ihn gerade mit dem Mund verwöhnte. Ihre Zunge glitt dabei über seine volle Länge und ich hielt angespannt die

Luft an, als ich das plötzliche Ziehen in meinem Unterleib verspürte.

»Zusehen kostet extra, Kleines. Und wie ich schon sagte, Frauen haben hier oben keinen Zutritt. Es sei denn, du gehörst zum Personal.« Irritiert sah ich kurz zu dem Security-Bären, der vor mir stand, bevor mein Blick wieder unweigerlich zu Kian und dem Mädchen flog, die ihm gerade ziemlich gekonnt einen blies.

Gerade als sich mein Verstand einschaltete und mit aller Macht versuchte, gegen die Erregung anzukämpfen, die meinen ganzen Körper gefangen hielt, hob Kian den Kopf und öffnete die Augen. Sein Blick bohrte sich direkt in mich hinein.

Doch noch bevor er reagieren konnte, stieß mich der breitschultrige Mann vorsichtig zur Seite, um meinen Arm zu greifen und mich hinter sich her die Treppen hinunter und aus dem Club zu zerren. »Komm bloß nicht noch einmal hierher, Kleines. Du hast hier nichts zu suchen! Eifersüchtige Ehefrauen und jene, die es noch werden wollen, sind hier nicht willkommen.«

Wie ein streunender Köter, der rausgeworfen wurde, landete ich wieder auf der Straße und starrte atemlos und hechelnd zur Tür, die sich langsam vor mir schloss.

Scheiße, verdammt! Was zum Teufel hatte ich da gerade gesehen? Und wieso hatte mein Körper derart darauf reagiert?

12
Kian

Wutentbrannt schmiss ich das Geld für die Kleine auf den Tisch, zog den Reißverschluss meiner Hose zu und stürmte nach unten und raus aus dem Club, vor dem Alice noch immer mit vor Schock geweiteten Augen stand und verstört in die Leere starrte.

»Was zur Hölle hast du hier verloren?«, bellte ich sie an und griff nach ihrem Arm, um sie weg vom Club und zu dem kleinen Parkplatz zu führen, auf dem ich meinen Wagen abgestellt hatte.

Alice atmete schwer und ließ sich von mir führen. »Gray hat gesagt, ich würde dich hier finden.«

Abrupt blieb ich stehen und sah sie an.

»Er sagte, ich soll selbst hinfahren und mir ansehen, was du da treibst.«

Wütend spannte ich meinen Kiefer an. Dieser blöde Pisser hatte das doch mit Absicht getan! Die Frage war nur, weshalb.

»Ich werde Lockwood für diese Aktion töten«, knurrte ich, als ich meinen Wagen aufschloss und Alice die Beifahrertür aufhielt, damit sie einstieg.

»Keine Sorge, das wird er auch bald ohne dich hinbekommen, wenn er so weitermacht, wie bisher«, sagte sie nachdenklich und noch immer sichtlich verwirrt über die ganze Situation.

Scheiße, verdammt! Ich wollte nicht, dass sie das mitbekam. Dass sie es mitansehen musste, schon gar nicht. Gray war ein toter Mann, wenn er dafür keine gute Erklärung hatte. Doch wie ich ihn kannte, legte er es nur darauf an, dieser dämliche Wichser!

Schnaubend ließ ich mich hinter das Lenkrad fallen und sah zu ihr rüber. »Dir ist schon klar, dass er das wahrscheinlich nur gemacht hat, damit du genau das siehst?«

Alice seufzte schwer. »Ich weiß. Ich verstehe nur nicht, warum.«

»Um mir eins auszuwischen«, sagte ich schnaubend und startete den Motor.

»Dir? Ich bin diejenige, die …« Sie sprach es nicht aus. Stattdessen verschränkte sie die Arme vor der Brust und starrte in die Dunkelheit nach draußen.

»Er wusste, dass ich keinesfalls wollte, dass du das mitbekommst.«

»Jetzt ist es dafür zu spät«, zischte sie leise und mied meinen Blick.

»Wie bist du überhaupt dorthin gekommen? Dein Wagen steht doch noch immer auf dem Parkdeck der Shopping Mall in Fort Myers.«

Alice seufzte erneut und schloss die Augen. »Gray hat mir seinen Wagen geliehen.«

Ich hob beide Augenbrauen und griff das Lenkrad fester. »Hast du ihn etwa in meinem Haus alleine gelassen?«

Sie schüttelte den Kopf und fuhr sich verzweifelt über das hübsche Gesicht. »Er ist bei Nash. Ich sollte ihn bei ihm absetzen und dann hierherfahren.«

Ein überraschtes Lachen entwich meiner Kehle. »Und du hast ihm geglaubt?«

Alice sah mich mit großen Augen an. »Was meinst du?«

»Wo hast du ihn abgesetzt?«, fragte ich lächelnd.

Alice' Stirn legte sich in Falten, als sie kurz überlegte. »An der Ecke der Kensington Street, so, wie er mir gesagt hatte.«

Ich nickte verstehend. »Weder Nash, noch sonst jemand, den wir kennen, lebt in dieser Gegend«, erklärte ich ihr ruhig, auch wenn die Erkenntnis darüber, dass mein Freund, der Junkie, nur wieder an Drogen kommen wollte, mich enttäuschte.

Alice' Lippen öffneten sich schockiert und ein Keuchen entwich ihr. »Er hat mich verarscht? Nur wegen der Drogen?« Fassungslosigkeit spiegelte sich in ihrem Blick.

»Lass es nicht zu nah an dich heran. Wenn er sich mit dem Scheiß umbringt, ist es allein seine Schuld und seine Entscheidung. Wir können ihn nicht einsperren und jede Sekunde auf ihn aufpassen.«

Alice sah beschämt auf ihre Hände in ihrem Schoss. »Trotzdem hätte ich es wissen müssen und nicht auf ihn hören dürfen.«

Mag sein, doch ich war sicher, sie hatte nur gute Absichten und wollte ihm helfen. Auch wenn es mich dennoch wunderte, wieso sie unbedingt wissen wollte, wo ich war. Unsere Abmachung galt nur dem Geschäftlichen und ich hatte ihr unmissverständlich klar gemacht, dass ich sie heute Abend nicht brauchen würde. Weshalb war sie trotzdem im Club aufgetaucht und hatte mich gesucht, statt sofort wieder abzuhauen, nachdem ihr bewusst geworden war, in was für eine Art Etablissement sie sich befand? War es ihre Neugier? Oder wollte sie mich vor mir selbst schützen und mich davor bewahren, etwas Dummes zu tun?

Nachdenklich betrachtete ich sie von der Seite, als wir an einer roten Ampel hielten und sie in Gedanken versunken neben mir saß und nach draußen auf die Straße starrte.

Ihre Augen hatten geleuchtet, als ich sie vorhin bemerkt hatte, die Lippen waren leicht geöffnet und ihr Blick wirkte ... sehnsüchtig? Ich war mir selbst nicht sicher, ob ich es mir nur einbildete oder ob ihr tatsächlich gefallen hat, was sie gesehen hatte.

Räuspernd leckte ich mir über die Lippen. »Hat es dich angeturnt?«

Alice' Kopf schoss in meine Richtung. »Was?!« Entsetzt starrte sie mich an.

Ich grinste. »Sieh mich nicht so an, Aschenputtel. Es gibt durchaus nicht wenige Tussis, die so ein Anblick geil macht.« Und das war nicht einmal eine Lüge. Ich kannte einige dieser Sorte.

»Ich bin aber keine *Tussi*«, stieß Alice leise und spitz hervor, was mich noch breiter grinsen ließ.

»Stimmt, das bist du nicht.«

»Was soll das schon wieder heißen?« Warnend hob sie eine Augenbraue und sah mich abwartend an.

»Soll heißen, du hast Klasse und Stil. Stolz und Würde. Und du tust alles dafür, diese auch niemals zu untergraben. Von niemandem. Für niemanden.«

Überrascht öffneten sich ihre Lippen, um etwas zu erwidern. Doch Alice sagte nichts, starrte mich nur verblüfft und entwaffnend an.

»Ich hab noch nie jemanden wie dich kennengelernt, ist dir das eigentlich klar?«, fragte ich grinsend und meinte es absolut ehrlich.

»Ich weiß zwar nicht, ob das ein Kompliment sein soll, aber ... Ja, geht mir mit dir ganz genauso.« Alice lächelte kopfschüttelnd und zum wiederholten Mal musste ich mir eingestehen, dass ich diesen Anblick mochte. Sie so zu sehen, wie jetzt, war irgendwie ... befriedigend, auf eine mir bisher unbekannte Art und Weise. Denn ich ahnte, in ihrem früheren Leben, gab es nur selten Momente wie diese.

»Darf ich dir eine Frage stellen?«, kam es mir neugierig über die Lippen. Alice sah mich erwartungsvoll an und nickte. »Was ist mit deinen Eltern? Ich meine, du hast erzählt, du hast bei deinem Großonkel gelebt. Weshalb?« Ich war nicht sicher, ob sie es mir erzählen würde oder ob ich mit meiner Frage irgendeine Grenze überschritt, aber es interessierte mich, mehr von ihr zu erfahren.

Alice schwieg einen kurzen Moment, schien nachzudenken. Oder in Erinnerungen zu schwelgen. Doch dann atmete sie tief durch und begann zu erzählen: »Sie sind gestorben, als ich dreizehn war.

Wurden kurz vor Weihnachten bei einem Raubüberfall erschossen. Danach kam ich bis zu meinem Highschoolabschluss zu Onkel Berry und seiner Familie.«

Fuck! Das hatte ich nicht gewusst. Und mit so etwas gerechnet hatte ich ebenso wenig.

Angespannt warf ich ihr einen Blick zu und wusste nicht, was ich sagen sollte. Ein simples *»das tut mir leid«* klang lahm und würde ihr ohnehin nichts bringen. Deswegen entschied ich, mich für ihre Ehrlichkeit zu revanchieren. Um ihr zu zeigen, dass ich verstand, wie hart es für sie sein musste.

»Mein Dad hat meine Mutter mehrmals fast zu Tode geprügelt, als ich klein war«, erzählte ich leise. »Sie wollte ihn trotzdem nie verlassen, ganz egal, was er ihr angetan hat.« Alice sah mich betroffen an, schwieg aber. »Erst nachdem er mich eines Tages gepackt und durch die Scheibe aus dem verdammten Fenster geschmissen hatte, hatte sie es endlich eingesehen und ist mit mir abgehauen.«

Scharf sog sie die Luft ein und starrte mich mit aufgerissenen Augen an. »Er hat dich aus dem Fenster geschmissen?«

Ich nickte, zuckte dann aber mit den Schultern, um es zu relativeren. »Es war nicht sehr hoch. Aber für ein Kind … Ich hatte mir sämtliche Knochen gebrochen an dem Tag.«

»Oh mein Gott, Kian …« Alice' Hand legte sich mitfühlend auf meine und beinahe hätte ich sie aus Gewohnheit wieder zurückgezogen, so wie ich es sonst bei anderen Frauen tat. Doch diesmal war irgendetwas anders. *Sie* war anders.

»Das ist okay, mir geht's trotzdem gut jetzt«, sagte ich beschwichtigend. »Ist außerdem nur halb so schlimm, im Gegensatz zu dem, was dir passiert ist.« Ich sah sie kurz an, als sie den Kopf schüttelte.

»Ich hatte eine schöne Kindheit«, meinte sie aufrichtig lächelnd. »Und als meine Eltern starben, da ging alles ganz schnell. Nicht nur für mich. Soweit ich weiß, mussten sie nicht unnötig leiden. Und sie waren in ihren letzten Minuten zusammen. Das ist noch heute ein Gedanke, der mich irgendwie …«

»Tröstet?«, beendete ich ihren Satz, beeindruckt von so viel Stärke.

Alice nickte bestätigend.

»Und was war mit deinem Großonkel? Scheint, als hättest du es bei ihm und seiner Familie nicht so schön gehabt.« Keine Ahnung, weshalb mich ihre Vergangenheit so sehr interessierte. Gestern noch hatte ich sie angeschnauzt, weil sie mit Sophia in meiner herumgewühlt hatte, heute wollte ich unbedingt mehr über sie erfahren. Vor allem nach dem Vorfall mit Gray und ihrer Reaktion darauf. Seitdem bekam ich den Eindruck nicht los, ich hätte sie vollkommen falsch eingeschätzt.

»Von schön kann tatsächlich keine Rede sein«, erwiderte Alice mit bitterem Lächeln auf den Lippen und nahm ihre Hand von meiner. »Sie haben mich nie so richtig in ihre Familie aufgenommen, obwohl Berry mein Vormund war und er sich hätte um mich kümmern müssen. Stattdessen hatte ich ein winziges Zimmer direkt unter dem Dach und war für sie seit dem ersten Tag an die hauseigene Putzfrau.«

So unlustig der Gedanke auch war, ich musste trotzdem unerwartet grinsen, als ich zu ihr herübersah. »Du warst also Aschenputtel?«

»Das ist nicht witzig, Kian«, sagte Alice streng, musste aber daraufhin selbst darüber lachen.

»Nein, ist es nicht«, bestätigte ich lächelnd, wurde dann aber wieder ernst. »Hat er dich auch gezwungen, dir einen Job zu suchen und für dieses beschissene Zimmer auch noch Miete zu zahlen?« Würde mich zumindest nicht wundern, wenn er es getan haben sollte. Es war offensichtlich, dass Alice bereits während der Highschool hart arbeiten musste. Anders konnte ich mir nicht erklären, woher, mit ihren süßen 20 Jahren, der Fleiß und Ehrgeiz kam, ihre Jobs ordentlich und gewissenhaft zu machen.

»Nein, davon hat er Gott sei Dank abgesehen. Schließlich hatte er sich da schon meinen gesamten College Fond unter den Nagel gerissen.«

Fassungslos hob ich beide Augenbrauen. »Er hat, was?«

Alice nickte. »Berry hat die ganze Kohle eingesackt, die meine Eltern für mich gespart hatten. Und dafür hat er mir nicht einmal ein mickriges Taschengeld gezahlt. Deswegen bin ich dann selbst jobben gegangen. Es war meine eigene Entscheidung, auch wenn er mich dazu getrieben hatte.«

Scheiße!

»Wie alt warst du da?«, fragte ich und griff fester um das Lenkrad.

»Vierzehn.«

Hart presste ich meine Lippen zusammen. »Du hast dir dein Leben lang also das Geld alleine verdient? Nur um zu überleben?«

Sie nickte erneut. Ich schnaubte.

»Kein Wunder, dass du so bist, wie du bist«, murmelte ich leise vor mich hin, doch Alice schien es dennoch verstanden zu haben.

Lauernd begann sie zu grinsen. »Wie bin ich denn?«

Fasziniert sah ich sie einen Moment lang an, als wir in der Einfahrt vor meinem Haus ankamen und ich den Wagen anhielt. Ihre grünen Augen funkelten neugierig und lebendig. Ähnlich wie vorhin im Club, als sie mich gesehen hatte.

»Du bist loyal. Bestrebt, immer dein Bestes zu geben und keinesfalls jemanden zu enttäuschen«, sagte ich lächelnd und strich ihr sanft über die Wange, auf der sich eine ihrer Haarsträhnen verirrt hatte.

Alice zuckte unter meiner Berührung zusammen und sah mich hart schluckend an. »Kian, wer ist Cheryl? Die Frau, die bei unserem ersten Treffen bei dir im Haus war.«

Überrascht über diese Frage ließ ich von ihr ab und lehnte mich in meinem Sitz zurück. »Sie ist Richs Assistentin und hatte mir an dem Tag nur die Unterlagen von ihm vorbeigebracht, die ich mir in seiner Abwesenheit anschauen sollte.« Prüfend sah ich zu ihr rüber. »Wieso fragst du?«

Alice wich meinem Blick aus und errötete um die Nase. »Ich dachte, sie wäre deine Assistentin und ... Ich weiß auch nicht.«

Ein Lachen drang aus meiner Kehle. »Du dachtest, ich hätte sie geknallt?«

»Ist es so abwegig?« Alice sah beschämt auf ihren Schoß.

»Absolut, ja«, erwiderte ich, noch immer lachend, weil alleine der Gedanke für mich lächerlich war. »Ich würde niemals etwas mit einer Frau anfangen, die mit Rich zusammenarbeitet. Wer weiß, ob sie nicht schon seinen Schwanz gelutscht hat.«

Alice sah langsam wieder zu mir auf und suchte etwas in meinem Blick.

»Außerdem ist sie nicht mein Fall. Ich stehe mehr auf ... Blondinen.« Ein verspieltes Lächeln schlich sich auf meine Lippen, als ich bemerkte, wie sie sich unweigerlich verspannte.

»Dachte nicht, dass du wählerisch bist, wenn es darum geht«, schnappte sie bissig und ich wusste genau, worauf sie anspielen wollte.

»Bin ich aber. Selbst bei Mädchen, die ich dafür bezahle.«

Alice schnaubte. »Wieso hast du das überhaupt nötig? Ich bin sicher, du könntest auch so locker jemanden finden, mit dem du was-auch-immer machen könntest. Warum bezahlst du dafür?«

War das nicht offensichtlich?

»Weil sie nur dann auch den Mund halten, sollte die Presse sie ausfragen.«

Skeptisch verzog sie das Gesicht. »Es sei denn, die Presse bietet ihnen mehr Geld als du?«

Ich grinste. »Korrekt.«

»Ist das der Grund, warum du noch nie eine ernsthafte Beziehung zu einer Frau hattest?«, fragte sie plötzlich und durchdrang mich mit ihrem Blick.

»Woher willst du wissen, dass es so war?«

Sie schluckte. »Gray hat es mir gestern Nacht erzählt.«

Ich schmunzelte belustigt. »Du meinst, als er zugedröhnt war?«

Alice sah mich enttäuscht an. »Schön, beantworte mir die Frage eben nicht. Geht mich schließlich auch nichts an.« Eingeschnappt stieg sie aus dem Wagen, ich folgte ihr.

»Ich bin kein Beziehungstyp«, antwortete ich schließlich, auch wenn ich nicht wusste, wieso ich das tat. Es konnte ihr egal sein und in der Tat ging es sie im Grunde auch nichts an. Dennoch war es mir wichtig, ihr das klarzumachen. »Zufrieden, Prinzessin?«

Alice betrachtete mich eine Weile, schien sich nicht sicher, ob ich es ernst meinte. Doch dann verzog sie das Gesicht und schüttelte den Kopf. »Das kaufe ich dir nicht ab. Jeder ist fähig, eine Beziehung aufzubauen und zu führen. Menschen sind von

Natur aus dafür geschaffen. Du redest dir also nur ein, dass es so ist. Vermutlich weil du Angst davor hast. Angst vor der Verantwortung und Angst davor, verletzt zu werden, Nähe zuzulassen. Und damit meine ich nicht die Nähe, die du bei einem Blowjob oder beim Sex erhältst.«

Mit bohrendem Blick trat ich einen Schritt auf sie zu und senkte meine Lippen an die nervös pulsierende Hauptschlagader an ihrem Hals. »Wenn du dir da so sicher bist, beweis es mir.«

13

Alice

Das Rauschen der Wellen des Ozeans beruhigte meine aufgebrachten, kreisenden Gedanken, als ich am nächsten Tag auf den Treppenstufen saß, die zum Privatstrand dieses Hauses führten. Die ganze Nacht hatte ich kein Auge zugemacht, weil mich noch immer das beschäftigte, was ich im Stripclub, zu dem mich Gray geschickt hatte, beobachtet und empfunden hatte. Das Kribbeln und Ziehen in meinem Unterleib bei jeder wiederkehrenden Erinnerung ließ mich an meinem Verstand zweifeln.

Ich war zwar weder prüde, noch sexuell unaufgeschlossen, doch das, was ich dort gesehen und wie ich darauf reagiert hatte, irritierte mich dennoch. Vor allem weil es mir so unmöglich wurde, mich Kians Anziehung weiterhin zu entziehen.

Je länger ich in seiner Nähe war, je mehr ich von ihm sah und je tiefer er mich in sich hineinblicken ließ, umso stärker wurde mein Verlangen nach ihm.

Dabei wusste ich, dass diese ganze Sache, die zwischen uns lief, nicht echt war und schon bald vorbei sein würde. Sobald Rich angebissen hatte und Kian das tun konnte, was auch immer er vorhatte, war ich wieder zurück in meinem winzigen 1-Zimmer-Appartement und auf der Suche nach einem neuen Job.

Seufzend fuhr ich mit meinen Fingern durch den weißen, feinen Sand unter meinen Füßen und sah hinaus zum Meer, das tosend und wild vor mir lag.

»Genießt du die Aussicht?«

Ich drehte mich um und entdeckte Sophia, wie sie mit vollen Händen oberhalb der Treppen des Privatstandes stand und mir deutete, zu ihr hochzukommen. Sofort musste ich lächeln und folgte ihrer Bitte.

»Ich habe hier etwas für dich«, sagte sie, als ich vor ihr stehenblieb und die vielen

Tüten und Taschen in ihren Händen bestaunte. »Von Kian.« Sie grinste.

Verwundert warf ich einen kurzen Blick in eine der Tüten und runzelte die Stirn. »Um Himmels willen, was ist das alles?«

Sophia zuckte lächelnd mit den Schultern und reichte mir die Sachen. »Ich weiß weder, was drin ist, noch weiß ich, wozu das alles. Er sagte nur, ich soll es dir geben, wenn du wach bist.«

Ein leichtes, warmes Kribbeln flutete meinen Körper. Ich bedankte mich bei Sophia und brachte die Sachen ins Poolhaus, bevor ich alle Tüten vorsichtig auf dem großen Bett auskippte und überrascht und mit wild klopfendem Herzen meinen Mund öffnete.

Guter Gott, er hatte mir doch tatsächlich eine neue Garderobe besorgt. Neue Shirts, neue Jeans, neue Schuhe. Sogar an neue Unterwäsche hatte er gedacht. Und einen neuen Bikini, der vermutlich kaum meinen ganzen Hintern, geschweige denn meine Oberweite bedecken würde.

Ich war nicht sicher, ob ich mich darüber freuen oder ob ich wütend sein sollte. Schließlich war ich nicht käuflich und genug Kleidung hatte ich ebenso. Auch wenn sie vielleicht nicht neu war und einiges davon auch nicht unbedingt hübsch, sondern eher bequem und seinen Zweck erfüllte, so war es dennoch nicht so, als bräuchte ich eine komplette Erneuerung meiner Garderobe.

Trotzdem musste ich zugeben, besonders die Kleider, die Kian ausgesucht und für mich gekauft hatte, waren ein einziger Traum. Schön und elegant. Keines davon wirkte billig oder schien zu kurz. Sie waren stilvoll, hatten Klasse – und das erinnerte mich unweigerlich daran, was er gestern über mich gesagt hatte. Ob er mich tatsächlich so sah?! Es wäre zu schön, um wahr zu sein.

»Gefallen sie dir?«

Ich zuckte leicht zusammen und drehte mich um. Kian stand in der Tür und beobachtete mich. Wie lange schon, wollte ich lieber nicht wissen.

»Das war nicht nötig gewesen, das weißt du, oder?«

Gekränkt über meine Reaktion legte er die Stirn in Falten und musterte mich. »Ich hatte dir doch gesagt, ich würde dir neue

Sachen kaufen. Ich halte immer mein Wort.«

Skeptisch hob ich eine Augenbraue und sah ihn abschätzend an. »Tust du das?«

Kian schob sich die Hände in die Hosentaschen und betrat den Raum, nur um sich direkt vor mir aufzubauen. »Was ist los, Aschenputtel? Wenn dir die Klamotten nicht gefallen, kaufe ich dir eben andere.«

»Ich will aber nicht, dass du mir irgendwelche Sachen kaufst. Verstehst du das nicht? Ich bin nur hier, weil ich den verdammten Ferrari deines Stiefvaters geschrammt habe, schon vergessen? Ich stehe in *deiner* Schuld, nicht umgekehrt.«

Kian verdrehte die Augen. »Herrgott, kannst du nicht einmal dein Gewissen ersticken und dankbar sein?«

»Ich bin dankbar!«, schoss es aus mir heraus, als er sich ein wenig zu mir hinunterbeugte und damit meinem Gesicht viel zu nah kam. »Es ist nur …«

»Sei still«, unterbrach er mich flüsternd und zu meiner Überraschung recht sanft, statt wie gewohnt herrisch. »Wehr dich nicht dagegen, wenn dir etwas Gutes passiert. Nimm es an und sei zufrieden damit.«

Seine dunklen Augen bohrten sich tief in mich hinein und fast wagte ich nicht, ihm zu widersprechen. Fast.

Seufzend legte ich meine Hand auf seine Brust, um ihn auf Abstand zu halten. Ich wusste, würde er mir näher kommen, würde ich mich, genau wie unzählige Male zuvor, in einem Gefühl verlieren, aus dem es keinen Ausweg mehr gab. Ein Gefühl, das süchtig machte und mir etwas vorgaukelte, das nicht real war.

»Im Leben passiert nur selten etwas Gutes, ohne eine Gegenleistung. Ohne eine Forderung. Das solltest du doch am besten wissen.«

Wütend zog er die Augenbrauen zusammen. »Willst mir unterstellen, ich hätte es nicht ohne Hintergedanken getan?«

Ich seufzte erneut. »Ich bin nicht dumm, Kian. Und naiv schon gar nicht.«

»Ich weiß«, sagte er, ohne Spott und vollkommen ernst, durchdrang mich mit seinem Blick.

»Wieso tust du es dann? Dir hätte klar sein müssen, dass ich das nicht annehmen kann.«

»Weil du es verdient hast. Ende der Geschichte.« Kian zuckte mit den Schultern, als wäre es für ihn nichts Besonderes. Doch ich starrte ihn nur ungläubig und mit geöffnetem Mund an.

Was meinte er damit, ich verdiene es?

Mein armes Herz begann in meiner Brust aufgeregt zu stolpern. »Aber ...«

»Ich sagte, Ende der Geschichte«, unterbrach mich Kian erneut und griff nach meiner Hand, die noch immer auf seiner Brust lag. »Nächste Woche habe ich einen wichtigen Termin bei einer Spendengala, bei der du mich begleiten wirst. Rich wollte eigentlich hingehen, doch er hängt noch immer zusammen mit meiner Mutter in Napa fest und wird es deswegen nicht schaffen.«

Erwartungsvoll sah ich ihn an, als er meine Hand losließ und zu einem der hübschen Kleider auf dem Bett deutete. »Zieh dafür das Grüne an. Es passt perfekt zu deinen Augen.«

Ich nickte einverstanden und legte es vorsichtig beiseite, damit es nicht zerknitterte. »Darf ich dich etwas fragen?«

Kian schien überrascht, lächelte aber. Ein ehrliches, sanftes Lächeln, das mich einen Moment lang aus dem Konzept brachte.

Hart schluckend sah ich ihn an. »Wie genau willst du Rich zu Fall bringen? Ich weiß, es geht mich eigentlich nichts an, aber ... Vielleicht kann ich ja mehr tun, um dir zu helfen.«

Seine Mundwinkel zuckten belustigt. »Du willst mir dabei helfen, ihn zu erledigen? Ernsthaft, Prinzessin?«

Nickend biss ich mir auf die Unterlippe. »Ich weiß, du hast irgendetwas gegen ihn in der Hand, aber ...« Paxton funkelte mich einen Augenblick misstrauisch an. »Du kannst mir vertrauen, Kian. Ich werde es niemandem erzählen.«

»Ich weiß«, erwiderte er selbstsicher und schob sich erneut die Hände in die Hosentaschen, als er begann zu erklären: »Rich hat über viele Jahre die Bilanzen der Firma gefälscht. Immer nur so wenig, dass es keinem auffiel, aber so viel, dass am Ende zusammengerechnet eine schöne Summe zusammenkam.«

Meine Augen weiteten sich schockiert. »Er hat den Staat um seine Steuern betrogen?«

Kian nickte grinsend. »Nicht um alle, aber … Um Millionen mittlerweile, soweit ich das zusammengerechnet habe.«

Unglaublich! Und ich dachte immer, es wäre ein Märchen, dass Reiche ohne Skrupel alles dafür tun würden, nur um noch reicher zu werden. Wieso hatte Richmond das nötig? Er besaß doch ohnehin mehr als genug Geld, um sich alles leisten zu können, was er wollte. Doch das reichte ihm offensichtlich nicht. Statt sich mehr an wohltätigen Organisationen zu beteiligen oder denen zu helfen, die dringend auf dieses Geld angewiesen waren, betrog er die hart arbeitende Gesellschaft dieses Landes. Was für ein feiger Hund tat so etwas?

Ich schnaubte verachtend. »Was hast du vor? Willst du ihn damit in den Knast bringen?«, fragte ich Kian und hoffte inständig, Rich würde dafür seine gerechte Strafe erhalten.

»Nichts lieber als das, glaub mir. Aber wenn er kooperiert, muss es nicht soweit kommen.«

Entsetzt riss ich die Augen auf. »Kooperieren? Du willst ihn doch wohl nicht damit erpressen?«

»Kommt ganz drauf an.« Kians Lächeln schien bittersüß und machte mir beinahe Angst.

»Auf was?«, fragte ich mit rasendem Herzen.

»Wie er reagiert, wenn ich ihn damit konfrontiere.«

Er würde ihn mit der ganzen Sache also davonkommen lassen? Ich war unsicher, was Kian tatsächlich mit all dem bezweckte. Wovor hatte er Angst? Rich konnte unmöglich so viel Macht auf ihn ausüben, dass er es nicht einmal wagte, ihn bei Polizei und Staatsanwaltschaft zu verpfeifen.

»Unser Schauspiel dient also zur Ablenkung und Tarnung, solange du nicht alle nötigen Unterlagen zusammenhast, die du gegen ihn vorlegen könntest?«, vermutete ich nachdenklich.

»Unter anderem, ja.« Er grinste zufrieden. »Außerdem will ich ihm damit eine reinwürgen. Nur um sein dummes Gesicht zu sehen, wenn ich mich plötzlich genauso verhalte, wie er von mir zwar immer verlangt, aber niemals daran geglaubt hat.«

Psychospielchen also. Das hätte mir gleich klar sein müssen. Kian war mindestens genauso machtbesessen wie Rich, so schien es zumindest. Und das ließ mich enttäuscht seufzen.

»Was, wenn es schiefgeht?«, wollte ich dennoch wissen. In der Hoffnung, er würde sich mir offenbaren, mir erzählen, vor was er Angst hatte.

»Was meinst du?« Kian spielte absichtlich den Dummen.

»Was passiert, wenn Rich es herausfindet, noch bevor du etwas unternehmen kannst.«

Einen kurzen Augenblick sah er mich nur an, sagte kein Wort und schien zu überlegen. Doch dann fuhr er sich verzweifelt über das so schöne, markante Gesicht und seufzte schwer. »Dann lande ich wohl schneller wieder in Kanada, als ich *Steuerhinterziehung* sagen kann.«

Verständnislos runzelte ich die Stirn. »Wieso solltest du ausgewiesen werden? Rich hat deine Mom doch geheiratet«, überlegte ich verwirrt. Doch als ich in seine Augen blickte, wusste ich es sofort. »Er hat dich nie offiziell adoptiert und dich somit nie zu seinem Stiefsohn gemacht, richtig?«

Kians Kiefer spannte sich an, während er die Lippen hart aufeinanderpresste.

Jetzt verstand ich auch endlich, weshalb Kian *Paxton* mit Nachnamen hieß und nicht *Preston*, so wie Rich und seine gleichnamige Company. Ich hatte mich schon die ganze Zeit gewundert, dachte aber, es wäre Kians Wunsch gewesen, seinen alten Nachnamen zu behalten – sollte so etwas überhaupt möglich sein.

Scheiße!

Bis eben dachte ich noch, Kians Angst Rich gegenüber wäre völlig unbegründet. Doch jetzt? Was, wenn er tatsächlich zurück nach Kanada geschickt werden würde? … Was wäre dann mit mir?

Der letzte Gedanke traf mich nicht nur unerwartet, er alarmierte mich vor allem. Schließlich wusste ich, dass unser Arrangement nur vorübergehend war. Weshalb interessierte es mich dann, was aus mir werden würde, wenn Kian nicht mehr an meiner Seite war?

Schnell schüttelte ich die vielen Fragen, die nicht in meinen Kopf gehörten, ab und sah zu Paxton.

»Kannst du denn nicht einfach eine neue Greencard beantragen? Ich meine, du lebst hier schließlich schon seit über 16 Jahren. Die können dich doch nicht einfach ...«

»Können sie. Wenn Rich mich aus der Firma und aus dem Haus schmeißt, ich also weder einen unbefristeten Arbeitsvertrag, noch einen festen Wohnsitz vorzuweisen habe, muss ich nach Kanada zurück. Ganz egal, wie lange ich hier schon lebe.«

Panik machte sich in mir breit, auch wenn es gar nicht mein Leben war, um das es hier ging. »Dann heirate ich dich eben.«

Kian und ich rissen beide die Augen auf. Nicht nur er schien überrascht über die Worte, die gerade meinen Mund verlassen hatten.

»Scheiße, was redest du da, Hollister?«

Keinen blassen Schimmer! Doch das Angebot wieder zurücknehmen, konnte ich trotzdem nicht. Schon gar nicht, als ich das sanfte Aufflackern von Hoffnung in seinem Blick erkannte. Selbst wenn es ihm nicht einmal bewusst war.

»Ich meine es ernst, Kian. Das hat rein gar nichts mit unserer Abmachung zu tun und mit anderen Sachen sowieso nicht. Ich ... finde es nicht richtig, wenn du das Land verlassen musst, nur weil Rich so grausam ist und dich gehenlassen würde. Und wenn ich das verhindern kann, wieso nicht?«

Meine Gedanken fuhren Achterbahn und widersprachen dem, was aus meinem Mund kam. Es gab tausend Gründe, weshalb wir es nicht tun sollten. Doch nur einen, den ich gelten ließ ...

Kian schien diesen Grund zu kennen. »Dir ist schon klar, was das für dich bedeuten würde?«

Ich nickte hart schluckend, auch wenn ich lieber den Kopf schütteln sollte. Stattdessen sagte ich: »Ich hätte keine Nachteile dadurch. Bei mir gibt es nichts zu holen.«

Kians Blick bohrte sich tief in meinen. »Und was ist mit einem anderen Mann? Was, wenn du dich verliebst und der Kerl findet heraus, dass du schon verheiratet bist – wegen einer beschissenen Greencard?!«

Ein erlösendes Lächeln schlich sich auf mein Gesicht. »Wenn er nicht versteht, dass ich damit nur etwas Gutes tun wollte, dann ist er es nicht wert. Ganz einfach.«

Kian schien nicht überzeugt und wollte gerade etwas sagen, doch ich ließ ihn nicht.

»Ich versuche nur, zu helfen. Wer das nicht verstehen kann, der wird niemals Teil meines Lebens«, sagte ich entschlossen und diesmal ohne jeglichen Zweifel. Denn *das* war nicht der Grund, mich vor einer Greencard-Ehe zu bewahren. Das Einzige, was mich davon abhalten würde, war Liebe. Ehrliche, wahrhaftige Liebe. Doch auch dieser war Kian Paxton bereits näher als jeder andere Mann in meinem Leben zuvor. Und weitaus näher, als es gut für mich war.

14
Kian

Es war bereits Abend, als ich es endlich schaffte, das Büro der Preston Company zu verlassen und mich auf den Nachhauseweg zu machen. Etwas, wozu ich mich normalerweise selten beeilte. Doch seitdem Alice in unserem Poolhaus lebte, war das seltsamerweise anders. Sie schien mir eine hervorragende Abwechslung zu dem, womit ich es den ganzen beschissenen langen Tag zu tun hatte – falsche Menschen mit ihren ebenso falschen Gesichtern und falscher Ehrlichkeit.

Alice war da anders, anders als jeder, den ich bisher kennengelernt hatte. Und mit jedem weiteren Tag, an dem sie bei mir war und ich mehr über sie erfuhr, desto mehr faszinierte sie mich.

Dass sie mir gestern, ohne zu zögern, anbot, mein Backup zu sein, sollte mein Plan mit Rich scheitern, rechnete ich ihr hoch an. Zumal sie es tatsächlich aus reiner Hilfsbereitschaft tat. Sie wollte weder mehr Geld von mir, noch knüpfte sie es an andere Bedingungen. Dabei hätte sie für das, was sie mir da vorschlug, einiges von mir verlangen können. Und ich … ich hätte ihr vermutlich fast alles dafür geboten. Doch Alice wollte nichts dafür. Weder ein neues Auto, noch ein neues Appartement, in dem sie sicher leben konnte. Diese Frau bot mir an, mich zu heiraten, nur um mir zu helfen. Weil sie fand, dass es das Richtige war.

Niemand anderes hätte so etwas für mich getan, niemand hätte es auch nur ansatzweise in Erwägung gezogen und es mir angeboten. Und das war etwas, das nicht nur schmerzte, es zerstörte mich regelrecht.

Wie oft hatte ich mit Gray, East und den anderen darüber gesprochen und wie oft hatten sie nur ratlos mit den Schultern gezuckt, wenn es darum ging, sich einen Plan B auszudenken. Natürlich würden sie mich alle bei sich aufnehmen, sollte Rich mich aus dem Haus schmeißen. Das stand nie zur Diskussion. Doch wie es dann mit mir weiterging, darüber machten sie sich keine Gedanken.

Nicht einmal Sophia schien das an sich heranzulassen, schob die Möglichkeit, dass ich tatsächlich nach Kanada ausgewiesen werden könnte, von sich, als wäre sie nicht existent oder zu absurd, um sie zuzulassen. Sie verdrängte den Gedanken, weil sie noch an das Gute im Menschen glaubte und Rich nicht zutraute, dass er mich eiskalt verriet. Dabei hatte er das längst getan, als er sich dazu entschied, mich nicht als seinen Sohn zu adoptieren und meiner Mutter trotzdem weiterhin vorzulügen, wir wären eine intakte, liebevolle Familie.

Mitten in meinem Gedanken blieb ich stehen und blickte geradewegs in das Gesicht meiner Mom, nachdem ich das Haus betreten hatte und das Wohnzimmer in Richtung Poolhaus durchqueren wollte. Gerade hatte ich noch an sie gedacht, jetzt war sie auf einmal hier. Wie ein verdammter Geist, der mich verfolgte und doch niemals wirklich anwesend war.

»Wieso zur Hölle bist du Zuhause?«, fragte ich rau und sah mich mit beschleunigtem Puls nach dem Mistkerl um, den sie geheiratet hatte. »Ich dachte, du und Rich, ihr kommt erst in einer Woche zurück?«

Meine Mutter verzog keine Miene, taxierte mich nur mit ihrem Blick, als wäre ich einer der Hausangestellten, statt ihr Sohn. »Rich hat die nächsten Tage nur noch geschäftliche Termine und ich hatte keine Lust mehr, alleine im Hotelzimmer zu sitzen und auf ihn zu warten.«

Schnaubend sah ich sie an. »Wieso? Du tust doch auch sonst nichts anderes, selbst wenn du hier bist.«

»Kian.« Ihre Augenbrauen wanderten warnend nach oben.

»Ist doch wahr«, sagte ich, unbeeindruckt von ihrem Blick. »Wann warst du das letzte Mal draußen und hast dir die Gegend angeschaut? Oder zumindest das Meer? Denn das ist verdammt nochmal direkt vor deiner Nase.« Ich hasste es, was diese Medikamente aus ihr machten. Seitdem sie die verfluchten Antidepressiva nahm, war sie ein scheiß Zombie – manchmal mehr tot als lebendig. Und das war alles Richs Schuld. Er ließ es zu, dass sie so wurde.

Meine Mutter hielt sich die Hand gegen die Stirn und seufzte schwer. »Rede bitte leiser mit mir, Kian. Und am besten in einem anderen Ton. Ich habe schreckliche Kopfschmerzen vom Flug.«

»Natürlich hast du das«, murmelte ich abfällig und verdrehte die Augen.

»Wo ist denn deine kleine Freundin?«, fragte sie plötzlich, als ich gerade gehen und sie alleine lassen wollte. »Rich hat mir die Fotos von euch beiden in der Zeitung gezeigt.«

Mit angespanntem Kiefer blieb ich erneut stehen und drehte mich zu ihr um. »Sie ist gerade im Poolhaus, nehme ich an.«

Bestürzt starrte meine Mutter mich an. »Was, um Himmels willen, macht sie denn dort?«

»Sie wohnt da seit ein paar Tagen. Ihre Wohnung wird gerade renoviert«, log ich ohne rot zu werden.

Mom runzelte skeptisch die Stirn. »Wieso lässt du sie dann nicht mit dir zusammen in deinem Zimmer übernachten?«

»Zu wenig Platz. Im Poolhaus können wir uns zusammen besser austoben«, erwiderte ich mit ekelhaft anrüchigem Grinsen, damit sie die blöden Fragen endlich sein ließ.

Mutter seufzte erneut und sah mich durchdringend an. »Sie ist hübsch«, gab sie widerwillig zu und schnalzte mit der Zunge.

»Nichts, das mir neu wäre«, gab ich knapp zurück, diesmal ohne dabei lügen zu müssen.

»Wie lange kennt ihr euch schon?«

Wütend ballte ich meine Hände zu Fäusten. »Was soll die Frage? Zweifelst du etwa auch daran, so wie Rich?«

Sie lächelte. Doch dieses Lächeln war genauso falsch wie das ihres Ehemanns. »Rich zweifelt nicht daran, Kian. Er ist nur vorsichtig.«

Ich schnaubte erneut. »Weshalb sollte *er* vorsichtig sein? Es ist schließlich *meine* Freundin.«

»Trotzdem könnte sie Ärger bedeuten – und das nicht nur für dich«, säuselte sie schwach.

»Wovon zur Hölle sprichst du?« Ich zog die Augenbrauen zusammen und funkelte sie warnend an.

»Von Geld, Liebling. Von was sonst?« Es kam ihr so leicht über die Lippen, dass ich beinahe das Gefühl hatte, Rich würde die Strippen an ihren beschissenen Marionettenfäden ziehen.

»Verarschst du mich, Mutter? Was soll der Scheiß?«, bellte ich aufgebracht und war zum tausendsten Mal enttäuscht darüber, was aus ihr geworden war.

Früher, in meiner Kindheit, bevor sie von Dad ständig zusammengeschlagen und später von Rich manipuliert wurde, war sie anders. Sie war liebevoll, hatte Anstand und wusste, was richtig und falsch war. Heute schien nichts mehr davon übrig. Nicht ein einziger Funke.

»Wir kennen das Mädchen nicht, Kian. Und du scheinbar auch noch nicht sehr lange. Woher wissen wir also, dass sie nicht nur wegen des Geldes bei dir ist?«

Fassungslos starrte ich sie an. »Weil Alice gar nichts davon wusste, als wir uns kennengelernt haben. Sie kannte ja nicht mal meinen Namen.«

Misstrauisch kniff sie die Augen zusammen. »Bist du dir da so sicher? Mädchen wie sie können so etwas gut vertuschen.«

Auch wenn es hier nicht einmal um eine echte Beziehung zwischen Alice und mir ging, so machte mich ihre Anschuldigung dermaßen wütend, dass ich mich zusammenreißen musste, um nicht eine ihrer beschissen hässlichen Vasen an die Wand zu knallen.

»Wag es ja nicht, ihr so etwas zu unterstellen«, knurrte ich ruhig, aber nicht ohne Drohung.

»Ich will doch nur, dass du aufpasst und dir ganz sicher bist, mit wem du da zusammen bist, Darling.«

»Lass den Darling Scheiß. Ich bin 25, Herrgott. Ich weiß genau, mit wem ich zusammen bin und wem ich trauen kann und wem nicht. Du bist diejenige von uns beiden, die verblendet ist und nichts merkt!«

Seufzend verzog sie das Gesicht und sah mich enttäuscht an. »Ich weiß wirklich nicht, was dein Problem mit deinem Stiefvater ist. Nach so vielen Jahren schaffst du es immer noch nicht, Rich zu vertrauen. Dabei hat er dafür gesorgt, dass wir ein Dach über dem Kopf hatten, als wir vor deinem Dad geflohen sind. Rich hat uns bei sich aufgenommen und hat uns seitdem alles gegeben, was wir brauchen.«

»Fragt sich nur, zu welchem Preis«, merkte ich spitz an, als plötzlich Aschenputtel den Raum betrat. Wie immer barfuß und nur mit einem oversized Shirt bekleidet, unter dem sie scheinbar den neuen Bikini trug.

Sie sah verdammt heiß aus, so natürlich und rein. Genau das, was ich so sehr liebte und genau das, was Easton meinte, dem ich früher oder später voll und ganz verfallen würde.

Dieser Spinner hatte ja keine Ahnung, dass ich längst dabei war, mich in dieser Unschuld zu verlieren ...

Wie ein ertappter Welpe, der gerade dabei war, dir das Essen vom Teller zu stehlen, blieb Alice mit weit aufgerissenen Augen zwischen mir und meiner Mutter stehen und erstarrte für einen kurzen Moment zur Salzsäule.

Mom musterte sie abschätzend und legte ihren Kopf schief, um ihre Nase leicht abfällig zu kräuseln.

»Guten Tag, Mrs. ... Preston«, stotterte Alice bemüht höflich und ging auf meine Mutter zu, um ihr die Hand zu reichen.

»Du musst Alice sein. Schön, dass wir uns endlich begegnen«, säuselte Mom mit künstlichem Lächeln, nicht ohne einen irritierten Blick auf Alice‘ nackte Füße zu werfen.

»Ich hoffe, Sie sind gut angekommen?«, fragte Hollister und ließ sich ihre Unsicherheit darüber, dass meine Mutter hier, statt wie von mir angenommen in Napa, war, nicht anmerken.

»Danke, der Flug war recht angenehm, hat mich aber ziemlich müde gemacht.« Am Arsch! Nicht der Flug, sondern ihre beschissenen Pillen hatten sie müde werden lassen, wie jeden verdammten anderen Tag auch.

Alice lächelte verständnisvoll. »Kann ich Ihnen dann vielleicht einen Tee anbieten? Bei mir hilft das häufig.«

Meine Mutter hob überrascht die Augenbrauen. »Gute Idee. Ich lasse mir von

Sophia einen machen, danke«, sagte sie und hob mit entschuldigendem Lächeln ihre Hand. »Ich komme gleich wieder, rennt nicht weg. Ich möchte meine zukünftige Schwiegertochter unbedingt kennenlernen.«

Als sie einen Augenblick später in der angrenzenden Küche verschwand, atmete Alice ein paar Mal tief durch und sah mich dann hilfesuchend an. »Oh Gott, was machen wir denn jetzt?«

Ich grinste. »Bleib einfach ruhig und erschlag sie mit deiner Freundlichkeit. Das ist sie nämlich nicht gewohnt.«

Alice nickte und versuchte sich langsam zu beruhigen. »Wieso ist sie denn schon hier?«, fragte sie flüsternd, als ich ihr näher kam und direkt vor ihr stehenblieb, um mir ihre nackten Beine, die unter dem langen Shirt gut zur Geltung kamen, genauer ansehen zu können.

»Sie ist früher zurück, weil ihr angeblich langweilig war. Rich ist die ganze Zeit geschäftlich unterwegs und lässt sie ständig allein. Eigentlich nichts Neues, wenn du mich fragst. Dass es ihr aber ausnahmsweise etwas ausmacht, ist allerdings seltsam.«

Alice schnappte panisch nach Luft. »Vielleicht wollte sie ja früher zurück, um uns auffliegen zu lassen?«

Wieder musste ich grinsen. »Reg dich ab, Aschenputtel. Sie hat keine Ahnung, dass ich dich dafür angeworben habe.«

»Sie wirkt aber … misstrauisch«, überlegte Alice mit zusammengepressten Lippen.

»Das ist normal bei ihr. Sie hat Angst um ihr beschissenes Geld«, schnaubte ich.

Erneut schnappte sie entsetzt nach Luft und sah mich aus großen, grünen Augen an. »Oh Gott, sie denkt, ich wäre statt hinter dir, hinter deinem Geld her? Das ist ja furchtbar!«

»Und deswegen werden wir ihr diesen Gedanken austreiben«, raunte ich heiser an ihrem Ohr und legte meinen Arm um ihre Taille, presste ihren Körper fest gegen meinen. »Du kennst das Spiel, Prinzessin. Zeig ihr, dass du mir gehörst.«

Alice' Lippen öffneten sich leicht und einladend, als sie mich ansah. »Nur damit du es weißt, Paxton«, wisperte sie leise und legte ihre Hände um meinen Nacken, als sich ihre Brüste angenehm und hart gegen meinen Oberkörper drückten. »Ich gehöre nur mir allein, niemand anderem.«

Fuck, und ob du mir gehörst, Hollister! Dein süßer Arsch gehört in meine Hände und in keine anderen!

»Also ...« Mutters Stimme schnitt durch den Raum, als sie aus der Küche zurückkam und Alice und mich prüfend ansah. »Kian hat erzählt, dein Appartement wird zurzeit renoviert und dass du deswegen bei uns im Poolhaus lebst?«, wandte sie sich an Aschenputtel, die sich in meinen Armen und trotz meines festen Griffs um ihre Taille, umdrehte und damit ihren heißen Arsch gegen meinen Schwanz presste.

»Ich hoffe, das macht Ihnen nichts aus?«, bestätigte Alice meine Lüge und lächelte zuckersüß, während ich Mühe hatte, nicht hart zu werden. »Kian hat es mir vor ein paar Tagen angeboten. Ansonsten kann ich auch gerne zu meinen Freunden. Ich will Ihnen keine Umstände bereiten.«

Noch bevor meine Mutter etwas darauf erwidern konnte, und zur Hölle, ich wollte wirklich nicht wissen, was sie darauf antworten würde, hauchte ich Alice einen Kuss auf die zarte Haut an ihrem Hals und protestierte. »Auf keinen Fall, du bleibst. Verstanden, Baby? Jetzt, wo du schon hier bist, lasse ich dich nicht mehr so schnell gehen.«

Alice' Atmung beschleunigte sich unter meiner Umklammerung. Und auch meine Mutter schien es zu bemerken.

Durchdringend starrte sie Hollister an und versuchte sie zu durchschauen. »Liebst du meinen Sohn, Alice?«

Scheiße, was?!

Aschenputtel riss überrascht die Augen auf, ihr Körper verspannte sich in meinen Armen. »Wie bitte?«, hauchte sie hilflos und hielt den Atem an, als ich sie fester an mich drückte, um ihr Halt zu geben und sie wissen zu lassen, dass sie nicht alleine gegen diesen Drachen kämpfte.

»Liebst du ihn?«, fragte meine Mutter erneut und ließ Alice keine Sekunde aus den Augen. Genau wie ich.

»Selbstverständlich«, keuchte sie kapitulierend und nach Luft ringend, bevor sie sich zusammenriss und mit funkelnden Augen zu meiner Mutter sah. »Ich liebe

Kian, seit er mir das erste Mal dieses echte, ehrliche Lächeln geschenkt hat, das er nur selten anderen Menschen gegenüber zeigt.«

Alice schluckte hart, als sie meinem Blick begegnete.

»Er lächelt wahrlich viel zu selten, da hast du recht«, stimmte meine Mutter ihr zu und gab sich offensichtlich mit Alice' Antwort vorerst zufrieden, während ich hingegen nicht sicher war, was ich davon halten sollte. »Ich schlage vor, wir essen morgen Abend zusammen. Zu dritt. Wie wäre das? Dann können wir uns besser kennenlernen. Ich lade dich herzlich dazu ein, Alice.«

Ich seufzte. »Morgen Abend können wir nicht, Mutter. Die Price Brüder haben uns schon eingeladen.«

»Weston und Easton?«, fragte sie verwundert. »Dachte, die hätten sich schon längst gegenseitig umgebracht«, gab sie mit gekünsteltem Lachen von sich. »Wie wäre es dann mit Übermorgen? Am Sonntagabend? Das klingt doch toll, oder?«

Alice nickte lächelnd. Was sollte sie auch sonst tun? Sie hatte schließlich keine andere Wahl. »Ja, sehr gerne. Vielen Dank.«

»Ich werde mich dann für heute hinlegen und etwas Schlaf nachholen. War schön, dich kennengelernt zu haben, Alice«, sagte Mutter erschöpft und musterte Hollister noch einmal abschätzend.

»Die Freude ist ganz meinerseits, Mrs. Preston.«

Nickend verabschiedete sie sich von uns beiden und verschwand im großen Flur, von dem aus die protzige Treppe nach oben zu den Schlafräumen führte.

»Ich hoffe, ich habe nichts Falsches gesagt«, flüsterte Alice und atmete erleichtert aus, als wir endlich wieder alleine waren.

Grinsend drehte ich sie in meinen Armen zu mir um, ließ sie jedoch nicht los, als ich im Augenwinkel erkannte, dass meine Mutter noch auf der Treppe im Flur stand und uns von dort aus beobachtete.

»Ganz im Gegenteil, Prinzessin. Du warst ... perfekt«, hauchte ich gegen ihre Lippen, sah ihr in die Augen, um sicher zu gehen, dass ich es wirklich wollte, und presste dann meinen Mund auf ihren.

Alice schien im ersten Moment so überrascht, dass sie sich nicht rührte. Doch davon ließ ich mich nicht beirren, küsste ihre Lippen weiter, mal zart, dann wieder verspielt und hart. Ich biss in ihre Unterlippe, strich mit meiner Zunge flehend darüber, bis sich ihr Mund langsam öffnete und sie mir Einlass gewähren ließ.

Mit erlösendem Seufzen begann sie endlich, den Kuss zu erwidern, griff mit ihren Händen in meine Haare, während ihre Zunge mit meiner spielte und mich unwillkürlich zufrieden lächeln ließ.

Alice‘ Körper erzitterte in meinen Armen, ihr Herz pochte rasend gegen meine Brust – oder war es mein eigenes? –, als ich ein letztes Mal meine Lippen fest gegen ihre presste, spielerisch an ihnen saugte und mich anschließend atemlos von ihr löste.

Befriedigung machte sich in mir breit, als sie langsam ihre Augen öffnete und mich mit geröteten Wangen und den vor Lust geschwollenen, feuchten Lippen ansah.

Scheiße, diesen Anblick wollte ich unbedingt noch einmal genießen. Am besten an jedem verdammten Tag, solange sie bei mir war.

»Das war's«, hauchte ich zufrieden grinsend, als ich über Alice‘ Schulter in den Flur und zur Treppe sah, auf der meine Mutter noch eben gestanden hatte. »Jetzt hat sie alles gesehen, was sie sehen musste.«

Alice‘ Gesichtsausdruck änderte sich schlagartig, als sie verstand, weshalb ich sie geküsst hatte. Und noch bevor ich mich versah, hatte sie sich aus meinen Armen befreit und mich von sich gestoßen. »Du hast recht, das war's. Ich hau ab! Unser Deal ist damit geplatzt.«

»Was?!«, stieß ich verwirrt aus. Doch ohne ein Wort und mit vor Wut funkelnden Augen drehte sie sich um und floh nach draußen auf die Terrasse.

»Warte, wovon zum Teufel sprichst du?« Mit schnellen Schritten war ich direkt hinter ihr und hielt sie auf, als sie ins Poolhaus stürmte und begann die Schubladen aufzureißen.

»Ich habe dich gewarnt, Kian. Ich habe dir gesagt, wenn du mir zu nahe kommst, ist es vorbei und ich verschwinde«, zischte sie, nicht ohne Enttäuschung in ihrem Blick.

»Scheiße, was? Vor ein paar Tagen hast du dich von mir fast im Pool ficken lassen und jetzt willst du wegen eines beschissenen Kusses abhauen?« Ich hielt sie an beiden Schultern fest, damit sie endlich aufhörte, ihre Sachen zu packen und mich stattdessen ansah.

»Ich hätte mich niemals von dir ficken lassen ...«, spie sie mir entgegen, als wäre es etwas Widerwärtiges, das sie kaum auszusprechen vermochte. »Und mich zu küssen, hatte ich dir auch verboten, verdammt nochmal!«

»Was ist so schlimm daran? War doch nur ein Kuss!«

Alice schnaubte wütend. »Ganz genau! Und ein Kuss ist viel zu intim und sollte nur dann geschehen, wenn er etwas bedeutet.«

»Ist das dein Ernst?«, fragte ich belustigt. »Und willst du mir jetzt auch noch sagen, dass du dir deine Jungfräulichkeit für den Richtigen, für deinen Ehepartner, aufsparst? Denn genauso klingst du nämlich gerade, Aschenputtel.«

Genervt stieß sie mich erneut von sich. »Wie kommst du darauf, dass ich noch Jungfrau bin, Blödmann?«

»Bist du nicht?«, fragte ich lauernd und kam ihr näher, jedes Mal, wenn sie einen Schritt nach hinten auswich.

»Nein, verdammt! Ich habe Sex, seitdem ich 16 bin.«

»Worauf warten wir dann noch?« Ich kam ihr einen letzten Schritt näher, bevor sie mit ihren Beinen direkt gegen das Bett stieß, das hinter ihr stand. »Ich weiß, du willst es auch«, raunte ich heiser und vergrub mein Gesicht an ihrem Hals, um mit meiner Zunge eine heiße Linie von ihrem Ohrläppchen bis zu ihrem Schlüsselbein zu ziehen.

Alice schloss automatisch die Augen, atmete schwer und schnell, versuchte mich aber dennoch von sich zu schieben. »Lass mich in Ruhe, Kian und hör auf, mich ständig anzufassen. Du bist vorhin zu weit gegangen und deswegen werde ich jetzt packen und gehen.«

Von wegen! Ich würde sie niemals gehenlassen. Nicht solange ich wusste, sie wollte es genauso sehr wie ich.

»Bist du sicher, dass du darauf verzichten willst?«, flüsterte ich ihr zu, als sich meine Hand fest um ihre Brust schloss und begann sie zu kneten. Alice verspannte sich zwar unter meiner Berührung, wehrte sich jedoch nicht dagegen. Im Gegenteil. Ihr Körper drängte sich gegen meinen, als sie genießend den Kopf in ihren Nacken legte, während ich meine andere Hand quälend langsam hinunter- und unter ihr neues Bikini Höschen schob.

Alice zischte leise, als meine Finger über ihre vor Freude erhitzten Schamlippen glitten.

Gott, sie war so verdammt zart und ... feucht.

Ein befriedigendes Lächeln schlich sich auf meine Lippen, als mir in diesem Moment etwas bewusst wurde. »Kann es sein, dass du nur so wütend bist, weil es dir gefällt, was ich mit dir anstelle?«

Alice erwiderte nichts darauf. Stattdessen ließ sie sich vorsichtig nach hinten auf das Bett fallen, zog mich zu sich hinunter und spreizte ihre Beine, um meiner Hand mehr Platz zu bieten.

»Tiefer«, stöhnte sie dirigierend, bis meine Finger an ihrem Eingang angelangt waren, der nass und offen vor mir lag.

»Sag, dass du bleiben wirst«, verlangte ich rau, bevor ich sie erlöste und ihr das gab, wonach sie sich sehnte.

Alice schmolz vor Lust, als ich neckend an ihrer Öffnung spielte. »Das kann ich nicht. Du bist vorhin zu weit gegangen, Kian«, protestierte sie dennoch.

»Nicht weit genug, wie mir scheint«, raunte ich heiser und schob einen Finger in sie hinein, nur um sie um den Verstand zu bringen. »Sag, dass du es dir wenigstens noch einmal überlegen und zumindest bis Montag noch hierbleiben wirst.«

»Oh Gott!« Alice schnappte nach Luft, als ich einen zweiten Finger hinzunahm, während meine andere Hand mit dem Daumen an ihrem Kitzler spielte.

»Sag es, Aschenputtel«, verlangte ich, als ich meine Bewegungen beschleunigte und spürte, wie sich ihre Pussy entzückt um meine Finger zusammenzog und zu zucken begann.

Alice japste nach Luft, als sie kurz davor stand, über die Klippe zu springen. »Ich werde es mir überlegen und bis Montag hierbleiben. Ich versprech's!«

Zufrieden betrachtete ich ihr Gesicht, als sie mit einem erstickten, lauten Stöhnen kam und sich augenblicklich all die Anspannung, die bis eben noch in ihrem Körper herrschte, löste.

Atemlos öffnete sie langsam die Augen und sah mich mit verschleiertem Blick an, bevor ein leises Räuspern uns zusammenzucken ließ und Alice Blick panisch zur Tür flog.

»Scheiße, verdammt! Ich bin sicher, daran werde ich beim Wichsen noch wochenlang denken müssen.«

Entsetzt schrie Alice auf, als ich mich umdrehte und in Westons breit grinsende Fresse sah.

»Fuck, Price! Was zur Hölle willst du hier?«

15

Alice

Ich wollte vor Scham im Erdboden versinken, als ich West im Türrahmen lehnen sah. Meine Wangen glühten und Schweiß stand mir auf der Stirn, als ich hastig vom Bett aufsprang und meinen Bikini unter dem Shirt richtete.

Scheiße, es hätte niemals so weit kommen sollen, ich hätte es nicht zulassen dürfen, dass Kian mit seiner blöden Masche bei mir durchkommt. Ich wusste es schließlich besser! Er wollte mich nur verführen, um mich an sich zu binden, damit ich das ganze Theater weiter mit ihm durchzog und keinen Rückzieher machte. Und trotzdem ließ ich ihn in meine Hose – wortwörtlich.

Wie blöd konnte man sein?!

Jetzt bekam ich offensichtlich die Quittung dafür. West – ausgerechnet einer seiner kaputten Freunde – hatte uns dabei beobachtet und es schien ihm nicht einmal leidzutun, unsere Privatsphäre damit verletzt zu haben. Ganz besonders meine.

Strahlend stand er vor uns und grinste selbstgefällig. »Ich wollte euch nur nochmal an die Party morgen Abend bei mir und East erinnern. Aber als ich euch eben so gesehen habe …«

Oh Gott, konnte sich nicht jetzt und sofort ein riesiges Loch im Boden auftun, das mich verschlingen würde?! Beschämt schüttelte ich den Kopf und hielt mir die Hände vor das Gesicht, als mein Blick an West hinabglitt und ich das Zelt in seiner Hose entdeckte.

»Hättest du nicht anklopfen können, Arschloch?« Kian stellte sich schützend vor mich, als auch ihm der Ständer seines Freundes auffiel.

Weston lachte. »Du weißt, ich klopfe nie an. Und das hat verdammt gute Gründe, wie du jetzt sicher verstehst.«

Kian knurrte bedrohlich. »Verpiss dich, Price. Wir sehen uns morgen Abend.«

Sein Freund schnaubte, ließ uns dann aber kurz darauf wieder allein.

Kians Hände legten sich um meine und er zog sie mir vom Gesicht, damit er mich ansehen konnte.

»Er ... Er hat doch nicht wirklich zugeguckt, oder?«, fragte ich leicht hysterisch und schluckte schwer.

»Bei West weiß man nie. Sorry, Baby.« Kian schien der Gedanke relativ kaltzulassen im Gegensatz zu mir. Und das war es, was mich an der Situation wohl am meisten erschreckte.

Keuchend stieß ich die Luft aus meiner Lunge und starrte ihn entsetzt an. »Um Himmels willen, ich kann mich nie wieder bei ihm blicken lassen. Das mit der Party kannst du also vergessen. Ich werde auf keinen Fall mitkommen und mich den Blicken deiner Freunde stellen! Ich wette, West hat ihnen schon alles haargenau erzählt.«

Kians Mundwinkel zuckten, doch wie so oft lächelte er nicht. »Er hat nichts gesehen, was dir peinlich sein sollte.«

Bitte, was?! Das war unmöglich sein Ernst! »Gott, ihr seid so unglaublich …«

»Obszön?«, unterbrach er mich und schlang seine Arme plötzlich fest um meine Taille, um mich an seinen harten Körper zu pressen. »Ich dachte, das gefällt dir?«

Gänsehaut überzog meinen Nacken und Hals, als seine Lippen hauchzart drüberstrichen, nur um mich geradewegs zurück in die verdammte Ohnmacht zu katapultieren. Doch diesmal schien mein Verstand stärker als meine verweichlichten Hormone, die ständig nach Kians Pfeife tanzten, so wie es ihm gefiel.

Mit wütend zusammengezogenen Augenbrauen und rasendem Herzen schob ich ihn unsanft von mir und sah ihn entschlossen an. »Ich verschwinde jetzt.«

Paxton griff nach meinem Arm, als ich gerade meine wenigen Habseligkeiten zusammensuchen und von hier abhauen wollte. »Auf keinen Fall!«, beschloss er und hielt mich fest. »Du hast versprochen, dass du bis Montag bleibst und es dir noch einmal überlegst.«

Fassungslos starrte ich ihm entgegen. »Das war aber, bevor dein dämlicher

Freund stillschweigend zugesehen hat, wie du mich …« *Befriedigt hast!*

Fuck! Allein bei dem Gedanken daran, mit welcher Leichtigkeit er das geschafft hatte – nur mit seinen Fingern … Ich hätte auf der Stelle schreien können, so sehr machte es mich wahnsinnig, wie mein Körper auf ihn reagierte.

»Vergiss es, Alice. Du hast es versprochen, also wirst du hierbleiben und sowohl morgen auf die Party gehen, als auch das beschissene Abendessen mit meiner Mutter am Sonntag mit mir gemeinsam überstehen. Verstanden?« Kians Blick spießte mich regelrecht auf, so tief bohrte er sich in mich hinein.

»Warum willst du überhaupt, dass ich auf diese Party gehe? Dort wird doch niemand anwesend sein, vor dem du etwas vorgeben müsstest, das nicht wahr ist. Es sind nur deine Freunde und die wissen ohnehin, dass das zwischen uns nicht echt ist.« Zumindest bis auf das, was eben passiert war. Und den blöden Kuss von vorhin, der mein armes Herz zum Stolpern brachte.

»Du stellst schon wieder meine Entscheidungen in Frage«, erinnerte mich Kian heiser.

Wie ein trotziges Kind verschränkte ich die Arme vor der Brust und bot ihm die Stirn. »Und du bist ein herrisches, überhebliches Arschloch. Da fallen wir wohl beide wieder zurück in unsere alten Muster.«

Ein überraschtes, fast beeindrucktes Lächeln schlich sich auf seine schönen, hypnotischen Lippen. »Wieso bist du so wütend?«

»Weil …« *Weil es mir verdammt nochmal viel zu sehr gefallen hatte!* Ich seufzte, sprach es allerdings nicht aus. Stattdessen sagte ich: »Weil ich dich nicht jedes Mal gewinnen lassen will, schon gar nicht, wenn du so ein Arsch bist. Deswegen!« Und zum Teil war es immerhin die Wahrheit, ich hatte ihn nicht belogen.

Es fiel mir schwer, einen weiteren Tag in Kians Nähe zu bleiben. Wäre mein dämliches Versprechen nicht gewesen, das er mir nur entlockt hatte, weil ich in diesem Moment in totaler Ekstase vor ihm lag, hätte ich jetzt Zuhause sein können und müsste mich nicht über so viel Arroganz und Überheblichkeit ärgern.

Warum zum Teufel wollte er unbedingt, dass ich mit ihm zu dieser Party ging? Für mich machte das keinen Sinn. Seine Freunde wussten genau, wer ich war und einer von ihnen hatte sogar mehr von mir gesehen, als ich zu ertragen bereit war. Trotzdem befahl Kian mir, am Samstagabend in seinen blöden Mustang zu steigen und ihn brav zum Haus der Price Brüder zu begleiten.

Ich hätte brechen können vor Wut! Nicht nur, weil ich absolut keine Lust hatte, seinen gestörten, verkorksten Freunden zu begegnen – West am allerwenigsten –, ich hatte auch wirklich keine Lust, den ganzen Abend von Kian herumgeschubst zu werden, wie eine dämliche Puppe. Ich hatte es satt, nach seinen Spielregeln zu spielen, hatte es satt, dass er mich nicht ernstnahm und stattdessen nur das tat, was er wollte – niemals das, worum ich ihn gebeten hatte. Der Kuss gestern war der beste Beweis dafür! Er hätte nicht passieren dürfen und das hatte einen verdammt guten Grund – und dieser war schuld daran, dass die meiste Wut in meinem Bauch sich gegen mich selbst richtete. Nicht gegen Kian, nicht gegen unseren Deal und auch nicht gegen seine Freunde und diese idiotische Party. Ich war stinkwütend auf mich selbst, weil ich es überhaupt so weit hatte kommen lassen. So weit, dass mir dieser Typ mehr bedeutete, als er sollte …

»Zieh nicht so ein Gesicht und genieß es, hier sein zu dürfen, Aschenputtel. Das ist ein Privileg, vergiss das nicht.« Kians Blick glitt langsam über meinen Körper, bevor seine Hand besitzergreifend auf meinem Hintern landete.

Ein verräterisches Ziehen meldete sich in meinem Unterleib, weshalb mein Selbsthass ins Unermessliche wuchs. Denn statt ihm dafür eine Ohrfeige zu verpassen, dass er es wagte, mich anzufassen, obwohl wir hier nur unter seinen Freunden waren, reagierte mein Körper ganz anders auf seine Berührungen.

»Das Kleid steht dir übrigens«, raunte er mir ins Ohr, als wir uns Nash und Gray näherten, die sich gerade über die aktuelle Football Saison unterhielten.

Schnaubend zupfte ich an dem schwarzen Stoff des Minikleides, das Kian für mich ausgesucht hatte, genau wie die anderen Sachen, die jetzt im Poolhaus lagen und darauf warteten, von meiner alten Garderobe ersetzt zu werden. Ich hasste es, dass er scheinbar nicht nur ganz genau wusste, was mir stand, sondern auch meine Größe so gut schätzen konnte, dass es fast schon gruselig war.

»Aschenputtel.« Gray grinste mich amüsiert an, als Kian und ich vor ihm und Nash stehenblieben. »Und? Hat dir die kleine Show vor ein paar Tagen gefallen?« Er spielte auf den Stripclub an, als ich Kian dabei erwischte, wie er sich von einem der gekauften Mädchen einen blasen ließ.

Wütend presste ich die Lippen zusammen und starrte ihn finster an. »War das der Dank dafür, dass ich dir vielleicht das Leben gerettet habe?«

Grays Grinsen wurde eine Spur breiter. »Ich dachte, es würde dir gefallen.«

Fassungslos sah ich in sein Gesicht, dann zu Kian, der stumm neben mir stand, statt seinen Freund zur Rede zu stellen oder mich zu verteidigen. »Vielleicht solltest du dann weniger denken. Offenbar kommt dabei nur Müll raus«, platzte es zischend aus mir heraus, ehe ich mich von Kian losriss und die drei stehenließ.

Ich wollte nur noch weg, ganz egal wohin. Und wenn ich mich in der beschissenen Besenkammer dieser gigantischen Villa verstecken musste, bis die Party vorbei war. Hauptsache ich war endlich allein und musste mich nicht mit der Dreistigkeit von Paxton und seinen Freunden auseinandersetzen.

Rasend vor Wut stürmte ich nach draußen und setzte mich fernab vom Trubel und den vielen Menschen, die ich nicht kannte, auf die Mauer eines alten Springbrunnens, der in der Mitte der Einfahrt der Price Villa thronte. Früher dachte ich, solche Dinger wären nur ein Klischee und Hollywood hätte sie erfunden. Jetzt wusste ich es besser. Die Schönen und Reichen waren verrückt!

»Versteckst du dich hier draußen vor mir, Aschenputtel?«

Erschrocken drehte ich mich um und sah ausgerechnet West auf mich zukommen, mit einer Flasche Tequila in der Hand.

Seufzend kniff ich die Augen zusammen und beobachtete, wie er sich ohne zu Fragen neben mich setzte, den Blick ungeniert in meinem Ausschnitt versunken.

»Hör auf, mich anzustarren«, verlangte ich. »Ich bin nicht eins eurer gekauften Mädchen, mit dem ihr machen könnt, was ihr wollt.«

West lachte. »Stimmt, bist du nicht. Denn wenn es so wäre, hätte Paxton schon weitaus mehr mit dir getrieben, als dich nur gefingert.«

Großer Gott, wieso musste er das auch noch ansprechen? Reichte es ihm nicht, dass ich ohnehin schon vor Scham zerschmolz? »Was willst du hier bei mir? Deine Party findet doch gerade drinnen statt, oder nicht?«

Er zuckte mit den Schultern. »East hat sicher alles unter Kontrolle.« Abschätzend musterte er mich von der Seite. »Was ist mit dir? Wieso bist du hier draußen? Und dann noch so ganz allein, ohne Paxtons Hände an deinem Arsch.«

Ich fuhr mir resigniert über das Gesicht. »Ich wollte allein sein. Danke, dass du mich nicht lässt«, schnappte ich sarkastisch, als er einen tiefen Schluck aus der Flasche nahm und sie mir dann grinsend entgegenhielt.

»Ich trinke nicht.«

Weston zuckte beinahe zusammen unter meinen Worten. »Du willst mich doch verarschen, oder? So wie du drauf bist, brauchst du dringend einen Drink. Oder eher zehn.«

Vermutlich hatte er recht. Es war dennoch nicht meine Art, also lehnte ich kopfschüttelnd ab.

»Bist du sicher?«, fragte West mit geheimnisvollem Lächeln. »Paxton würde ausrasten vor Wut, wenn du dich mit mir betrinkst.«

Überrascht hob ich eine Augenbraue und sah ihn an. Hatte er mich etwa durchschaut? Wusste Weston, dass ich an diesem Abend nichts lieber täte, als Kian Paxton zur Weißglut zu treiben und ihm damit seine Selbstgefälligkeit auszutreiben?

»Komm schon, Baby. Ich sehe doch in deinen Augen, dass du ihm eine Lektion erteilen und nicht immer nur das tun willst, was er sagt.« Wieder hielt er mir die Flasche entgegen und grinste. »Mach schon, Aschenputtel! Oder willst du etwa, dass er über dich siegt?«

Niemals! Kian Paxton konnte mir den Buckel runterrutschen! Ich würde ihm zeigen, wie sehr er mich unter Kontrolle hatte – nämlich gar nicht. Heute Abend würde ich endlich das tun, was ich wollte. Ohne Rücksicht auf ihn oder unseren blöden Deal.

»Gib schon her«, sagte ich und griff entschlossen nach der Flasche.

16
Kian

Nachdem ich mir eine gefühlte Stunde Eastons Moralpredigt anhören musste, weil ich Alice zu dieser Party mitgenommen hatte, gab ich entnervt auf und ließ ihn irgendwann stehen. Es reichte schon, dass Gray und Nash mich vorhin seltsam angesehen hatten, nachdem sie Alice an meiner Seite entdeckt hatten. Ich brauchte Eastons Gequatsche nicht auch noch.

Mir war klar, wie das alles für sie aussah. Und um ehrlich zu sein, war es mir scheißegal. Sollten sie denken, was sie wollten und sagen, was sie nicht lassen konnten. Alice hatte es verdient, auf dieser Party zu sein. Wenigstens für einen Abend sollte sie sich gehenlassen und nicht immer nur daran denken, welche Konsequenzen ihre Handlungen haben könnten. Ihr Leben war hart genug und meine Launen zu ertragen, war sicher auch nicht gerade leicht. Schon gar nicht, wenn ich jedes Mal die Grenze, die sie scheinbar bewusst zog, übertrat.

Scheiße, ich konnte aber verdammt nochmal nicht anders. Als ich sie gestern Abend vor den Augen meiner Mutter geküsst hatte, da war das vielleicht kalkuliert und ein Verstoß gegen Alice' aufgestellten Regeln, doch ich konnte nicht anders. Alles in meinem Körper hatte sich gegen meinen Verstand aufgelehnt und es mich tun lassen. Und wenn ich ehrlich war, war meine Mutter nur der vorgeschobene Grund dafür.

Fuck, ich wollte Alice schon seit Tagen küssen. Wenigstens einmal, nur um zu sehen, wie es sich anfühlen und wie sie schmecken würde. Ich wollte es tun, um es endlich zu vergessen und den Gedanken begraben zu können. Schließlich kannte ich mich gut genug. Nach einem Fick und auch nach einem Kuss verlor ich meist schnell das Interesse und widmete mich der Nächsten. Zumindest war das auch der Plan mit Alice. Ich hätte ja nicht wissen können, dass mich der Kuss mit ihr nur noch weiter antrieb und mich dermaßen nach ihr besessen machte, dass ich mehr von ihr, statt eine andere, wollte.

Easton hatte recht, schob sich eine innere Stimme in meinen Kopf und ließ mich das Gesicht verziehen. Auf keinen Fall durfte dieser Pisser Recht behalten. Ich würde Alice nicht verfallen, nicht so, nicht auf die gefühlsduselige Weise. Nicht solange mein Schwanz noch etwas zu melden hatte.

Trotzdem sollte ich sie jetzt besser suchen gehen. Ich hatte sie schon eine ganze Weile nicht mehr gesehen und da Nash, Gray und East bei mir waren, blieb nur noch einer, bei dem sie sein konnte. Es sei denn, sie hatte sich tatsächlich unter die anderen gemischt, was ich jedoch bezweifelte.

»Lockwood, hast du Alice zufällig gesehen?«

Er antwortete zunächst nicht, starrte mich nur mit prüfend gehobener Augenbraue an. »Seit wann nennst du sie bei ihrem echten Namen?«

Wollte er mich verarschen? Jetzt fing der Spinner auch noch mit Eastons Moralscheiß an? »Hast du sie gesehen oder nicht, Arschloch?«

Gray grinste. »Wieso? Willst du dich bei ihr für unser schamloses Verhalten entschuldigen? Ich hab gehört, sie war ganz schön angepisst, als sie bemerkt hat, dass West euch beobachtet hat.«

Mein Kiefer spannte sich an, als ich mich daran erinnerte, wie außer Kontrolle sie sich unter mir bewegt hatte, mit meinen Fingern tief in ihr und ihrem heißen Stöhnen in meinen Ohren. Ihre Wangen waren gerötet, die Augen vor Lust verschleiert und ihre Nippel so hart, ich hätte auf der Stelle kommen können, hätte ich mich nicht zurückgehalten und sie den Moment genießen lassen.

»Wo zum Teufel ist dein Bruder?«, fragte ich jetzt Easton, weil ich bei Gray nicht weiterkam.

Ein verächtliches Schnauben verließ seine Kehle, als er mich enttäuscht ansah. »Ich habe ihn vorhin rausgehen sehen. Mit seinem besten Freund Tequila. Seitdem war er nicht mehr hier.«

Draußen? Was zum Teufel wollte er da mit ihr? Vor allem mit dem Tequila. Alice trinkt schließlich nicht, das hatte sie mir selbst gesagt. Trotzdem traute ich West alles zu, nur um sie rumzukriegen. Ganz besonders nach dem, was er gestern gesehen hatte.

»Kian?«

Mit zusammengezogenen Augenbrauen sah ich hoch zu East. »Lass ihn am Leben, wenn du ihn findest. Die Kleine ist es nicht wert, dass du deine Freundschaft zu ihm dadurch kaputt machst.«

Von wegen! Was verstand er schon von irgendwelchen Werten? »Fahr zur Hölle, Easton! Wenn es sein muss, werde ich deinem kleinen Bruder die Eier abreißen, sollte er sie angefasst haben«, presste ich wütend hervor und drehte mich um, um dieses Irrenhaus zu verlassen.

Vielleicht war es doch keine so gute Idee, herzukommen. Vor allem mit ihr. Diese Menschen hier waren ebenso kaputt wie die ganze kranke Gesellschaft, in der sie lebten. Alice gehörte hier nicht her, so sehr ich ihr all den Protz und Luxus gönnte, den die Price Familie zu bieten hatte. Es war ein Fehler, sie gezwungen zu haben, mitzukommen, obwohl ich wusste, dass sie nicht wollte und lieber den Abend allein mit einem Buch im

Poolhaus verbracht hätte. Doch statt sie in Ruhe zu lassen, drängte ich sie dazu. Und wofür das alles? Weil ich sie verdammt nochmal an meiner Seite haben wollte! Jetzt war sie ausgerechnet mit Weston draußen, tat weiß Gott was und es war ganz allein meine Schuld.

Ungeduldig stürmte ich aus dem Haus zur Einfahrt runter, als ich Alice' ungehemmtes Lachen bereits vom Springbrunnen aus hören konnte.

Fuck, sie hatte getrunken! Wehe, Price hatte sie nur abgefüllt, um an sie ranzukommen. Ich schwöre, ich würde ihm dafür nicht nur die Eier abreißen.

Gerade als West den fast leeren Tequila an Alice reichen und sie diesen an ihre Lippen ansetzen wollte, um zu trinken, griff ich nach der Flasche und riss sie ihr aus den Händen.

»Was zum ...?« Erschrocken und mit aufgerissenen Augen sah sie zu mir auf, kicherte dann aber plötzlich. »Da ist er ja – mein Aufpasser«, sagte sie mit schwerer Zunge. »Hast dir ja da drinnen ganz schön viel Zeit gelassen, bis du auf die Suche nach mir gegangen bist. Was ist? Hat dir etwa eins der Mädchen einen Blowjob versprochen?«

West lachte amüsiert auf und versuchte nach der Flasche in meinen Händen zu greifen, doch ich ließ ihn nicht.

Wütend sah ich zuerst Price, dann auch Alice an. »Was zur Hölle treibt ihr hier? Die Party findet drinnen statt, nicht hier draußen.«

»Drinnen war es aber so unangenehm … streng.« Alice grinste. »Außerdem hatte ich es satt, dass du mich wie eine Puppe herumschubst und mich vor deinen Freunden vorführst.«

»Hast du deswegen getrunken?«, fragte ich mit gerunzelter Stirn.

»Kannst du es ihr verübeln, Bro?«, mischte sich West breit grinsend ein, kassierte von mir aber einen warnenden Blick, bevor er mehr dazu sagen konnte. Mir war klar, dass er sie dazu getrieben hatte, so viel zu trinken, auch wenn der Entschluss letztendlich ihrer gewesen war.

»Komm, lass uns gehen. Wir fahren nach Hause«, beschloss ich und griff nach ihrer Hand.

»Wie bitte?« Alice ließ mich augenblicklich los und sah mich aus großen, grünen Augen an, die vor Wut regelrecht glühten. »Was fällt dir eigentlich ein? Wieder willst du über meinen Kopf hinweg bestimmen, statt mich einmal zu fragen, was *ich* möchte. Du bist so ein blödes Riesenbaby, Paxton! Begreif endlich, dass ich nicht dir gehöre und für mich selbst entscheiden kann. Außerdem ... welches Zuhause meinst du eigentlich? Ich habe dank dir nämlich keins mehr. In mein Appartement lässt du mich nicht zurückgehen und zu dir will ich auf keinen Fall.«

West unterdrückte sich das Lachen, während ich nicht wusste, ob mich ihr kleiner Wutausbruch belustigen oder verärgern sollte. »Dir ist schon klar, dass du gerade total betrunken auf einem Springbrunnen sitzt und um dich schlägst? Wer ist hier also das Riesenbaby?«

Alice schnappte empört nach Luft. »Gott, was bist du nur für ein riesiges Arschloch? Du hast es echt nicht verdient, dass sich so viele Menschen für dich den Hintern aufreißen und dir hinterherrennen, wie die Hunde! Mach deinen Scheiß gefälligst selbst und jammere nicht herum!«

Moment, was? Wann hatte ich jemals gejammert? »Ich weiß ja nicht, wen du mit dem Hinternaufreißen meinst, aber ich sehe niemanden, der das für mich tut. Außerdem …«

»Und was ist mit Sophia?«, unterbrach sie mich schnaubend und starrte mich an. »Willst du mir etwa sagen, sie räumt gerne deinen Dreck weg?«

»Es ist nun mal ihr Job, Hollister. Sie hat es sich selbst so ausgesucht. Und ich bitte sie auch nicht darum. Rich tut es.«

Sie verdrehte die Augen. »Klar. Rich … Er ist immer der Schuldige, was? Ganz egal, um was es geht, es ist immer dein Stiefvater, der so böse und gemein zu dir ist.«

West verzog das Gesicht und rutschte langsam von der Mauer des Springbrunnens, um sich zu verpissen. Ihm war klar, dass Alice mit ihren letzten Worten ins Schwarze getroffen hatte und er wollte lieber nicht dabei sein, wenn sie in ihrem angetrunkenen Zustand weiter in der Wunde bohrte.

Alice schien irritiert von Price‘ Flucht und sah mich mit glasigen Augen an. »Was ist denn auf einmal mit dem los? Zieht er ernsthaft den Schwanz ein?« Sie zischte leise. »Feigling!«

Fast musste ich grinsen, verkniff es mir aber doch, um sie nicht weiter zu provozieren.

»Lass uns fahren, Alice. Du wirst am nächsten Morgen tierische Kopfschmerzen haben und solltest dich deswegen ausruhen. Morgen Abend ist das Dinner mit meiner Mutter, schon vergessen?«

Alice schnaubte. »Ich scheiß auf das blöde Dinner! Mir ist vollkommen egal, ob deine Mom rausfindet, dass du diesen dämlichen Kuss nur vorgetäuscht hast.«

Verblüfft hob ich eine Augenbraue. »Moment mal ... Geht es hier gerade etwa nur darum? Hast du dich deswegen so abgeschossen? Weil ich dich gestern geküsst habe?«

»Es dreht sich nicht immer alles nur um dich, Kian«, ruderte Alice schmollend und mit verschränkten Armen vor der Brust zurück, während sie meinen Blick mied und wie ein kleines Kind zu Boden starrte.

»Du meine Güte, es geht hier tatsächlich um den Kuss. Deswegen bist du immer noch wütend?« Ich grinste überrascht.

»Geh einfach und lass mich in Frieden«, schnappte Alice ertappt und stieß mich von sich. Beschämt biss sie sich auf die Unterlippe, als ich ihr wieder näher kam und sie keine Sekunde mehr aus den Augen ließ, nur um jede Regung von ihr wahrzunehmen.

»Was ist, wenn ich es wiederhole?«, fragte ich heiser an ihrem Ohr und berührte dabei ihren Hals mit meinen Lippen. Ich liebte es, wenn sie meinetwegen Gänsehaut bekam.

»Wag es bloß nicht, Paxton«, wisperte sie kraftlos, weil der Alkohol sie schwächte.

»Was, wenn doch?«, trieb ich sie immer weiter zum Abgrund, damit sie losließ und sprang. Ich wusste, sie wollte es, wusste, ihr Körper sehnte sich danach genauso sehr wie meiner. Ihre Lippen öffneten sich leicht und schimmerten einladend und feucht. Es kostete mich alle Mühe, es nicht einfach zu tun. »Und was, wenn meine Mutter nicht der eigentliche Grund war, warum ich es getan habe?«

Alice' Blick flog überrascht von meinen Lippen hoch zu meinen Augen. »Was für andere Gründe solltest du sonst haben?«

Unsere Münder berührten sich fast. Und das war der Punkt, an dem ich mich zurückziehen musste, um sie zu ködern.

»Find's raus«, forderte ich sie auf und entfernte mich von ihr.

Wie vor den Kopf gestoßen und mit eiskaltem Wasser übergossen sah sie mich aus großen Augen an, sagte aber nichts.

»Ich verschwinde jetzt solange zum Strand«, ließ ich sie grinsend wissen. »Zumindest bis du es dir anders überlegt hast und wir endlich fahren können.«

Ohne auf ihre Antwort zu warten oder darauf, dass sie protestieren konnte, drehte ich mich um und ging. Ich wusste, es würde nicht lange dauern, bis sie mir folgte – und sei es nur, um mich anzuschreien oder mich zum Teufel zu jagen. Alice würde kommen. Da war ich mir absolut sicher.

Draußen am Strand war keine Menschenseele zu sehen. Alle waren drinnen im Haus oder trieben sich am Pool herum, kaum jemand kannte die kleine, versteckte Bucht, die der Price Familie gehörte. Ich kam gerne hierher, wenn ich bei den Brüdern war. Es war immer sehr ruhig und verlassen hier draußen. Besonders nachts, wenn der Atlantik so dunkel und schwarz vor mir lag, dass ich manchmal dachte, er würde mich eines Tages verschlingen.

»Hey, Arschloch!«

Und mit einem Mal war es mit der Ruhe vorbei.

Grinsend drehte ich mich um und sah, wie Alice sich ihre High Heels auszog, um barfuß über den weißen Sand zu laufen.

Ungeschickt ließ sie sich vor mir auf die Knie fallen und fixierte mich mit ihrem Blick. »Was glaubst du eigentlich, wer du bist?«, fragte sie, scheinbar rasend vor Wut. »Du kannst doch nicht so eine Andeutung machen und dann wegrennen.«

Ich lachte amüsiert auf. »Sehe ich aus, als würde ich rennen?« Ich deutete auf mich und meine gemütliche Sitzposition.

Das brachte Alice scheinbar aus dem Konzept, weswegen sie zum ersten Mal die Bucht und das Meer vor uns wahrnahm. »Gehört das alles der Price Familie?«

Ich nickte und betrachtete ihr schönes Gesicht.

»Und ist das Wasser des Atlantiks sehr kalt nachts um diese Jahreszeit?«

Überrascht hob ich beide Augenbrauen und noch bevor ich antworten konnte, zerrte sie plötzlich an dem Reißverschluss des Kleides.

»Soll ich helfen?«

Keine Antwort. Stattdessen stand sie auf, drehte sich zu mir um und sah mir voller Trotz in die Augen, während sie das Kleid langsam öffnete und es sich anschließend von oben nach unten vom Körper schob.

Hart schluckend starrte ich sie an, als sie nur noch in schwarzer Spitzenunterwäsche vor mir stand und sich offensichtlich nicht einmal dafür schämte oder sich genierte, sich so vor mir zu zeigen.

»Genieß den Anblick, Kian. Du siehst mich jetzt zum ersten und letzten Mal so«, säuselte sie zuckersüß, bevor sie durch den Sand langsam ins Wasser ging und mit angehaltener Luft die Kälte des Ozeans ertrug.

Mit beeindrucktem Lächeln folgte ich ihr Sekunden später, zog Jeans und Shirt aus und begab mich zu ihr ins Wasser. »Heißt so etwas nicht Nacktbaden, was wir hier tun? Dafür hast du allerdings leider noch zu viel an, fürchte ich.«

Alice japste erstickt, weil das Wasser des Atlantiks in der Nacht schweinekalt war. Dennoch machte sie keine Anstalten, wieder an Land zu gehen. »Was soll der Spruch, Paxton? Glaubst du, ich trau mich nicht?« Ein Schwall Wasser landete in meinem Gesicht und ich lachte.

»Beweis es, Hollister!«, forderte ich sie auf und sah sie grinsend an.

Ohne zu zögern öffnete sie ihren BH und schmiss ihn anschließend in den Sand, wo er jedoch gleich darauf von den Wellen erfasst und zurück aufs Meer gezogen wurde. Alice schien das nicht zu stören. Statt panisch hinterherzuschwimmen und sich das blöde Ding zu schnappen, zuckte sie nur grinsend mit den Schultern und zupfte unter Wasser an irgendetwas herum. Bis sie mit zufriedenem Lächeln plötzlich ihr heißes Spitzenhöschen in die Luft hielt und es auf direktem Wege in die Fluten schmiss.

Mit ausgetrockneter Kehle und beeindrucktem Grinsen starrte ich sie an.

»Du bist dran, Paxton! Oder ziehst du genau wie Weston den Schwanz ein und spielst den Feigling?«

Scheiße, auf keinen Fall! Ich war weder feige, noch wollte ich mit Price verglichen werden. Außerdem interessierte es mich zu sehr, in welche Richtung das hier gerade ging. Deswegen fackelte ich nicht lang und zog meine Shorts aus, bevor ich sie mit einem weiten Wurf an Land beförderte.

»Du wirst dir noch wünschen, ich hätte den Schwanz eingezogen, Prinzessin.« Langsam schwamm ich auf sie zu und kam ihr so nah, dass sie, wie zum Beweis, meinen Ständer zwischen ihren Beinen spüren musste.

Alice stöhnte leise auf, schlang ihre Hände um meinen Nacken und die Beine um meine Mitte, sodass mein vor Freude pulsierender Schwanz fast ihre heiße Pussy berührte.

»Manchmal hasse ich dich, Kian Paxton, ist dir das bewusst?«, flüsterte sie leise mit kapitulierendem Lächeln, das ich nicht so recht einordnen konnte.

»Nur manchmal?« Mit zufriedenem Grinsen beobachtete ich, wie ihr Blick immer wieder zu meinen Lippen flog, während sie wie eine Ertrinkende an mir hing und ihre nackten Brüste sich gegen mich pressten.

Alice‘ Augen sahen mich funkelnd und nach Erlösung flehend an. »Wieso hast du mich gestern geküsst, wenn nicht wegen deiner Mutter?«, fragte sie noch einmal vorsichtig und flüsternd.

»Weil ich es wollte.«

17

Alice

Kians Lippen pressten sich hart und unnachgiebig gegen meine, noch bevor ich einen klaren Gedanken fassen und das, was er eben gesagt hatte, verstehen konnte. Verlangend schob sich seine Zunge in meinen Mund und ließ mich leise aufstöhnen.

Kian schmeckte bittersüß, vermutlich nach dem Gin Tonic, den er sich nach unserer Ankunft geholt hatte. Ich mochte es unheimlich gern, leckte neckend über seine Lippen, biss sanft hinein und ließ ihn ungeduldig knurren, bevor ich wieder mit seiner Zunge spielte, und meine Lippen sehnsüchtig und voller Gier gegen seine presste.

Verdammt, dieser Mistkerl konnte einen regelrecht um den Verstand küssen! Dabei wollte ich ihn mit dieser ganzen Aktion doch eigentlich vor den Kopf stoßen – ihn zuerst heiß machen und dann fallen lassen, nur damit er sah, wie sich das anfühlte. Doch statt mich von ihm loszureißen und den Rückzug anzutreten, klammerte ich mich an ihn, als würde mein verdammtes Leben davon abhängen.

»Du weißt, du bist betrunken, oder, Aschenputtel?« Kians Hände wanderten von meiner Taille hinab zu meinem Hintern und hoben mich ein winziges Stück höher, sodass sich seine Erektion dicht gegen meinen wunden Punkt drückte und ich erstickt aufkeuchte. »Vielleicht ist es besser, wenn wir das, was auch immer gerade passiert, beenden und ich dich nach Hause bringe.«

»Auf keinen Fall«, schoss es aus mir heraus. »Ich bin vielleicht etwas angetrunken, doch ich weiß noch immer ganz genau, was ich tue«, sagte ich und ließ meine Hand zu seiner Brust und seinem Bauch hinabwandern, nur um seine harten Muskeln unter meinen Fingerkuppen zu spüren.

Kian schluckte hart, als ich weiter hinunter glitt und meine Hand fest und fordernd um seinen ebenso harten Schwanz legte. Ich wollte schon die ganze Zeit wissen, wie sich das wohl anfühlte.

»Fuck«, hörte ich ihn leise zischen, bevor er nach meiner Hand griff, um mich davon abzuhalten, sie hoch oder runter zu bewegen. »Tu es und es gibt kein Zurück mehr, Prinzessin«, presste er mühsam hervor und ließ mich zufrieden lächeln. Endlich hatte ich ihn ausnahmsweise in der Hand – und das wortwörtlich. Ich hatte die Macht, die Kontrolle darüber, was geschehen würde. Und scheiße nochmal, es machte mich unglaublich an.

»Das ist die einzige Warnung, die du von mir bekommen wirst, Alice.« Kians dunkle Augen verschlangen mich, als ich ihm so nah kam, dass sich unsere Lippen beinahe berührten. Doch statt ihn wieder zu küssen, biss ich mir auf die Unterlippe und schob mich an seinem Körper so weit nach oben, bis seine Spitze meinen Eingang berührte.

Langsam und den Blick stets in seine Augen, um zu sehen, was es mit ihm machte, rieb ich mich an ihm, während meine Hand seinen Schwanz noch immer fest umschloss. Ich wollte unbedingt sehen, wollte wissen, wie viel Macht ich über ihn bekommen konnte. Immer wieder rutschte ich dabei ein paar wenige Millimeter auf ihn drauf, ließ seine Spitze in mir abtauchen, ohne ihm zu gestatten, sich komplett in mir zu versenken.

Kian trieb das Spiel in den Wahnsinn. Seine Augen verdunkelten sich immer mehr und der Hunger in seinem Blick wuchs bei jedem weiteren Versuch, den ich zuließ.

Genugtuung machte sich in mir breit, als mir bewusst wurde, dass er so etwas niemals anderen Mädchen erlauben würde. Kian Paxton würde nicht mit sich spielen lassen. Es sei denn, er konnte sich nicht dagegen wehren. Weil er machtlos war. Und in diesem Moment ... war er machtlos gegen das, was ich mit ihm trieb. Er war machtlos gegen *mich*.

Die Erkenntnis traf mich unerwartet und hart. Denn noch nie in meinem Leben war mir ein Mann dermaßen verfallen, dass er sich so etwas gefallen ließ. Jeder andere hätte mich längst gepackt und aufs Kreuz gelegt, hätte sich das genommen, was er wollte. Kian aber überließ mir die Zügel, so schwer es ihm fiel, sich zusammenzureißen. Er überließ sie mir, weil er mich die letzten Tage aufmerksam beobachtet hatte und wusste, wie sehr es mich erregen würde.

Er kannte mein dunkles Geheimnis, hatte es in meinen Augen gesehen, als ich ihn im Club beobachtet hatte. Als West uns gestern zugesehen hatte. Denn die Scham, die ich dabei jedes Mal verspürte, war nicht die Art von Scham, die jeder andere Mensch fühlen würde. Um ehrlich zu sein, schämte ich mich lediglich dafür, dass es mich wahnsinnig erregte, anderen dabei zuzusehen oder selbst dabei beobachtet zu werden.

Kian hatte mich längst durchschaut und es erschreckte oder überraschte ihn nicht einmal. Ich, die von ihm als unschuldig bezeichnete Alice Hollister, liebte die Macht genauso sehr wie er. Nur war meine Macht eine andere, als die, die Männer wie Kian oder Rich besaßen.

»Genug gespielt, Prinzessin.« Kian durchdrang mich mit seinem Blick, während er langsam meine Hand losließ und sie wieder fest um meinen Hintern legte, nur um mich sicher in seinen Armen halten zu können, während er mich aus dem Wasser trug.

Ich wollte protestieren, wollte mich von ihm losreißen und weiter die Kälte des Ozeans an meinem Körper spüren – vor allem wollte ich verdammt nochmal mehr von dem, was wir eben getan hatten. Ich wollte mehr von ihm, wollte ihn auf mir spüren. In mir.

Doch als Kian mich vorsichtig auf einem der Felsen der Bucht absetzte und mich mit seinem intensiven Blick aufspießte, wurde mir bewusst, er hatte gar nicht vor, das alles zu beenden und mich nach Hause zu fahren. Ganz im Gegenteil.

»Du willst es?« Kians dunkle Stimme floss wie Elektrizität durch mich hindurch und ließ mich beben.

Ich nickte, sagte kein Wort. Er sah es sowieso längst in meinem Blick, sah es an meinem angespannten Körper, der sich ihm bereitwillig entgegenstreckte. Und genau das ließ ihn selbstzufrieden grinsen, bevor er mich für einen kurzen Moment alleine ließ und zurück zum Strand ging, nur um etwas aus seiner Hosentasche zu holen.

»Ich will lieber nicht wissen, wieso du heute Abend ein Kondom dabei hast«, sagte ich, als ich die funkelnde Verpackung in seiner Hand erkannte.

Seine Mundwinkel zuckten. »Ich habe immer eins dabei, Baby. Für alle Fälle.«

Prüfend hob ich eine Augenbraue. »Du hättest es also auch mit irgendeiner anderen getan, wenn sie sich dir heute angeboten hätte?«

Kians Lächeln war teuflisch, als er mich ansah. »Nicht solange die Chance bestanden hätte, dass du diejenige bist.«

»Charmant.«

»Du kennst mich«, kommentierte er meinen Sarkasmus grinsend und schob meine Beine auseinander.

»Und trotzdem bin ich hier. Nackt. Mit dir zwischen meinen Schenkeln.«

Mit einer schnellen Bewegung hatte er die Kondomverpackung aufgerissen und sah mich an. »Hast du deine Meinung etwa schon geändert?«

Mein Blick glitt für einen Moment zu seinen Lippen, bevor meine Augen seinen Oberkörper abfuhren, hinunter zu seinem Schoß und dem, was sich dazwischen befand.

Ein bittersüßes Ziehen meldete sich in meinem Unterleib, als ich erwartungsvoll durchatmete. »Auf keinen Fall!«

»Gut«, raunte er dunkel und heiser, bevor er sich das Kondom überstreifte und meine Hüften packte, um mich näher zu sich zu ziehen. »Wehe, du bereust es später.«

Die Hitze stieg mir zu Kopf, es wurde unerträglich warm, als er seinen Körper an meinen presste und ich seine Erregung deutlich an meiner Mitte spürte. Doch statt mich endlich zu erlösen und sich in mich zu schieben, grinste er provozierend und biss mir in die Unterlippe.

»Bist du noch immer dafür, dass Küssen verboten ist, Hollister?«

Scheiße, nein! »Halt die Klappe und tu es endlich«, forderte ich, bevor ich ihn zu mir zog und meinen Mund auf seinen presste.

Ich spürte Kian lächeln, als er seine Zunge in mich schob und seine Hände meinen Körper entlang glitten, bis sie fest um meine Brüste griffen und sie ungeduldig massierten. Seine Lippen liebkosten meine, sanft und liebevoll. Dann wieder rau und hart. Dieser Wechsel trieb mich vollkommen in den Wahnsinn.

Doch gerade als ich kapitulierte und meine Beine fest um seine Körpermitte schlang, damit er endlich in mich eindrang, entzog er sich mir erneut und betrachtete mich stattdessen – so entblößt, offen und verlockend, wie ich gerade auf diesem scheiß Felsen vor ihm lag.

Zufrieden lächelnd beugte er sich zu mir hinunter und schob meine Beine noch weiter auseinander. Ich hoffte so sehr, er würde mich noch einmal küssen, doch da spürte ich auch schon seine Zunge plötzlich zwischen meinen Schenkeln und fluchte überrascht.

Mein Herz hämmerte fast schmerzvoll gegen meine Brust, arbeitete auf Hochtouren, um mich mit Blut und Sauerstoff zu versorgen, während der Rest meines Körpers voll und ganz ihm gehörte – Kian Paxton. In diesem Moment war ich Sein, ganz egal, was ich zuvor gesagt hatte. Jetzt gehörte ich ihm – ganz alleine. Ihm und seinen verfluchten Zungenspielchen, die mich unkontrolliert aufstöhnen und mich ihm entgegenstrecken ließen.

Nur einen Moment später, bevor ich mich in völliger Ekstase verlieren konnte, hörte er abrupt auf und griff unter meinen Hintern, um mich näher zu sich zu ziehen und mein Becken anzuheben. Erwartungsvoll krallte ich mich in seine noch feuchte Haut und kam ihm entgegen, um seine Lippen in Empfang zu nehmen. Mit nur einem harten Stoß versenkte er sich in mir.

»Fuck«, entwich es mir kurz, doch ich presste mich noch enger an ihn, um ihn tiefer hineinzulassen.

Kians Lippen berührten meine nur ganz leicht, küssten mich aber nicht. Stattdessen spürte ich seinen heißen Atem in meinem offenen Mund, saugte ihn in mich ein und verlor mich in der Unendlichkeit seiner lustzerfressenen Augen, aus denen er mich wie ein Raubtier beobachtete. Kians Stöße wurden fester und härter, je lauter ich stöhnte. Schweiß sammelte sich auf seiner Stirn.

»Kian«, keuchte ich atemlos, versuchte, meine Lust unter Kontrolle zu bringen, doch keine Chance. Seine Augen, die mich durchbohrten, ließen es nicht zu, dass ich mich entspannte und so hatte ich keine andere Wahl, als mich ihm vollkommen auszuliefern.

Ich bekam kaum noch Luft, keuchte und stöhnte unkontrolliert, als er mit seiner Hand über meine feuchte Haut fuhr und mit seinen Fingern über meinen Kitzler strich. Kian wusste genau, was er tat, stieß immer wieder in mich hinein, hart und mit gleichmäßigem Tempo, während er mit seinen Fingern an meinem empfindlichsten Punkt spielte.

Sein Geruch, das verdammte Testosteron ... Ich konnte es so deutlich riechen, verkrampfte mich unter seinem festen Griff und wurde dadurch noch mehr angetrieben – zum äußeren Rand gedrängt, ich musste nur noch springen.

Meine Finger gruben sich in sein Fleisch, während mein Becken sich ihm entgegen hob, um ihn tiefer hineinzulassen. Kians Stöße wurden schneller, als er seine brennenden Lippen auf meine presste und ich unweigerlich in seinen Mund hineinstöhnte. In mir zuckte längst alles, zog sich zusammen und engte ihn immer weiter ein.

Nur einen Augenblick später verkrampfte mein ganzer Körper und meine Fingernägel kratzten über seine feuchte, verschwitzte Haut, bis mir ein lauter, unaufhaltbarer, kurzer Schrei entwich, gefolgt von Kians dunklem, erlösendem Stöhnen.

18
Kian

»Du hast dich ja ganz schön rausgeputzt«, stellte Sophia mit überraschtem Grinsen fest, als ich am Sonntagabend in einem dunklen Hemd und dazu passender dunkler Jeans die Küche betrat. »Das alles nur wegen eines Essens mit deiner Mutter?«, wunderte sie sich. Und das absolut zurecht. Sophia kannte mich und wusste, ich gab normalerweise einen Scheiß darauf, was meine Mom über mich dachte, wenn ich nur in Jogginghose und Hoodie zum Essen auftauchte, zu dem sie mich eingeladen hatte. Solange nur sie und Rich anwesend waren, es also weder um Geschäftliches oder sonst etwas anderes ging, war ich angezogen wie der letzte

Penner. Nur um die beiden damit in den Wahnsinn zu treiben.

Heute jedoch war etwas anders.

»Oder hast du dich vielleicht gar nicht für deine Mutter, sondern für jemand anderen schick gemacht?« Sophias wissendes Lächeln wurde immer breiter, je mehr ich mich darüber ausschwieg.

Es war mir unmöglich, Alice‘ Namen in ihrer Gegenwart zu erwähnen, ohne dabei hart zu werden wie ein pickelzerfressener Teenager in der Mädchenumkleidekabine des Schulschwimmteams.

Seit letzter Nacht hatte ich an nichts anderes mehr gedacht, als daran, wie es sich angefühlt hatte, in ihr zu sein. Dabei hatte ich in meinem ganzen beschissenen Leben noch nie einen Gedanken an einen vergangenen Fick verschwendet. Nicht bis Alice kam. Mit ihrem süßen Stöhnen, den geschwollenen Lippen, den vor Lust verschleierten Augen und einem Blick, den ich nicht vergessen konnte, war sie die Erste, die es geschafft hatte, sich tief in mein Gedächtnis einzubrennen. Sie war so verdammt heiß mit ihren Spielchen, die sie mit mir gespielt hatte, nur um einmal in ihrem

Leben Macht zu spüren und mich wenigstens für nur einen Augenblick unter Kontrolle zu haben. Scheiße, die konnte sie so oft bekommen, wie sie nur wollte. Hauptsache, es würde damit enden, dass ich meinen Schwanz tief in ihr versenkte und sie zur maßlosen Ekstase brachte, wie letzte Nacht.

»Es scheint dir wichtig zu sein, was sie von dir denkt«, sagte Sophia nachdenklich und musterte mich abschätzend. »Und mir ist aufgefallen, dass du sie anders behandelst, als die Frauen, die du sonst mit hierher nimmst.«

»Worauf willst du hinaus?«, fragte ich mit gehobenen Augenbrauen, während ich mir die Hände in die Hosentaschen schob. Ich wusste längst, was sie damit sagen wollte und wenn ich ehrlich war, konnte ich ihr nicht widersprechen. Ich behandelte Alice besser als jede andere Frau bisher in meinem Leben. Doch das lag einfach an der Tatsache, dass sie es verdammt nochmal verdiente.

Sophia lächelte rührselig. »Sie bedeutet dir etwas. Mehr als du je zugeben würdest.«

Ein Grinsen stahl sich in mein Gesicht, als ich die Zufriedenheit über diese Feststellung in ihrem Blick erkannte. »Keine Sorge, Sophia. Du bist und bleibst die Einzige in meinem Herzen«, scherzte ich und zog sie kurz in meine Arme, um ihr einen Kuss auf das ergraute Haar zu hauchen.

»Mach dich ruhig weiter über mich lustig, Junge. Du wirst sehen, ich habe recht. Alice ist eben etwas Besonderes. Sie bringt in dir das Gute zum Vorschein, das, was tief in dir steckt und du so verzweifelt versuchst, vor anderen zu verstecken.«

Ich grinste selbstgefällig. »Du meinst, ich bin gar nicht dieses Arschloch, was ich immer vorgebe zu sein? Das schockiert mich zutiefst!«

Sophia schnaubte und gab mir einen Klaps auf den Oberarm, nur um dann wieder dieses wissende Grinsen aufzusetzen und mich mit ihrem Blick zu durchbohren. »Sie ist dein Kryptonit, Kian. Ich sehe doch, wie du sie ansiehst. Und wie du ständig um sie herum schleichst, immer ihre Nähe suchst, auch wenn es gar nicht zu eurem Arrangement gehört.« Mit zufriedenem Lächeln verschränkte sie die Arme vor der Brust und sah mich durchschauend an. »Du kannst es leugnen, so viel du willst. Ich sehe, was da zwischen euch ist.«

»Du weißt, es ist nur rein körperlich, oder? Ich meine, du kennst mich. Natürlich finde ich sie anziehend. Sie ist hübsch, hat Köpfchen und ist verdammt heiß. Was erwartest du also? Selbstverständlich springe ich darauf an. Ich bin ein Tier.«

Sophia legte den Kopf schief und musterte mich durchdringend. »Du hast sie geküsst«, sagte sie plötzlich und ich fragte mich, woher zum Teufel sie das wusste. »Tiere küssen nicht, Kian. Es ist also nicht rein körperlich.«

Überrascht starrte ich sie an. Nicht nur, weil ich noch immer überlegte, ob sie mit meiner Mutter gesprochen oder es nur annahm, dass ich Alice geküsst hatte. Ich war überrascht, weil es mir erst jetzt auffiel.

Ich hatte Alice geküsst, weil ich es wollte. Und seitdem wollte ich es nur noch mehr, wollte es so oft wiederholen, wie sie es zuließ. Das war durchaus nicht nur vollkommen neu für mich, es war absolut untypisch.

Möglicherweise hatte Sophia recht und es war längst nicht mehr nur rein körperlich, was zwischen Alice und mir lief. Vielleicht war es das, wovor Easton mich die ganze Zeit gewarnt hatte, auch wenn ich nicht auf ihn hören wollte.

»Guten Abend, Sophia.«

Mein Blick flog zur Tür, wo Alice in einem schlichten, weißen Spitzenkleid stand und uns anlächelte. Ihre Wangen schienen leicht gerötet, die Lippen glänzten verlockend und ihre grünen Augen funkelten wie zwei Smaragde. Sie sah glücklich aus. Zufrieden. Und es war ihr offensichtlich kein bisschen peinlich, was wir letzte Nacht getrieben hatten. Sie mied weder meinen Blick, noch wirkte sie verunsichert.

Ein überraschtes Lächeln schlich sich in mein Gesicht und am liebsten hätte ich sie hier und jetzt, direkt vor den Augen von Sophia, gepackt, über meine Schulter geworfen und wäre mit ihr abgehauen. Nur damit wir all das machen konnten, wozu wir gestern nicht mehr gekommen waren. Ich wollte ihre zarte Haut auf meinen Lippen spüren, wollte sie überall berühren, jeden Zentimeter ihres Körpers kosten. Und ich wollte sie küssen. Scheiße nochmal, ich wollte sie die ganze verdammte Zeit küssen!

»Hallo, Liebes! Hübsch siehst du aus, ganz entzückend. Nicht wahr, Kian?« Sophia warf mir einen neckenden Blick zu und ließ mich grinsen.

»Bezaubernd«, bestätigte ich und sah Alice an, die in Wahrheit mehr als bezaubernd aussah. Sie war unglaublich schön. Genau wie die letzten Tage auch schon, nur strahlte sie heute deutlich mehr. Zumindest hatte ich das Gefühl, dass es so war und bildete mir ein, es lag an mir und an dem, was gestern passiert war.

»Setzt euch ruhig schon, ich bin sicher, Hellen wird auch gleich herunterkommen. Das Essen ist bereits fertig.« Sophia scheuchte uns beide aus der Küche, nicht ohne mir vorher mit stolzem Lächeln auf die Schulter zu klopfen.

»Sitzen wir etwa nebeneinander?«, fragte Alice, als wir uns an den großen Eichentisch setzten und ich statt gegenüber von ihr, direkt neben ihr Platz nahm.

Möglicherweise hatte Sophia auch damit recht. Ich suchte tatsächlich ständig Alice‘ Nähe. Doch war es mir zu verübeln? Ich war auch nur ein Mann, scheiße nochmal.

Grinsend lehnte ich mich zu Aschenputtel und spielte mit meinen Fingern an einer ihrer Haarsträhnen. »Wieso? Macht dich das nervös?«

Mit skeptisch zusammengekniffenen Augen sah sie mich an. »Ich dachte nur …«

»Du denkst zu viel«, unterbrach ich sie und legte meine Hand auf ihren Oberschenkel.

»Und du zu wenig«, zischte Alice, nahm meine Hand und legte sie beiseite.

»Hat dich letzte Nacht scheinbar nicht gestört.« Amüsiert beobachtete ich, wie sie hart schluckte.

»Letzte Nacht war ich betrunken«, sagte sie angesäuert und traf mich mit ihrer Antwort unerwartet hart.

»Und was jetzt? Bereust du es also doch?«

Alice seufzte leise und sah mich an. Ihr Blick war sanft, keine Spur von Wut, Reue oder etwas anderem. »Ich bereue es nicht, nein«, sagte sie aufrichtig lächelnd, zuckte dann aber mit den Schultern. »Es war trotzdem nur Sex. Kein Grund, deswegen ein riesen Fass aufzumachen.«

Ich lachte erleichtert auf. »Aber du musst zugeben, es war verdammt guter Sex.«

Ein Lächeln stahl sich auf ihre schönen Lippen, die mehr verrieten, als es eine Antwort je könnte.

»Siehst du, Prinzessin, wir sind ein gutes Team. Nicht nur beim Lügen«, meinte ich zufrieden und strich sanft mit meinen Fingern über ihren Nacken. »Wir sollten das unbedingt wiederholen.«

»Was?!« Alice‘ Augen weiteten sich überrascht.

Schulterzuckend grinste ich. »Alles davon.«

Ihre Gesichtszüge gefroren und sie starrte mich stumm und nachdenklich an.

»Was ist, wieso siehst du mich so an?«, fragte ich alarmiert. Doch bevor ich eine Erklärung bekam, platzte meine Mutter ins Zimmer und sah uns beide mit einem unerwartet ehrlichen Lächeln an.

»Guten Abend, Kinder.« Scheinbar gut gelaunt setzte sie sich zu uns, während

Sophia aus der Küche auftauchte und das Essen auf den Tisch stellte.

»Guten Abend, Mrs. Preston.« Alice verkrampfte sich ein wenig neben mir, doch sie versuchte, sich nichts anmerken zu lassen.

»Nenn mich doch bitte Hellen«, bat meine Mutter, während sie zu ihrem vollen Weinglas griff und einen großen Schluck daraus trank. »Hattet ihr gestern Spaß bei der Party?«

Ich lachte kurz auf. »Und wie!«

Alice' Hand landete unter dem Tisch auf meinem Bein und drückte fest zu, bevor sie mir einen warnenden und gleichzeitig amüsierten Blick zuwarf. »Danke, es war ... intensiv«, kommentierte sie die letzte Nacht und ließ mich zufrieden grinsen.

Mutter nickte lächelnd und sah uns beide an, während sie ihr Steak in kleine Stückchen schnitt. »Darf ich fragen, wie ihr euch kennengelernt habt?«

Misstrauisch zog ich die Augenbrauen zusammen. »Wieso? Will Rich das wissen?«

Meine Mom verzog das Gesicht und schien gekränkt. »Ich interessiere mich nur für dein Leben, Kian. Was ist verkehrt daran? Alice ist schließlich die erste Frau, die du uns vorstellst.«

»Ich bin die Erste?«, platzte es aus Aschenputtel überrascht und ungläubig heraus.

»Die Einzige, Schätzchen«, korrigierte Mom lächelnd. »Kian hatte zwar viele intime Bekanntschaften, aber keine von ihnen hatte es so weit geschafft, dass er sie als seine Freundin bezeichnete.«

Alice' Augen weiteten sich, doch ihre Lippen verzogen sich zu einem spöttischen Lächeln, als sie mich ansah. »Ich bin deine erste Freundin? Ernsthaft?«

»Machst du dich über mich lustig, Hollister?«

»Ganz und gar nicht!« Alice schüttelte den Kopf, doch der amüsierte Ausdruck in ihren Augen verriet sie. »Ich bin ... eigentlich nicht sonderlich überrascht«, meinte sie dann aber todernst und durchbohrte mich mit ihrem Blick.

»Weil ich deiner Meinung nach Angst habe, Beziehungen einzugehen? Weil ich Angst habe, enttäuscht, verletzt oder verlassen zu werden?«, erinnerte ich sie an ihre Worte von vor ein paar Tagen, als sie mir unterstellt hatte, ich wäre durchaus in der Lage, eine Beziehung zu führen, nur hatte ich schlicht Angst davor.

»Oh, das hat er absolut!«, mischte sich meine Mutter plötzlich in unser Gespräch ein. »Deswegen bin ich doch sehr froh, dass er dich gefunden hat, Alice.«

Irritiert beobachtete ich, wie sie Aschenputtel ehrlich und vollkommen aufrichtig zulächelte. Als wäre sie tatsächlich glücklich darüber, dass ihr verzogener Sohn endlich jemanden gefunden hatte, der ihm wichtig genug war, seiner Mutter vorzustellen.

Ich hörte Alice neben mir seufzen. »Wir ... wir haben uns kennengelernt, als ich vor einiger Zeit seinen Wagen geschrammt habe«, erzählte sie meiner Mutter auf einmal und blieb dabei zu meiner Verwunderung sogar zum größten Teil bei der Wahrheit.

»Du meine Güte, wirklich? Das klingt ja höchst amüsant! Zumal ich weiß, wie viel Kian an seinem Wagen liegt.« Mom gluckste belustigt und ließ mich ein weiteres Mal irritiert zurück.

Was zum Teufel war heute mit ihr los? Man könnte meinen, sie hätten die verdammten Pillen abgesetzt und war endlich wieder eine Mutter, statt einem Zombie, das die letzten Jahre durch dieses Haus geschlichen war.

»Er hat mir wegen der Kratzer auch ganz schön die Hölle heißgemacht«, sagte Alice, nicht ohne mir dabei einen herausfordernden Blick zuzuwerfen und mich anzulächeln.

Grinsend sah ich sie an und beschloss, das Spiel mitzuspielen, das überhaupt keins war. Immerhin erzählten wir Mom gerade tatsächlich die Wahrheit, statt ihr irgendetwas zu verkaufen, das niemals so passiert war.

»Ist das so verwunderlich?«, fragte ich und hauchte Alice einen neckenden Kuss an die Stelle ihres Halses, an der ich ihren rasenden Puls erkannte. »Schließlich hattest du keine Versicherung, die den Schaden bezahlen konnte.«

»Um Himmels willen, das wird ja immer besser!« Meine Mutter gluckste erneut amüsiert auf und sah gespannt zu Alice und mir.

»Was ist dann passiert? Wie ist es weitergegangen?«

»Ich bot ihr an, mit mir auszugehen. Als Wiedergutmachung«, sagte ich, auch wenn es diesmal nicht ganz der Wahrheit entsprach. Ein Angebot hatte ich Aschenputtel zwar gemacht und im Grunde ging es auch darum, mit mir auszugehen – oder mich zu Geschäftsterminen zu begleiten –, doch das galt damals keinesfalls einem romantischen Interesse. Jetzt hingegen ...

Ich wusste nicht, was es war und ob es tatsächlich das sein konnte, wovon Sophia und Easton sprachen. Ob Alice mir wichtig geworden war, wichtiger, als sie es vielleicht sein sollte und wichtiger als das, weswegen ich ihr vor über einer Woche dieses Angebot gemacht hatte. Fakt war jedoch: Ich mochte sie. Ich wollte sie bei mir haben, immer in meiner Nähe und am besten so nah wie möglich.

Außerdem konnte ich nicht mehr aufhören, sie anzusehen. Zu beobachten, wie sie sich ständig auf die Unterlippe biss, wenn sie nervös oder verlegen wurde. Sie merkte es selbst gar nicht, doch egal, wo wir beide die letzten Tage aufgetaucht waren, jeder Kerl im Raum hatte sie angestarrt, hatte mich um sie beneidet, um ihre natürliche Schönheit, die Unschuld, die sie ausstrahlte, selbst wenn unter diesem Engelsgewand ein kleiner Teufel steckte.

»Ihr zwei seid wirklich entzückend«, hörte ich meine Mutter plötzlich schmachten, erwachte aus meinen Gedanken und bemerkte zu spät, dass ich Alice wieder einmal viel zu lange angestarrt hatte. »Die Art, wie ihr euch gegenseitig anseht und diese Blicke ... Ich freue mich so sehr für dich, mein Junge.«

Scheiße, was?!

Alice verspannte sich neben mir erneut und warf mir einen kurzen, verunsicherten Blick zu. Scheinbar irritierte sie es auch, dass meine Mutter uns die ganze Nummer so gut abkaufte. Oder aber ... das alles war längst keine Nummer mehr und sie sah nur das, was scheinbar nicht nur Sophia erkannte.

Fuck!

War es möglich, dass ...? Schnell schüttelte ich den Gedanken ab. Darüber konnte ich mir später noch den Kopf zerbrechen. Jetzt war nicht der richtige Zeitpunkt dafür.

Zumal Alice, dank der unerwartet herzlichen Art meiner Mutter, langsam aber sicher einzuknicken drohte und ich dringend etwas tun musste, damit sie uns nicht auffliegen ließ.

»Was machst du eigentlich beruflich, Alice? Wo warst du auf dem College?«

Alice zuckte regelrecht zusammen und riss panisch die Augen auf. Ihr schien das Thema schrecklich unangenehm und ich wusste zu genau, weshalb. Damit hatte es meine Mutter geschafft, sich mit nur einer Frage selbst ins Aus zu schießen.

»Ähm ...« Alice schluckte hart und starrte beschämt auf ihren mittlerweile leeren Teller. »Wenn ich ehrlich bin, ich ...«

»Sie war nicht auf dem College, Mom«, beendete ich Aschenputtels Qualen und sagte die Wahrheit, egal wie unbequem sie sein mochte. Mir war klar, eine Lüge hätte Alice nur verletzt. Schließlich war es nicht so, dass sie nicht aufs College wollte. Sie bekam nur nie die verdammte Chance. Und das war weiß Gott nicht ihre Schuld.

»Nicht? Aber ...« Meine Mutter schien irritiert und verzog das Gesicht, was mich wiederum ziemlich wütend machte. Ich wusste, sie wollte unbedingt nach dem Grund fragen. Doch bevor sie es auf eine unangebrachte, verletzende Art und Weise tat, übernahm lieber ich das Ruder.

»Es war ihr nicht möglich, weil ihr Drecksonkel, der zu dem Zeitpunkt ihr Vormund war, ihren gesamten Collegefond verkokst hatte.«

Alice zuckte erneut zusammen, während meine Mutter betroffen nach Luft schnappte. »Großer Gott, das tut mir unendlich leid, Schätzchen. Ich hatte ja keine Ahnung!«

»Ist schon in Ordnung. Ich bin sicher, ich werde es irgendwann nachholen können.« Alice lächelte tapfer. Auch als meine Mutter die Stirn in Falten legte und sie mitfühlend aber neugierig musterte.

»Was ist denn mit deinen Eltern, wenn ich fragen darf?«

Fuck! War das ihr verdammter Ernst? Konnte sie es nicht an ihrem Blick erkennen, wie unangenehm Alice diese Fragen waren? Schließlich war Mom noch immer eine Fremde für sie.

Alice schwieg einen Augenblick, schluckte mehrmals. Vermutlich um den Kloß in ihrem Hals loszuwerden, der ihr die

Kehle zuschnürte. Hilfesuchend griff sie unter dem Tisch nach meiner Hand.

»Sie sind vor acht Jahren bei einem Raubüberfall ums Leben gekommen«, sagte ich schließlich, um das Thema endlich zu beenden und meine Mutter zum Schweigen zu bringen. Vor allem aber sollte sie aufhören, solche privaten Fragen zu stellen.

Und scheinbar ging meine Rechnung auf. Mom riss zwar schockiert die Augen auf, sagte aber kein Wort mehr. Es schien sie tatsächlich schwer zu treffen, dass Alice ein so hartes Schicksal erleiden musste. Doch sie begriff auch, dass es für diese Tragödie und das Leid, das sie verursachte, keine passenden Worte gab, die Alice helfen würden, besser damit klarzukommen.

Stille kehrte im ganzen Raum ein, nur das Ticken der riesigen Wanduhr im Hintergrund war zu hören. Zumindest bis Alice leise seufzte und lächelnd zu meiner Mom aufsah. »Das Essen schmeckte wirklich köstlich«, sagte sie, als wäre nichts gewesen, als hätte es dieses schwierige Thema von zuvor nicht gegeben. »Sophia ist eine unglaublich gute Köchin.«

Mom erwiderte ihr Lächeln sanft und voller Mitgefühl. »Nicht wahr? Wir wollen sie auch niemals missen.«

Nachdenklich sah ich Alice an, während ihre Hand noch immer in meiner lag und ich sie festhielt, damit sie mir diese nicht entriss. War ich zu weit gegangen? Hätte ich lieber schweigen und nichts sagen sollen, als meine Mutter ihr diese Fragen gestellt hatte?

Scheiße, natürlich hätte ich lieber die Klappe halten sollen! Und alles an Alice' Körpersprache verriet mir das in diesem Moment. Sie wirkte abwesend und enttäuscht. Als hätte ich ihr innigstes, tiefstes Geheimnis verraten. Als hätte ich *sie* verraten.

Fuck! Wieso war mir das vorher nicht bewusst, wieso hatte ich nicht darüber nachgedacht, wie das für sie sein musste?! Alice hatte recht, ich war ein selbstgefälliges Arschloch. Normalerweise wäre es mir egal gewesen, ich hätte kein Problem damit gehabt. Doch diesmal hasste ich mich selbst dafür. Ich hasste mich dafür, weil ich sie damit verletzt hatte. Und dieses Gefühl war absolut beschissen.

»Tut mir leid, Aschenputtel«, flüsterte ich ihr ins Ohr, als ich mich zu ihr beugte und ihr einen Kuss auf den Nacken hauchte. »Ich hatte nicht das Recht, es ihr zu erzählen. Tut mir ehrlich leid.«

Alice blickte zu mir auf und nickte vergebend.

Trotzdem fühlte ich mich in diesem Moment wie ausgekotzt. Und das aus nur einem bestimmten Grund ...

19

Alice

»Hattest du Spaß, Prinzessin?« Mit prüfendem Blick musterte Kian mich, als wir Hand in Hand das Balletttheater verließen, nachdem wir uns von seinen und Richs Geschäftspartnern verabschiedet hatten.

»Es war mal eine gelungene Abwechslung zu den sonst trockenen Geschäftsessen, zu denen du mich immer mitschleppst«, gestand ich lächelnd. »Und es war durchaus nett anzusehen.«

»Wusste ich es doch, dass in dir eine kleine Ballerina schlummert.« Er grinste selbstzufrieden.

»Um ehrlich zu sein, war es das erste Mal, dass ich so etwas gesehen habe.«

Wir kamen an dem mir bereits wohlvertrauten Mustang an und Kian blieb an der Beifahrerseite stehen. Mittlerweile fühlte sich dieses Schauspiel zwischen uns viel zu echt an, viel zu gewohnt. Deswegen bemerkte Kian scheinbar nicht, dass er noch immer meine Hand in seiner hielt, auch wenn wir längst außer Sichtweite von irgendwelchen Menschen waren, die uns enttarnen könnten.

»Aber es hat dir gefallen, oder?«, fragte er grinsend. »Ich hab es in deinen Augen gesehen, die haben richtig fasziniert gefunkelt.«

Hatten sie das? Wieso wunderte es mich nicht, dass er so aufmerksam war? Seit dem ersten Tag, an dem wir uns begegnet waren, hatte er mich stets ganz genau unter Beobachtung. Ihm fiel jedes noch so kleine Detail an mir auf, ganz egal, was ich dafür tat, um es vor ihm zu verbergen.

»Und was ist mit dir, Paxton? Schlummert in dir etwa auch ein heimlicher Ballettliebhaber? Deine haben nämlich ebenso gefunkelt«, zog ich ihn auf, während er den Wagen entriegelte und mir die Tür aufhielt, damit ich einsteigen konnte.

Mit geheimnisvollem Lächeln stieg er auf der Fahrerseite ein und sah mich durchdringend an. »Nicht wegen des Balletts, Baby. *Das* hatte andere Gründe.«

Ich war neugierig und wollte nur zu gerne fragen, was um Himmels willen er damit meinte. Doch im selben Moment meldete sich sein Smartphone und ruinierte meine Gelegenheit, ihm weiter auf den Zahn zu fühlen.

Seit Tagen schon war Kian seltsam anders. Seit der Nacht, in der wir miteinander geschlafen hatten, und ganz besonders seit dem darauffolgenden Abendessen mit seiner Mutter. Irgendetwas hatte sich an diesen beiden Tagen verändert. Irgendetwas war passiert, nur hatte ich keine Ahnung, was es war. Kian sprach nicht darüber, machte nur ständig seltsame Andeutungen, die mich nicht nur verwirrten, sondern auch stark verunsicherten.

Sein Verhalten machte mir Hoffnung. Eine dümmliche, naive Hoffnung, die nicht sein durfte. Schließlich wusste ich es besser. Kian Paxton war kein Typ für nur eine Frau. Dafür war er nicht gemacht und würde es auch nie sein. Er liebte das Abenteuer, liebte die Abwechslung. Gray hatte es mir selbst gesagt, als er vor einer Woche in seinem komaähnlichen Zustand über Gott und die Welt philosophierte, während ich die ganze Nacht aufpasste, dass er nicht an seinem eigenen Erbrochenen erstickte.

»Shit!« Kian presste die Lippen aufeinander und starrte auf sein Smartphone.

»Was ist los?«

Er verzog das Gesicht und seufzte. »Nash dreht mal wieder durch.«

Der Spielsüchtige? »Was hat er getan?«, fragte ich neugierig.

»Der Spinner hat gerade seinen Wagen verzockt«, sagte Kian und warf das Handy wütend zurück in die Mittelkonsole seines Mustangs.

Fassungslos starrte ich ihn an. »Er setzt sein Auto als Gewinn ein, wenn er spielt?«

»Du willst lieber nicht wissen, was er sonst noch alles als Gewinn einsetzt.« Ein amüsiertes Lächeln huschte kurz über sein Gesicht, bevor er wild zu fluchen begann. »Fuck, ich fürchte, ich muss da hin und ihn zusammen mit den Jungs davon abhalten, seine eigene Mutter zu verspielen.«

Mir schien, als würde er das lieber nicht tun und mit mir nach Hause fahren. Doch auch das bildete ich mir sicher nur ein. Auch wenn ich mich schon fragte, weshalb er in den letzten Tagen immer häufiger mit mir unterwegs war. Selbst zu den Besichtigungen für ein neues Appartement, in das er einziehen konnte, sollte die Sache mit Rich schiefgehen und ich ihn tatsächlich heiraten müssen, sollte ich ihn begleiten. Er wollte unbedingt meine Meinung dazu wissen, sagte er stets. Doch ich war mir nicht sicher, ob das alles war. Denn dafür, dass es nur um meine Meinung ging, kam er mir in diesen Tagen viel zu nah.

Er berührte mich, so oft er konnte und wollte. Selbst dann, wenn wir nicht in unserer Rolle waren und uns niemand sehen konnte, küsste er mich immer wieder. Mal war es nur ein sanfter Kuss auf die Schulter, mal an meinen Hals. Ich wusste, das war nicht normal und hatte nichts mit seinem Verlangen nach mir zu tun. Er küsste mich, weil er es wollte, weil es ihm Spaß machte, und vielleicht auch weil er gar nicht anders konnte. So zumindest hoffte mein dummes, armes Herz.

»Ich kann mitkommen ... Wenn du willst, meine ich?«, schlug ich vor, nur um zu sehen, wie er reagierte. Schließlich wäre ich für ihn sicher nur ein Klotz am Bein bei dieser Sache. Er wollte nur seinem Freund helfen. Dafür brauchte er mich nicht.

Kian sah mich überrascht an und grinste anzüglich. »Das ist in einem Stripclub in der Stadt. Bist du sicher, dass du da mit mir rein willst?«

Ich wusste, worauf er anspielte. Doch viel mehr interessierte mich gerade etwas anderes. »Wie kann man denn in einem Stripclub zocken?«

Kian lachte leise auf und bescherte mir mit diesem ungewohnten und so warmen Klang eine wohlige Gänsehaut. »Komm mit und sieh es dir selbst an, Prinzessin«, bot er an und startete den Motor. »Zumindest ... Wenn du dich traust?«

Und ob ich mich traute! Mit seiner Andeutung hatte er mich ohnehin viel zu neugierig gemacht, als das ich mir das entgehen lassen würde.

Kian beeilte sich, fuhr wie ein Irrer durch die Stadt und kam nur wenige Minuten später am besagten Club an, in dem Nash scheinbar versackt war.

Als er ausstieg und ich ihm zum zwielichtigen Eingang folgte, der verblüffende Ähnlichkeit mit der Form des weiblichen Geschlechtsorgans hatte, griff er plötzlich nach meiner Hand und zog mich näher zu sich. Mit einem einzigen intensiven Blick gab er mir wortlos zu verstehen, dass ich in jedem Fall in seiner Nähe bleiben und diese Anweisung auch nicht in Frage stellen sollte. Ich tat es nicht, nickte stattdessen verstehend und ließ mich von ihm durch den dunklen Schlund der gigantisch aussehenden Vulva ziehen, direkt in den mit Zigarrenrauch umhüllten Club.

Nach Luft ringend und wild hustend versuchte ich, etwas durch den dichten Qualm zu erkennen, als Kian mich plötzlich an einer der vielen Bühnen vorbeizog, die sich als simpler Pokertisch herausstellte. Um ihn herum saßen acht Männer, die abwechselnd von ihren Karten hoch zu der splitterfasernackten Tänzerin schauten, die sich auf dem Tisch räkelte.

Staunend sah ich zu Kian, dann wieder zu einem der Tische, an dem die Männer spielten. »So etwas gibt es wirklich?«

Er schenkte mir ein belustigtes Lächeln und zog mich näher zu sich. »In dieser Welt gibt es nichts, was es nicht gibt, Baby. Gewöhn dich besser dran.«

Gewöhn dich besser dran. Wieder so ein Satz, den ich nicht zu deuten vermochte und von dem ich nicht einmal wusste, ob er überhaupt etwas bedeutete.

»Scheiße, was soll das?«

Erschrocken zuckte ich zusammen, als ich Easton durch den Rauch erkannte, wie er auf uns zustürmte. »Wieso ist sie hier?«, bellte er Kian an und starrte mich finster durch seine dunklen Augen nieder.

»Weil wir gerade mit meinen Geschäftspartnern beim beschissenen Ballett waren.«

Gray tauchte neben Easton auf und grinste. »Deswegen der Anzug und die dämliche Fliege also«, kommentierte er Kians Outfit amüsiert, bevor er seinen Blick auf mich richtete und mich von oben bis unten mit seinen Augen abfuhr. »Wunderschön wie immer, Cinderella.«

Irritiert über das unerwartete Kompliment von Lockwood schob ich misstrauisch die Augenbrauen zusammen, während Easton Price seine muskelbepackten Arme verschränkte und Kian wütend anstarrte.

»Hättest du sie nicht zuerst bei dir Zuhause absetzen können, bevor du herkommst?«

Kian schnaubte. »Wozu? Hätte nur unnötig Zeit gekostet.«

»Und jetzt kostet sie meine Nerven. Danke, Arschloch.« Sein Blick flog für einen kurzen Moment zu Kians Hand, die fest und schützend um meine lag.

Ich schluckte hart.

»Was ist dein scheiß Problem, Easton?«, knurrte Kian aufgebracht und zerrte seinen Freund in eine etwas ruhigere Ecke, wo ihnen nicht jeder der notgeilen Pokertypen zuhören konnte.

»Das habe ich dir jetzt schon oft genug gesagt, findest du nicht? Doch wie es aussieht, ist es für dich sowieso schon zu spät. Ich hatte dich gewarnt.«

East deutete zu unseren Händen und ich erwartete, dass Kian mich jetzt losließ, nur um Price zu beweisen, dass er Unrecht hatte – egal, um was es bei diesem Gespräch überhaupt ging. Doch nichts geschah. Kian behielt meine Hand weiter in seiner, während er mit der anderen seinen Freund am Kragen seines Poloshirts packte und ihn wütend anfunkelte.

»Schieb dir deine Warnung sonst wo hin, Price! Wenn ich sie will, dann will ich sie eben. Mir ist scheißegal, was du darüber denkst. Es gibt keinen Grund für mich, mich zurückzuhalten. Ich will sehen, wohin das alles führt. Das Risiko ist kalkulierbar und absolut wert, es zu probieren.«

Von was zum Teufel sprach er da gerade? Schließlich ging es dabei ganz offensichtlich um mich!

»Du verweichlichst, Paxton. Sie weicht deine Birne ein, merkst du das denn nicht?« Easton riss sich von Kian los und stieß ihn von sich.

»Ich verweichliche nicht, Wichser. Ich werde durch sie zu einem besseren Mann. Einer, der du nie sein wirst, wenn du so verbittert bleibst.«

Überrascht stolperte ich einen Schritt nach hinten, doch Kians Hand hielt mich auf, mich zu weit von ihm zu entfernen.

Prüfend drehte er sich zu mir um und durchdrang mich mit seinem Blick, während ich noch immer zu verstehen versuchte, was hier gerade geschah und ob Kian seine Worte tatsächlich ernst meinte oder all das nur sagte, um seinem Freund eins auszuwischen. Zuzutrauen wäre ihm beides. Nur wollte mein Herz an die zweite Theorie nicht glauben. Stattdessen betrog es meinen Verstand und begann so schnell und unkontrolliert in meiner Brust zu pochen, dass ich beinahe das Blut in meinen Ohren rauschen hörte.

»Du verlierst dein Ziel aus den Augen, Kian. Siehst du das denn nicht? Diese Frau macht dich total blind!«

Sprach er über den Plan, Richs Verbrechen aufzudecken und ihn damit in den Knast zu befördern? Hatte er recht? Lenkte ich Kian tatsächlich zu sehr davon ab, statt ihm dabei zu helfen? Ich war unglaublich verwirrt und von dem vielen Zigarrenrauch wurde mir langsam schlecht.

»Halt die Klappe, East!«, mischte sich nun auch Gray wieder ein und sah Price kopfschüttelnd an. »Du bist doch nur neidisch auf diesen Pisser, weil er sie zuerst klargemacht hat.«

Überrascht riss ich die Augen auf, auch wenn sie wegen all dem Dunst maßlos tränten.

»Willst du mich verarschen, Lockwood? Jetzt stehst du plötzlich auf seiner Seite?«, fragte Easton angesäuert und wirkte ganz und gar verraten.

»Ich stand schon immer auf seiner Seite. Ich hatte nur anfangs Bedenken, dass Rich ihnen die ganze Nummer abkaufen würde«, erwiderte Gray schulterzuckend, bevor er sich zu Kian und mir drehte und, so wie Easton zuvor, auf unsere Hände blickte. »Aber ... Wenn es keine *Nummer* mehr ist, sieht die Sache schon ganz anders aus.«

Es überraschte mich, dass Gray so darüber dachte, auch wenn er es mir gegenüber schon einmal angedeutet hatte. Vor allem aber überraschte mich, dass er das, was auch immer zwischen Kian und mir lief, überhaupt bemerkte, so rot unterlaufen, wie seine Augen gerade aussahen. Doch vielleicht tat ich ihm Unrecht und es lag nur an dem vielen Rauch in diesem Club. Ich wünschte es mir für ihn.

Vorsichtig trat ich einen Schritt vor und sah die drei Streithähne mit gehobener Augenbraue an. »Darf ich jetzt auch endlich mal etwas dazu sagen?«

»Nein!«, schoss es aus Eastons und Grays Mund gleichzeitig heraus. Doch aus zwei unterschiedlichen Gründen, wie mir schien.

»Besser nicht, Cinderella«, bat mich Lockwood mit entschuldigendem Lächeln. Doch es half nicht. Meine Wut darüber, dass mir schon wieder der Mund verboten wurde – und das auch noch von zwei so verkorksten Typen wie Easton Price und Grayson Lockwood –, ließ sich nicht mehr aufhalten.

»Ihr könnt mich mal!«, platzte es unkontrolliert aus mir heraus. Ich ließ Kians Hand los, denn zu einem gewissen Teil traf meine Wut auch ihn. »Ich habe es satt, von euch allen mundtot gemacht zu werden. Es ist mir echt egal, um was es in dieser Diskussion eigentlich geht, aber ... Scheiße nochmal, waren wir nicht wegen Nash hier? Wo zur Hölle ist er überhaupt?«

Gray starrte mich mit breitem Grinsen an, während Easton wie ein zorniger Bulle vor mir stand und mich mit seinen Blicken aufspießte.

»West ist gerade bei Nash, um ihn abzulenken«, antwortete Lockwood amüsiert und deutete hinter sich zu einem abgetrennten Bereich. »Sie sind hinten in der Lounge und genießen einen Lapdance.«

Ich nickte entschlossen. »Dann sollten wir vielleicht hingehen und aufpassen, dass er das arme Mädchen nicht auch noch an einen der schmierigen Typen hier verspielt«, schnappte ich bissig.

»Wo sie recht hat …« Gray lachte auf und machte sich auf den Weg zur Lounge, während Easton ihm stumm aber sichtlich angesäuert folgte.

Verwundert sah ich zu Kian, der noch immer regungslos neben mir stand und mich anstarrte, als wäre ich der letzte Mensch auf Erden.

»Was ist? Kommst du?«

Kian bewegte sich endlich und begann zu grinsen. »Das war verflucht heiß!«, sagte er heiser und legte seinen Arm um meine Taille, um mich zu sich zu ziehen. »Ich habe noch nie eine Frau erlebt, die sich getraut hat, Easton Price zurechtzuweisen.«

Ich lachte. »Vermutlich wird genau *das* sein Problem sein.«

Kians Arm drückte mich fester an seinen Körper. »So wie du mein Problem bist?«, flüsterte er mir ins Ohr und ließ mich einen kurzen Moment leicht erzittern.

»Bin ich das?«, fragte ich und sah zu ihm auf. In der Hoffnung, endlich erkennen zu können, welcher Teil von mir am Ende Recht behalten würde – Herz oder Verstand?

Kians Lippen berührten meine hauchzart, küssten sie jedoch nicht. Stattdessen lächelte er geheimnisvoll und durchbohrte mich mit seinem Blick. »Du hast doch Price eben gehört, oder?«

Ich schluckte. »Ich bin mir nicht sicher, was ich gehört oder verstanden habe, um ehrlich zu sein.«

Einen endlos langen Moment betrachtete er mein Gesicht. »Easton hat recht«, sagte er plötzlich nachdenklich und ernster als gewohnt. »Durch dich verliere ich momentan wirklich mein eigentliches Ziel aus den Augen.«

Die Luft wurde mir abgeschnürt und in meiner Brust zog es unangenehm. »Dann sollten wir das hier vielleicht doch besser lassen. Die Sache mit unserem Deal und … alles andere.«

»Auf keinen Fall«, beschloss Kian für uns beide und ließ mich leise seufzen.

»Ich möchte nicht schuld sein, wenn das alles schiefgeht und du plötzlich zurück nach Kanada musst.« *Oder dir etwas geschieht, das ich nicht ertragen könnte.*

Kians Mundwinkel zuckten. »Ich dachte, in dem Fall machst du mich zu deinem glücklichen Ehemann?«

»Das würde ich«, hauchte ich an seinen Lippen und es war mir vollkommen egal, wer uns dabei beobachtete oder Easton deswegen das ganze Mobiliar in der Lounge kurz und klein schlagen würde.

»Wovor hast du dann Angst, Prinzessin?« *Ich habe Angst um dich, Blödmann! Um dich allein!*

Ich hatte Angst, was geschehen würde, wenn Rich alles herausfand, noch bevor Kian ihn hinter Gittern bringen konnte. Ich hatte Angst vor dem, was dieser so einflussreiche, skrupellose Mann tun würde, wenn er wüsste, dass Kian dabei war, ihn zu verraten. Ich hatte ein ungutes Bauchgefühl bei dieser Sache und betete, dass die Ausweisung nach Kanada noch das kleinste Übel sein würde. Wer wusste schon, zu was Richmond Preston fähig war? Wenn er nicht schaffte, den Sohn seiner eigenen Frau über all die Jahre zu adoptieren, vermutlich nur um stets ein Druckmittel gegen ihn zu haben, was würde er noch alles tun?

Kian beobachtete mich aufmerksam. »Du hast Angst, ich würde dich hängen lassen, wenn die ganze Sache vorbei und gelaufen ist, oder? Du denkst, du musst wieder zurück in dieses elende Appartement, zurück in dein altes Leben mit den mehreren Jobs gleichzeitig, die nur dazu genügen, um zu überleben.«

Überrascht riss ich die Augen auf. »Was?! Nein, ich ...«

»Ist schon gut, Prinzessin. Ich kann das gut verstehen. Ich würde genauso denken an deiner Stelle. Schließlich war ich in der Vergangenheit nicht gerade zuverlässig und habe dir nicht nur einmal bewiesen, dass ich unberechenbar bin.«

Ich seufzte. »Kian ...«

Er unterbrach mich mit einem Kopfschütteln und strich mir ungewohnt sanft eine Haarsträhne hinter das Ohr. »Ich verspreche dir, mich um alles zu kümmern, bevor ich das mit Rich in die Wege leite. Du bekommst dein Geld, einen ordentlichen Job und eine Wohnung, in der du sicher bist.« Als ob er seinen Schwur besiegeln wollte, legte er zärtlich seine Lippen auf meine und küsste mich.

Es war ein kurzer, unschuldiger Kuss. Doch er besiegelte in diesem Moment nicht nur seine Worte, sondern auch die Gewissheit darüber, dass mein Herz über meinen Verstand gesiegt hatte. Es war unmöglich, mich dagegen zu wehren. Meine Gefühle für ihn waren nicht mehr zu leugnen und viel zu präsent.

Dennoch – oder gerade deswegen – musste ich ihm unbedingt die Wahrheit sagen. Ich wollte nichts von seinem Geld, brauchte kein Appartement, keinen neuen Wagen, keine schicken Kleider. Mir war es egal, was mit mir passierte, sobald alles gelaufen war. Ich wollte nur, dass er sicher war, dass ihm nichts passierte und dass er das bekam, was er verdiente – Anerkennung für seine harte Arbeit und eine liebevolle Familie, die sich um ihn kümmerte und sich für ihn interessierte.

»Kian«, begann ich leise und sah zu ihm auf, »Ich will nichts von dem Geld und ein neues Appartement brauche ich ebenfalls nicht. Es ist mir egal, was mit mir geschieht, wenn das alles hier vorbei ist. Ich bin schon immer ohne viel Geld klargekommen und weiß, wie man überlebt. Ich habe keine Angst davor, in mein altes Leben zurückzukehren. Schließlich habe ich auch nie mit etwas anderem gerechnet. Mir war klar, dass das alles nur vorübergehend ist. Du brauchst dir also keine Gedanken darum zu machen. Nicht um mich. Okay?«

Kians Blick drang tief in mich ein, als er liebevoll mit seinem Daumen über meine Lippen strich. »Dafür ist es zu spät, fürchte ich.«

20
Kian

»Du siehst zum Anbeißen aus, Prinzessin. Genauso hatte ich mir das vorgestellt.« Zufrieden betrachtete ich Alice ausgiebig und in aller Ruhe, bevor wir uns auf den Weg zur Spendengala eines wichtigen Kunden der Preston Company machten.

Wie ich ihr bereits vor Tagen vorgeschlagen hatte, trug sie das kurze, grüne Kleid, das so verdammt gut zu ihren Augen passte. Die blonden Haare fielen ihr offen über die nackten Schultern.

Sie sah umwerfend aus. Doch das tat sie eigentlich immer. Selbst in ihren alten, ausgewaschenen Jeans und den viel zu weiten Shirts, von denen sie sich noch immer nicht trennen wollte, sah sie jedes Mal so heiß aus, dass ich meine Hände ständig an ihrem Körper haben musste.

»Sie sieht in der Tat bildschön aus, deine Prinzessin«, ertönte hinter mir plötzlich eine mir viel zu bekannte und verhasste Stimme und ich verkrampfte mich unweigerlich.

Alice' Blick flog durch mich hindurch und ihre Augen weiteten sich schockiert, als sie verstand, wer hinter mir stand. »Guten Abend, Mr. Preston«, presste sie nervös hervor, bevor mein Stiefvater hervortrat und nach ihrer Hand griff, um seine schmierigen Lippen auf ihren Handrücken zu drücken. »Es freut mich sehr, Sie kennenzulernen, Sir.«

Rich lächelte kühl. »Die Freude ist ganz meinerseits«, erwiderte er säuselnd und ich fragte mich, warum er bei unserem kurzen Telefonat gestern nicht gesagt hatte, dass er heute wiederkommen würde. War es ungeplant gewesen und war er früher zurückgeflogen? Sein plötzliches und vor allem nicht angekündigtes Auftauchen ließ mich nervös werden. Ahnte er vielleicht etwas? Denn noch fehlten mir einige Unterlagen, um ihn vor Gericht zu zerren und ich wusste, in seiner Anwesenheit in der Firma würde es für mich nur noch schwerer werden, an sie heranzukommen.

»Wir wollten gerade auf Harry Klingmanns Spendengala, zu der du wegen eines Termins in Napa nicht hättest kommen können«, klärte ich ihn auf, nur um ihm auf den Zahn zu fühlen und rauszufinden, weswegen er bereits heute zurück in Naples war.

»Dann wünsche ich euch viel Spaß dabei«, sagte er mit aufgesetztem Pokerface. »Genießt den Abend, das Essen seines Caterers ist immer hervorragend.«

Skeptisch zog ich die Augenbrauen zusammen, während ich Alice‘ Hand ergriff und sie zu mir zog. »Wenn du willst, kannst du selbst hingehen. Du bist ja jetzt hier.«

Richs Lächeln wurde eine Spur kälter. »Danke, aber ich habe hier noch etwas, um das ich mich dringend kümmern muss«, sagte er geheimnisvoll und ließ meine Nervosität steigen. »Geht ruhig für mich hin und repräsentiert die Firma. Das habt ihr die letzten zwei Wochen schließlich auch ganz gut ohne mich hinbekommen.«

Alice schluckte hart und spannte sich an. Auch sie bemerkte Richmonds eisigen Unterton und wollte auf der Stelle von hier verschwinden, wie mir schien. Deswegen erwiderte ich nichts auf seine spitze Bemerkung, sondern nickte nur gehorsam, so sehr es mir widerstrebte. Ich tat es dennoch für Alice, riss mich für sie zusammen, statt, so wie jedes Mal, einen Streit vom Zaun zu brechen und mich gegen dieses Arschloch aufzulehnen.

»Tut mir leid, ich wusste nicht, dass er schon heute zurückkommen würde«, entschuldigte ich mich bei Aschenputtel, als wir uns von Rich verabschiedet und das Haus verlassen hatten.

Alice atmete draußen erleichtert die frische Abendluft tief in sich ein und sah mich sorgenvoll an. »Was, wenn er es längst weiß?« Wir stiegen in meinen Wagen und ich fuhr sofort los. »Wir brauchen einen Notfallplan, Kian. Und das so schnell wie möglich.«

Beruhigend legte ich meine Hand auf ihre und versuchte mich auf den Verkehr zu konzentrieren, auch wenn meine Gedanken gerade Achterbahn fuhren. »Du bist mein Backup Plan, schon vergessen?«

Alice seufzte. »Das reicht aber nicht aus. Du brauchst mehr als das, Kian.«

Falsch! Um genau zu sein, brauchte ich nichts anderes als das – ich brauchte sie. Und das nicht nur wegen der Einwanderungsbehörde, die mir sicher schon bald im Nacken hängen würde. Aus irgendeinem Grund wusste ich, würde sie bei mir bleiben, an meiner Seite sein, würde alles gut werden. Sie war mein Glücksbringer und das sogar im doppelten Sinn.

»Ich habe eventuell eine Idee, wie du auf der sicheren Seite wärst, sollte alles schiefgehen und Rich es vorher herausfinden.«

Sollte? Ich war sicher, er wusste es längst, dieser Bastard. Die Frage war nur, woher?

»Zerbrich dir nicht den Kopf darüber. Ich hab das schon alles unter Kontrolle und werde dafür sorgen, dass er das bekommt, was er verdient.«

»Und was ist mit dir? Was, wenn er Schlimmeres plant, als dich nur nach Kanada abzuschieben?«

Überrascht hob ich eine Augenbraue und warf ihr einen kurzen, prüfenden Seitenblick zu. »Hast du etwa Angst um mich, Aschenputtel?«

Alice sah mich mit ernster Miene an. »Und wenn es so wäre? Würdest du mir dann erlauben, mit Gray zu reden?«

»Mit Lockwood?«, fragte ich verwirrt. »Weswegen sollte er mir bei diesem Problem helfen können?«

Alice seufzte erneut. »Bitte vertrau mir und lass es mich versuchen, okay? Ich habe eine Idee, aber dazu muss ich erst mit ihm darüber sprechen.« Ihr Blick war flehend und sie wirkte fast verzweifelt, so wie sie mich ansah. Das bewies mir jedoch nur ein weiteres Mal, dass meine Entscheidung goldrichtig war, auf mein Herz zu hören und das zuzulassen, was auch immer sich gerade zwischen uns entwickelte.

Alice war mir zu wichtig geworden, als dass ich mich jetzt querstellen würde. Außerdem vertraute ich ihr. Ganz egal, was sie sich einfallen ließ und über was sie mit Gray reden wollte, sie hatte diese Chance verdient.

»Von mir aus«, gab ich lächelnd nach, führte ihre Hand an meinen Mund und küsste sie. »Aber für den Rest des Abends will ich nichts mehr darüber hören, verstanden? Ich habe keine Lust, weiter über Rich nachzudenken oder über das, was noch alles kommen mag. Ich will einfach nur die scheiß Spendengala hinter mich bringen und dich dann an den Strand entführen.«

»An den Strand? Du meinst, später? Mitten in der Nacht?« Alice grinste und sah mich durchschauend an. »Glaubst du wirklich, du könntest mich noch einmal auf dieselbe Weise dazu bringen, die Beine für dich breitzumachen?«

»Soll das eine Herausforderung sein, Hollister? Du weißt, ich schaffe das auch so. Zu jedem mir erdenklichen Moment und völlig egal, wo wir uns befinden.«

Alice schüttelte den Kopf und belächelte mich, also hatte ich keine andere Wahl, als es ihr zu beweisen.

Ich trat aufs Gas und bog die übernächste Straße ab, die uns geradewegs in eine schmale Sackgasse führte, zwischen heruntergekommenen Häusern und einem vollen Imbissladen. Mit einem durchtriebenen Lächeln auf meinen Lippen hielt ich den Wagen am Ende der Sackgasse an und schnallte mich ab, während Alice mich aus großen, verwunderten Augen ansah.

»Ich glaube kaum, dass hier irgendwo die Spendengala stattfindet«, sagte sie irritiert und schaute sich zu allen Seiten um. »Wo zur Hölle sind wir, Kian?«

Ich grinste selbstzufrieden. »Du hast mich herausgefordert, jetzt bekommst du die Quittung dafür, Aschenputtel.«

Hungrig schob ich meine Hand unter ihr Kleid, während sie panisch hinaus zur Straße sah. »Das kannst du doch nicht tun! Nicht hier, meine ich. Was, wenn uns jemand sieht? Oder uns sogar beobachtet?«

Spielerisch streichelte ich mit meinen Fingern an ihrem Slip entlang und ließ sie leise Zischen. »Ist es denn nicht genau das, was du willst, Prinzessin? Dass uns jemand dabei sieht?«

Alice errötete und sah mich ertappt an.

Ich hatte längst bemerkt, dass es sie nicht abschreckte, gesehen oder beobachtet zu werden, wenn sie sich gehen ließ. Es erregte sie sogar. Das hatte ich bereits durchschaut, als sie mich damals in dem Stripclub mit dieser Tänzerin sah, die mir einen geblasen hatte. Statt vom Anblick angewidert zu sein, hatte sie uns fasziniert dabei zugesehen.

»Ich ... Ich weiß auch nicht, wieso das so ist«, gestand sie stotternd und unsicher. Doch immerhin stritt sie es nicht ab, sondern vertraute sich mir an. Das hätte sicherlich nicht jede getan.

»Kein Grund, sich dafür zu schämen, Baby. Und auch kein Grund, sich dafür zu entschuldigen«, raunte ich ihr ins Ohr und küsste sie unterhalb ihres Ohrläppchens, während ich meine Finger langsam unter ihren Slip schob und mit Genugtuung feststellte, wie sehr es ihr gefiel. Doch noch bevor ich weitergehen und sie befriedigen konnte, schob sie mich von sich und sah mich erwartungsvoll an.

»Du bist an der Reihe«, sagte sie entschlossen, leckte sich einladend über die Lippen und begann an meinem Gürtel zu ziehen. »Du hast mir schon bewiesen, was du mit deinen Händen vollbringen kannst. Jetzt zeige ich dir, was ich mit meinem Mund alles anstellen kann.«

Oh fuck, bitte, ja!

Mit schnellen Fingern hatte sie meinen Gürtel und die Hose geöffnet und schob ihre Hand hinein, nur um mit zufriedenem Lächeln festzustellen, dass er bereits hart war wie Beton. Alice massierte ihn trotzdem, nur um mich in den Wahnsinn zu treiben und ließ sich dabei Zeit, als sie erkannte, wie ich darunter litt. Sie liebte es, Macht über mich zu haben und ich konnte nicht behaupten, dass es mir nicht gefiel. Doch als sie endlich Erbarmen mit mir hatte und sich zu meinem Schoß hinunterbeugte und ihre Lippen an meinen Schwanz legte, wusste ich, es gab Dinge, die gefielen mir noch weitaus mehr.

Verfluchte Scheiße, war sie gut darin, mich mit ihrem Mund zu verwöhnen. Sie wusste genau, wie ich es brauchte, auch wenn es unser erstes Mal war. Alice leckte immer wieder über seine volle Länge, ließ ihn tief in ihre Kehle abtauchen und saugte, als würde ihr Leben davon abhängen.

Deswegen dauerte es nicht sehr lange, bis ich stöhnend aufkeuchte und in ihre Haare griff, um die letzten Stöße in ihren Mund zu genießen. Kurz bevor ich es wenige Augenblicke später hochkommen spürte, ließ ich von ihr ab, damit sie sich zurückziehen und es mit der Hand fertigmachen konnte. Doch Alice gehorchte meiner stummen Bitte nicht. Stattdessen saugte sie weiter, bis ich es nicht mehr aufhalten konnte, nahm es in ihrem Mund auf und schluckte es tapfer hinunter.

Fasziniert und voller Bewunderung starrte ich sie mit offenem Mund atemlos an, als sie sich wieder aufrichtete, mich aus vollster Zufriedenheit anlächelte und ich nur noch zu einem Gedanken fähig war: Sie war perfekt. Und ich war verdammt, wenn sie nicht Mein war.

Nicht einmal zwei Stunden später hielt ich sie fest in meinen Armen und hauchte ihr Küsse auf die nackte Schulter, während die Gäste der Spendengala uns mit teilweise neidischen, teilweise verstörenden Blicken beobachteten und sich ihre Mäuler darüber zerrissen, dass sich so etwas bei einer derartigen Veranstaltung nicht gehörte. Meine Hände an Alice' Körper verstießen gegen irgendeinen schwachsinnigen Kodex, ließen die blassen Gesichter der vorwiegend älteren Frauen, die ohnehin chronisch untervögelt zu sein schienen, missbilligend verziehen.

Für mich hingegen war es das Einzige, was mich davon abhielt, mich vor Langeweile umzubringen. Das und die Frau in meinen Armen, die ihren Körper fest an meinen presste und es sichtlich genoss, so von allen angestarrt zu werden. Es verschaffte ihr einen Kick und ich konnte absolut verstehen, weshalb es sie so erregte.

Trotzdem hatte ich es satt, herumzustehen und darauf zu warten, ein kurzes Gespräch mit diesen Arschlöchern führen zu können, die Rich am Ende sowieso als seine eigenen Kontakte verbuchen würde, statt mir einzugestehen, dass ich es war, die die ganzen interessanten Kunden an Land zog.

»Scheiße, was für eine Verschwendung von Zeit«, fluchte ich leise vor mich hin und küsste Alice' Nacken, nachdem ich ihre Haare beiseitegeschoben hatte. »Wie wär's, wenn wir von hier verschwinden und jetzt schon zum Strand zu gehen? Lass uns abhauen, Prinzessin.«

Alice drehte sich in meinem Arm um und grinste. »Seit wann nennst du mich eigentlich nur noch Prinzessin, statt Aschenputtel?«

»Es ist dir also aufgefallen?« Ich küsste ihre Lippen, bevor sie antworten konnte. »Lass uns gehen, dann erkläre ich es dir, sobald wir das Meer rauschen hören können.«

Alice nickte einverstanden und lächelte aufgeregt, als ich ihre Hand nahm, um mit ihr gemeinsam, so schnell es ging, zu verschwinden. Weg von diesen grässlichen Leuten, die in ihrer beschissenen Blase lebten und keine Ahnung davon hatten, wie sich Leben wirklich anfühlte.

Ich gab mächtig Gas, seit wir wieder im Wagen saßen. Nur damit wir nicht einmal eine halbe Stunde später außerhalb der Stadt und an einem verlassenen Strandabschnitt waren, von dem aus die bunten Lichter von Naples gut zu sehen waren und das Meer vor uns zum Leuchten brachten.

Alice zog sich ihre Schuhe aus, als wir durch den weichen Sand schlenderten und uns eine passende Stelle suchten, wo wir uns setzen konnten. Nach wenigen Metern, die wir die Küste entlang gelaufen waren, ließ sie sich schließlich irgendwann in den

Sand fallen und sah mich ungeduldig an, während ich ihr folgte und mich dicht neben sie setzte.

»Was wollen wir hier, Paxton?«, fragte sie misstrauisch und schob die Augenbrauen zusammen. »So wie ich dich kenne, bist du ganz sicher kein Romantiker. Also was soll das Ganze?«

Gott, sie war so unglaublich clever und durchschaute mich jedes verdammte Mal.

Ich liebte es!

»Eigentlich hatte ich mir Hoffnungen gemacht, du würdest das wiederholen, was vorhin im Wagen passiert ist, aber …« Ich kassierte einen leichten Schlag auf den Oberarm und grinste. »Ehrlich gesagt, wollte ich nur etwas Zeit alleine mit dir haben.«

Alice schien ehrlich überrascht. »Wieso?«, fragte sie skeptisch.

»Um zu reden.«

Sie schluckte. »Worüber? Ich dachte, du willst heute Abend nicht mehr über …«

»Will ich auch nicht, also erinnere mich nicht daran«, unterbrach ich sie warnend, lächelte dann aber. »Ich meinte damit auch nichts Bestimmtes. Ich wollte mich einfach nur mit dir unterhalten, dich besser kennenlernen. Verstehen, weshalb du nach allem, was ich getan und wie ich dich behandelt habe, mir noch immer helfen willst. Wieso du sogar Angst um mich hast, wenn ich dir doch eigentlich egal sein könnte. Glaubst du, du kannst mir das verraten, Prinzessin?«

Ihr Blick bohrte sich in meinen, als sie ein weiteres Mal schwer schluckte.

»Verrate mir erst, weshalb es dir wichtig ist, das zu wissen. Vielleicht verrate ich dir dann auch mein Geheimnis«, flüsterte sie zitternd.

Ich lächelte beeindruckt. So sehr sie verunsichert war oder manchmal gar nicht weiter wusste, so sehr gab sie alles dafür, es niemals zu zeigen. Alice war unglaublich stark, vermutlich der stärkste Mensch, den ich kannte. Vor allem wenn man wusste, wie ihre Vergangenheit aussah. Doch statt sich von dieser brechen zu lassen und in Depressionen oder Selbstmitleid zu verfallen, verwandelte sie den Schmerz in etwas Gutes und schöpfte aus ihm Kraft. Ich bewunderte das unglaublich.

»Ich mag dich, Hollister«, sagte ich trocken, verkniff mir dabei das Grinsen und beobachtete amüsiert, wie sich ihr Mund vor Fassungslosigkeit öffnete.

»Das ist alles? Das ist der Grund, wieso du mir all diese Fragen stellst und mich extra hierher entführst? Ist das dein Ernst, Paxton?«

Mit ausdrucksloser Miene zuckte ich mit den Schultern. »Na ja, *deswegen* und weil ich hoffte, wir könnten noch einmal ...«

»Wag es nicht, das auszusprechen«, unterbrach sie mich zischend und wirkte tatsächlich nicht nur gekränkt, sondern regelrecht enttäuscht. Vielleicht sogar ein wenig wütend.

Jetzt konnte ich doch nicht anders und lachte belustigt auf. »Scheiße, wie kannst du nur ernsthaft glauben, dass ich dich immer nur vögeln will? Wäre ich sonst hier? Vor allem jetzt, da du mir vorhin schon einen geblasen hast? Ehrlich, Prinzessin, für was für ein Arschloch hältst du mich eigentlich? Ich bin vielleicht nicht normal und etwas kaputt, so wie meine Freunde. Doch ich bin nicht blind oder gefühlskalt. Ich merke sehr wohl, wenn da auf einmal mehr ist, als eigentlich geplant war.«

Alice starrte mich verwirrt an und runzelte die Stirn. »Was willst du damit andeuten?«

»Verstehst du es denn tatsächlich immer noch nicht oder willst du es nicht verstehen?«

Um es ihr endlich deutlich zu machen und alle Zweifel oder Fragen in ihr auszulöschen, legte ich beide Hände an ihre Wangen und küsste sie, sanft und so liebevoll ich nur konnte. Ganz egal, wie ungewohnt es für mich war. Ich wusste, es war das Richtige. Und außerdem fühlte es sich absolut fantastisch an, ihre Lippen mit meinen zu liebkosen.

Doch nach nur einem kurzen Moment schob mich Alice von sich und sah mich durchdringend an.

»Das alles ging schon viel zu weit, Kian. Es ist falsch und gehört nicht zu unserem Deal. Wir sollten damit aufhören, bevor …«

»Bevor was?«, knurrte ich ungeduldig. »Was ist es, Alice? Was ist dein Problem?«

Sie biss sich auf die Unterlippe und schluckte hart. »West hat gesagt, du hast nie etwas zweimal mit einer Frau. Er sagte, du langweilst dich schnell und springst dann sofort zur Nächsten, sobald dich eine rangelassen hat. Ich … ich habe dich aber bereits rangelassen.«

»Und jetzt?«, fragte ich begriffsstutzig. »Sehe ich verdammt nochmal gelangweilt aus?«

»Ich will es doch nur verstehen«, erwiderte sie beinahe verzweifelt.

»Da gibt es aber nichts zu verstehen, Prinzessin. Ich will dich, wie du unschwer erkennen kannst. Immer noch! Und nach jedem verdammten Kuss mehr als jemals zuvor.«

Alice schnappte überrascht nach Luft und schien gegen ihre Zweifel – oder war es Angst? – anzukämpfen.

»Wir sollten es besser trotzdem nicht tun, Kian.« Sie presste die Lippen fest aufeinander und sah, meinen bohrenden Blick meidend, zu Boden.

»Warum nicht?«, wollte ich gekränkt wissen. Denn die letzten Tage hatte sie mir ein anderes Gefühl vermittelt, als diesen Bullshit, den sie jetzt mit mir veranstaltete.

»Weil es nicht richtig ist«, schoss es plötzlich aus ihr heraus.

Was zum ...? »Falsche Antwort, Hollister. Deswegen frage ich dich jetzt noch einmal: Warum nicht?«

Sie schluckte mehrmals, bevor sie wieder zu mir aufsah und ihr Blick nervös und unsicher zu meinen Lippen glitt. »Weil durch so etwas ... Dinge entstehen können, die ... die nicht mehr rückgängig gemacht werden können.«

»Dinge?«, fragte ich rau. »Du meinst wohl eher, Gefühle? Oder ... Liebe.«

Alice erwiderte nichts darauf, sah mich nur mit einem entschuldigenden Blick an und wusste nicht, was sie dazu sagen sollte, ohne sich zu verraten. Doch ich hatte sie durchschaut. Für uns beide gab es längst kein Zurück mehr, es war zu spät, um sich darüber Gedanken zu machen.

Das hielt sie offenbar trotzdem nicht davon ab, an dem, was daraus werden könnte, zu zweifeln.

Mit bitterem Lächeln sah ich sie an und hauchte ihr einen Kuss auf die glühend rote Wange. »Wer von uns beiden hat jetzt Angst, enttäuscht, verletzt oder verlassen zu werden, hm, Prinzessin? Du hast dich in mir getäuscht. *Ich* bin nicht der Feigling, der einen Rückzieher macht. *Du* bist es.«

Alice' Mund klappte auf, als ihr bewusst wurde, dass ich recht hatte und ihre Augen starrten mir einen Moment lang schockiert entgegen. Ich konnte es in ihrem Blick erkennen, dass meine ehrlichen Worte sie schwer trafen und einiges in ihrem Kopf in Gang setzten.

Doch als ihr bewusst wurde, dass ich mit all dem gleichzeitig ausdrücken wollte, dass ich bereit dafür war – bereit für sie, für uns –, funkelte Entschlossenheit in ihrem Blick auf.

»Niemand nennt mich einen Feigling«, stellte sie plötzlich klar, begann zu lächeln und zog mich unerwartet zu sich, um ihre Lippen auf meine zu pressen.

Damit war es für uns beide klar. Wohin auch immer uns das alles führte, was wir füreinander empfanden, wir hatten keine Angst davor zu scheitern und würden das Risiko eingehen und es miteinander probieren. Und das bedeutete für mich: Sie war jetzt mein Mädchen und niemandes anderen. Alice Hollister gehörte mir ganz allein und ich würde alles dafür tun, dass das so blieb. Ganz egal, wer sich zwischen uns stellte oder was Rich mit mir anstellen oder was er mir antun würde.

21
Alice

Erschöpft kam ich am späten Nachmittag zurück ins Poolhaus, nachdem ich mir den ganzen Tag lang irgendwelche Luxusappartements angeschaut hatte, so wie Kian mich darum gebeten hatte. Er sagte, er vertraute mir, was mein Urteilsvermögen anging und ich wüsste ohnehin besser als er selbst, was das Richtige für ihn sein würde.

Zuerst hatte ich nicht verstanden, was er damit meinte. Doch als ich beim dritten Besichtigungstermin in ein geräumiges, neu eingerichtetes Loft geführt wurde, von dem aus man einen atemberaubenden Blick auf den Atlantik hatte, wusste ich tatsächlich, dass es genau das war, wonach er suchte und das, was er brauchen würde, wenn die ganze Sache mit Rich endlich durch war.

Kian war zwar Luxus gewöhnt, doch er war dennoch viel zu einfach gestrickt, als dass er in seiner Wohnung viel Prunk oder Protz brauchte, keinen überteuerten Schnickschnack, den sowieso kein Mensch brauchte. Alles, was er benötige, war viel Platz und Raum. Geradlinigkeit und große, bodentiefe Fenster, statt Bentonwände, die ihm nur das Gefühl geben würden, eingeengt zu sein. Außerdem liebte er den Ozean und brauchte ihn auch weiterhin in seiner Nähe, selbst wenn er in der Stadt leben würde. Und mit diesem Loft, das ich mir vorhin für ihn angesehen hatte, schien mir, hatte ich genau das gefunden, was er suchte.

Jetzt musste ich ihm nur noch von meinem ultimativen Plan erzählen, für den ich Gray letzte Nacht noch aufgesucht hatte, um mit ihm darüber zu sprechen. Kian hatte vor zwei Tagen, als wir bei der Spendengala waren, nicht wissen wollen, um was es dabei ging, solange nichts sicher war.

Ich stand gerade einmal zwei Minuten unter der Dusche, als Kian plötzlich ins Badezimmer platzte und mich durch die verglaste Duschkabine aufgewühlt und hilflos anstarrte.

Sofort begann mein Herz zu rasen, stolperte einige Male und ließ Panik in mir hochkriechen. Ich hatte zwar keine Ahnung, was passiert war, doch ich wusste, es war nichts Gutes. Und ein blödes Gefühl sagte mir, es hatte mit Rich zu tun, doch ich traute mich nicht, zu fragen. Das schien Kian auch gar nicht zu wollen.

Statt es mir zu erklären oder überhaupt etwas zu sagen, zog er sich lediglich Schuhe und Socken aus und kam mit Jeans und T-Shirt zu mir unter die Dusche.

Sehnsüchtig presste er seine Lippen auf meine, zog mich an sich und drückte mich fest an seinen Körper, während das Wasser erlösend auf uns herabfiel. Kians Kuss war hart und voller Verzweiflung. Ich spürte es in jeder Faser meines Körpers, als er mich packte und mit einer schnellen Bewegung umdrehte, sodass ich meine Stirn stützend gegen die Glasscheibe der Duschkabine lehnen konnte, während ich ihn hinter mir seine durchnässte Jeans öffnen hörte.

Hart und ohne jegliches Vorspiel drang er in mich hinein und ließ mich kurz überrascht aufschreien. Grob griffen seine Hände von hinten um meine Hüften, als er sich aus mir zurückzog, nur um dann wieder in mich hineinzustoßen.

Keuchend stützte ich mich mit beiden Händen an der Glasscheibe ab und schloss die Augen, als Kian mich plötzlich mit dem Rücken an seine Brust zog und seine rechte Hand nach meiner Brust griff, um sie verlangend zu kneten. Hart stieß er immer wieder in mich hinein, das dunkle, betörende Stöhnen stets dicht an meinem Ohr, das mich antrieb, während seine andere Hand zwischen meinen Beinen verschwand und über meinen Kitzler rieb.

Ich ließ mich komplett fallen, gab jegliche Kontrolle an ihn ab und fand mich wenige Augenblicke später in einem Rausch wieder, der mich zum Äußersten trieb und ihn nur noch schneller und härter stoßen ließ.

Kians Atmung beschleunigte sich, genau wie meine. Und nur einen Moment später ließen wir beide los und kamen gemeinsam zum Höhepunkt.

Erst jetzt fiel mir auf, dass er sogar an das verdammte Kondom gedacht hatte, das vermutlich wieder in seiner Hosentasche gewesen war. Denn zwischen meinen Beinen lief nichts weiter als angenehm warmes Wasser, als er sich aus mir zurückzog und ich mich schwer atmend wieder zu ihm umdrehte.

Mit geübten Fingern entfernte er das Kondom und ließ es zusammen mit seinem Shirt und der Jeans aus der Dusche verschwinden, während ich den Anblick des nackten Kians genoss und meine Hände über seinen Körper wandern ließ, nur um mir jeden Muskel und jede Sehne, die sichtbar war, einzuprägen.

Seufzend zog er mich fest in seine Arme und vergrub sein Gesicht an meinem Hals.

»Was ist passiert?«, fragte ich so leise, dass es durch das Rauschen des Wassers über uns kaum noch zu hören war.

Kians Lippen pressten sich sehnsüchtig auf meine, bevor er mich wieder mit verzweifeltem und beinahe ausweglosem Blick ansah. »Er weiß es«, sagte er hart schluckend. »Ich glaube, Rich weiß alles. Über dich, darüber, dass ich wegen seiner Bilanzfälschungen Bescheid weiß und über die Unterlagen, die ich die letzten zwei Wochen mühsam zusammengesucht habe, um ihn dranzukriegen.«

»Woher?«, fragte ich flüsternd und legte ihm beide Hände auf die Wangen, damit er mich ansah.

»Cheryl.«

Ich riss überrascht die Augen auf. »Richs Assistentin? Woher ...?«

Mit einem Mal fiel es mir wieder ein. Sie hatte mich gesehen, als ich bei Kian war wegen des Schadens am Ferrari. Scheinbar hatte sie mitbekommen, weswegen ich damals tatsächlich dort war. Sie wusste, dass Kian und ich uns vorher noch nie zuvor gesehen hatten, geschweige denn, dass wir ein Paar waren.

»Sie musste misstrauisch geworden sein, nachdem sie dich bei mir gesehen hatte. Scheinbar hatte sie mich in der Firma seitdem unter Beobachtung und erzählte Rich alles, was sie gesehen oder über mich aufgeschnappt hatte. Natürlich entging ihr dabei auch nicht, dass ich mich in letzter

Zeit viel zu häufig mit den alten Bilanzen auseinandergesetzt hatte.«

Ich nickte verstehend und presste nachdenklich die Lippen aufeinander, während Kian mich noch immer fest in seinen Armen hielt und wir unter dem warmen Wasserstrahl standen und zu begreifen versuchten, wie es jetzt weiterging.

»Du hast aber gesagt, du *glaubst*, er wüsste alles. Du bist dir also nicht sicher?«

Kian seufzte schwer. »Er hat mich vorhin im Grunde indirekt darauf angesprochen. Also ... Ja, ich bin mir ziemlich sicher.«

Das war ganz und gar nicht gut und ich wusste, wir mussten schnell handeln.

»Dann sollten wir jetzt dringend zu Gray fahren und mit ihm reden«, beschloss ich und befreite mich aus seiner Umarmung, um nach dem Handtuch zu greifen und das Wasser abzustellen.

Kian hob beide Augenbrauen und sah mich fragend an. »Weswegen? Ich dachte, du warst letzte Nacht bereits bei ihm?«

»Das war ich«, bestätigte ich. »Und wir haben gemeinsam eine Lösung für dein Problem gefunden. Du ... du musst es dir nur anhören und zustimmen.«

»Zustimmen? Wobei? Alice, was zum Teufel, habt ihr euch da ausgedacht?« Kian wirkte wütend. Doch ich wusste, dass er eigentlich nur verunsichert war durch die gesamte Situation. Er merkte, wie er die Kontrolle über all das verlor und das machte ihm Angst.

»Das sollte besser dein Freund dir erklären«, sagte ich sanft und hauchte ihm einen Kuss auf die Wange. »Vertrau mir.«

Kians Augen versanken für einen kurzen Moment in meinen, bevor er nickte. »Du weißt, das tue ich.«

Ich lächelte hoffnungsvoll. »Dann lass uns jetzt fahren und alles klären, bevor Rich uns zuvorkommt und du mit dem Rücken zur Wand stehst.«

Nur knapp eine Stunde später saß ich nervös und rastlos auf dem dunklen Ledersofa in Grayson Lockwoods Wohnzimmer, während Kian neben mir saß und noch vollkommen ahnungslos war, weswegen wir überhaupt hier waren.

»Also, was ist es?«, wollte er ungeduldig wissen, als Gray uns gegenüber auf einem Sessel Platz nahm. »Was genau soll ich mir hier anhören und wieso ausgerechnet von dir, Lockwood?«

Gray grinste sein typisches Grinsen und zuckte mit den Schultern. »Na, weil ich der Schlüssel für all deine Probleme bin, Bro.«

Kian schob die Augenbrauen zusammen und fixierte seinen Freund skeptisch. »Was zur Hölle soll das heißen?«

Gray deutete plötzlich zu mir. »Deiner wunderbaren Alice kam die grandiose Idee, wie wir deinen Hals aus der Schlinge ziehen können, ohne dass ihr zwei vor den Traualtar treten müsst, du aber trotzdem in den Staaten bleiben darfst und so ganz nebenbei auch meinen Arsch rettest. Mehrere Fliegen mit nur einer Klappe schlagen, also.«

Ich wurde immer nervöser und begann mit dem Fuß zu wippen, während Kian mir einen kurzen, fragenden Blick zuwarf, sich dann aber wieder Lockwood zuwandte. »Wie soll das funktionieren? Wie kannst du mir helfen und wieso rettet das gleichzeitig deinen Arsch?«

Grays Grinsen wurde eine Spur überheblicher. Vor allem aber selbstsicherer. »Weil du meinen Posten im Konzern übernehmen wirst.«

»Was?!« Kian riss die Augen auf und starrte seinen Freund an, als wäre er übergeschnappt.

»Du weißt doch, dass ich seit dem Tod meines Vaters dazu gedrängt werde, seine Stelle einzunehmen und den Konzern zu leiten. Doch seit Monaten winde ich mich darum, weil ich keinen blassen Schimmer von dieser ganzen Scheiße habe. Ich bin nicht dazu gemacht, einen Konzern zu leiten, geschweige denn überhaupt für diese ganze Businessbranche. Ich hätte den Posten niemals übernommen, das weißt du. Und bevor ich mir jemanden suchen muss, von dem ich nicht weiß, ob er überhaupt gut in seinem Job ist, nehme ich doch lieber jemanden, bei dem ich mir sogar ziemlich sicher bin, dass er das kann, was er kann.«

Mein Blick flog aufgeregt zu Kian und ich wartete gespannt auf seine Reaktion, die jedoch anders kam, als erwartet.

»Das … das ist doch vollkommen verrückt, Gray. Ich kann doch nicht den gesamten Konzern deines Vaters leiten. Er hat sein ganzes Leben dafür gegeben, um es so weit nach oben zu bringen, dass ihr mittlerweile quasi konkurrenzlos seid. Das würde ich niemals schaffen.«

Überrascht über so viel Bescheidenheit, die allerdings eher eine falsche Wertschätzung seines tatsächlichen Talents in diesem Bereich war, öffnete ich den Mund und wollte etwas sagen. Doch bevor es dazu kam, meldete sich auch schon wieder Gray zu Wort und blieb offensichtlich hartnäckig.

»Wenn du es nicht schaffst, Kumpel, dann weiß ich ehrlich nicht, wer es sonst hinbekommen könnte. Und glaub mir, die Vorsitzenden haben mir schon einige Schmierlappen vorgestellt, die den Posten wollten. Doch wieso sollte ich das jemandem überlassen, den ich weder kenne, noch traue?«

»Gray ...« Kian seufzte und wollte protestieren, wollte die Chance nicht wahrnehmen, weil er scheinbar Angst davor hatte, zu versagen. Doch wieder war es Lockwood, der ihn unterbrach.

»Du bist mein bester Mann, Kian. Und scheiße nochmal, du hast es ziemlich drauf mit diesem Kram. Wenn es nämlich nicht so wäre, hätte dich Rich nicht seine Arbeit machen lassen. Wir wissen beide, dass du die Preston Company die letzten Jahre im Grunde alleine geleitet hast und sie zu der Firma aufgebaut hast, die sie jetzt ist. All die großen Kunden kamen durch dich, hab ich Recht? Du hast sie an Land gezogen, genauso wie die ganz fetten Deals, die Rich Millionen bescherten.«

Ich lächelte dank Grays Worten und sah erwartungsvoll zu dem Mann neben mir, der nicht nur mein Herz gestohlen hatte, sondern mich zum ersten Mal in meinem Leben fühlen ließ, dass ich etwas Besonderes war. Wertvoll. Und dass ich es verdient hatte, von ihm geliebt zu werden. In diesem Moment hoffte ich, er erinnerte sich daran und wehrte sich nicht gegen das, was sein Freund ihm anbot – nämlich eine verdammt bequeme Zukunft hier in Florida. Denn das war alles, was ich für ihn wollte, alles, was ich mir für ihn wünschte.

Kian schien dennoch nicht überzeugt und schüttelte den Kopf, ließ mich frustriert schnauben.

»Ein Konzern ist eine vollkommen andere Hausnummer und ich bin nicht sicher, ob ich das kann.«

Erneut öffnete sich mein Mund und ich wollte ihn anbrüllen, ihm zurufen, dass er es auf jeden Fall kann, doch Gray warf mir einen kurzen Blick zu, der mich stumm bleiben ließ. Offenbar war es besser, mich in diesem Augenblick nicht einzumischen und Gray zu vertrauen, dass er Kian doch noch davon überzeugen konnte.

»Du hast im Prinzip gar keine andere Wahl«, sagte Lockwood auf einmal trocken und völlig emotionslos, was vermutlich nur Taktik war. »Du brauchst dringend einen wasserfesten, unbefristeten Arbeitsvertrag, wenn Rich dich rausschmeißt. Und mit dem, was du auf diesem Posten verdienst, kannst du dir so viele Appartements und Häuser leisten, wie du nur willst. Das heißt, du hättest damit auch wieder einen festen Wohnsitz, für den du auch noch Steuern zahlst. Du hättest all das, was es braucht, um Rich die Fresse zu polieren. Denn wenn du bei mir unterschreibst, hat er keinerlei Druckmittel mehr gegen dich.« Grayson grinste triumphierend, als Kian seinen Protest aufgab und den Kopf nachdenklich hängen ließ.

»Und das war also alles deine Idee?«, fragte er mich plötzlich und ich zuckte beinahe zusammen unter seinem bohrenden, stechenden Blick.

Hart schluckend nickte ich. »Ich hab mich nur daran erinnert, dass Gray mir erzählt hat, dass er auf keinen Fall den alten Posten seines Vaters übernehmen wollte. Da kam mir dann die Idee mit dir«, erklärte ich mit bebender Stimme und senkte den Blick zu meinen Händen in meinem Schoß. »Tut mir leid, wenn ich dich damit hintergangen habe. Ich wollte nur nicht, dass …«

Lippen pressten sich gegen meine und ich schnappte überrumpelt nach Luft, ehe ich begriff, was hier geschah. »Du bist das Beste, was mir je passiert ist, ist dir das eigentlich klar, Aschenputtel?«

Kian sah mich aus sanften, warmen Augen an und küsste mich erneut, wieder und wieder und wieder. Es war ihm vollkommen egal, dass Gray noch immer vor uns saß und uns dabei zusah. Er schien unendlich erleichtert und glücklich.

»Heißt das, du nimmst mein Angebot an und ich kann meine Anwälte anrufen, damit sie sich um deinen Vertrag kümmern?«, meldete sich Lockwoods amüsierte Stimme aus dem Hintergrund und ich war fast enttäuscht, als Kian von mir abließ und breit grinsend zu seinem Freund sah.

»Du hast es selbst gesagt, ich habe keine andere Wahl.«

Gespielt gekränkt stand Gray von seinem Sessel auf und griff nach seinem Smartphone. »Könnest dich ruhig ein bisschen darüber freuen, Arschloch. Ich habe dir gerade den besten Job angeboten, den du jemals kriegen wirst. Und vor allem bestbezahlt.«

Kian lachte und stand auf, um Lockwood wie ein kleiner Junge um den Hals zu fallen. »Danke, Kumpel.« Die beiden umarmten sich etwas hölzern, weswegen ich mir das Grinsen verkneifen musste. »Auch dafür, dass du ihr von Anfang an eine Chance gegeben hast.« Kian deutete zu mir und mein Herz begann wie wild in meiner Brust zu pochen.

»Cinderella hat immer Platz in meinem Herzen«, sagte Gray neckend und zwinkerte mir zu. »War schon als Kind immer mein Lieblingsmärchen.«

Als Kian und ich wieder zurück im Poolhaus waren und schweigend nebeneinander in meinem Bett lagen, wurde mir bewusst, wie ernst die Sache zwischen uns bereits war. Und das obwohl es bisher keiner von uns beiden beim Namen nannte. Das mussten wir auch nicht. Ich wusste, ich konnte ihm vertrauen, genauso, wie er mir vertrauen konnte. Wir fühlten dasselbe. Und das allein reichte, dass ich mich zum ersten Mal, seitdem meine Eltern nicht mehr am Leben waren, richtig geborgen und beschützt fühlte. Ich war seit einer unendlich langen Zeit nicht mehr allein und wusste, da gab es jemanden, der sich für mich interessierte, der sich kümmerte und der … mich vielleicht sogar liebte.

»Was würde ich eigentlich ohne dich tun?«, durchbrachen Kians Worte meine Gedanken, als er sich zu mir drehte und mich aus funkelnden Augen ansah.

»Ich würde vermuten, es hätte mit Partys, Frauen und viel Alkohol zu tun«, neckte ich ihn.

Er nickte lächelnd. »Alles, was ich jetzt nicht mehr brauche, oder?« Sein Blick war so intensiv, er drang tief ich mich ein und ließ einen ganzen verfluchten Schwarm Schmetterlinge in meinem Bauch umherfliegen.

»Sag du es mir«, bat ich ihn wispernd und küsste seine Wange.

»Du hast mich gerettet, Alice. Ich hoffe, das weißt du«, flüsterte er bedächtig und kam mir näher, um mich in seine Arme und auf seine Brust zu ziehen, während er sich wieder auf den Rücken drehte.

»Was wirst du jetzt tun?«, fragte ich nachdenklich. »Wegen Rich, meine ich. Schließlich hast du jetzt die Wahl und kannst selbst entscheiden, ob du mit den Unterlagen, die du hast, zur Staatsanwaltschaft gehst und ihn damit vor Gericht und in den Knast bringst oder …«

»Es gibt dabei tatsächlich eine zweite Option?«, unterbrach er mich mit einem spitzbübischen Grinsen. Doch wir beide wussten, das Thema war zu ernst, um darüber Scherze machen zu können.

»Kian, was passiert mit deiner Mutter, wenn Rich nicht mehr bei ihr ist und im Gefängnis landet? Hast du schon mal darüber nachgedacht, was das für sie bedeutet? Für sie und ihre Krankheit, meine ich.«

Nervös spielte ich mit meinen Fingern an der Kordel seines Hoodies, weil ich nicht sicher war, ob ich mit meinen Fragen zu weit ging und er mich deswegen gleich von sich stoßen würde. Doch nichts geschah. Weder schob er mich von sich, noch knurrte er mich warnend an, so wie er es noch vor knapp drei Wochen getan hätte.

Prüfend sah ich zu ihm hoch und erkannte, wie er mit sich kämpfte.

»Das habe ich«, sagte er dann schließlich seufzend. »Ich habe mir in den letzten Tagen sogar viel zu oft den Schädel darüber zerbrochen, was aus ihr wird, wenn ich meinen Plan wirklich durchziehe und diesen Mistkerl hinter Gittern bringe.«

Aufmunternd nahm ich seine Hand in meine und hauchte einen Kuss auf die aufgeraute Haut darauf. »Glaubst du, es ist besser für sie, wenn Rich nicht mehr in ihrer Nähe ist? Denn ehrlich gesagt, ich weiß es nicht und ich glaube, nur du allein kannst das richtig beurteilen und letztendlich entscheiden.«

Kians Kiefermuskeln spannten sich wütend an. Doch die Wut galt nicht mir. »Ich glaube, sie würde ohne ihn in der

Klapse landen. Oder an einer Überdosis Antidepressiva sterben. Besser würde es ihr aber sicher nicht gehen.«

Das hatte ich mir leider fast schon gedacht. »Dann weißt du ja, welche der beiden Optionen dir bleibt.« Niedergeschlagen seufzte ich leise und legte meinen Kopf auf seiner Brust ab, um seinem stürmischen Herzschlag zu lauschen.

22
Kian

Einige Tage nach dem Gespräch mit Gray und dem Angebot, das er mir gemacht hatte, konnte ich vorhin tatsächlich den von seinem Notar aufgesetzten Vertrag unterschreiben. Damit war ich offiziell der Leiter des Lockwood Konzerns, das Milliarden Umsatz im Jahr vorzuweisen hatte und mich damit mit einem Schlag zu einem schwerreichen Typen machte.

Überhaupt wunderte es mich, dass dieser Drecksack bisher nichts gegen mich unternommen hatte. Er wusste genau, dass ich über seine Bilanzfälschungen Bescheid wusste, kannte die Wahrheit über Alice und mich, und doch tat er nichts. Nicht einmal meiner Mutter schien er es erzählt zu haben. Vielleicht aus purer Scham oder weil sie keinen Schimmer von seinem Steuerbetrug hatte. Oder auch ... weil er sie tatsächlich tief in seinem kalten Herzen liebte.

Was auch immer der Grund dafür war, ich würde diesem ganzen Scheiß jetzt ein für alle Mal ein Ende setzen.

Mit gestrafften Schultern und tief durchatmend betrat ich sein Büro, ohne mich von Cheryl aufhalten zu lassen. Rich saß wie gewohnt an seinem Schreibtisch, starrte jedoch aus dem Fenster, statt auf den Monitor vor seiner Nase.

»Ich habe mich schon gefragt, wann du endlich zu mir kommst und dich entschuldigen willst«, begann er mit herablassendem Lächeln, als er sich zu mir umdrehte und mich bat, mich zu setzen.

»Danke, ich bleibe nicht lange«, lehnte ich freundlich ab und grinste, als seine Gesichtszüge für einen Moment entglitten. »Ich bin nur hier, um dir zu sagen, dass Lockwood mich abgeworben hat und ich ab sofort der Leiter seines Konzerns bin. Du musst dir also einen anderen Dummen suchen, der die Arbeit für dich macht.«

Richs Gesichtsfarbe wechselte innerhalb von Sekunden von Weiß zu Rot. »Du kannst nicht gehen, dein Vertrag läuft noch bis nächstes Jahr und bis dahin gehört dein Arsch mir, verstanden?«

Ich lachte. »Ist das so? Denn ich bin mir sicher, dafür lässt sich eine Lösung finden.«

Rich stand auf und baute sich vor mir auf. »Was glaubst du eigentlich, wer du bist, du kleiner Pisser? Dank mir bist du überhaupt noch in den Staaten. Wag es also ja nicht, mir zu drohen.«

Spöttisch sah ich auf ihn herab. Denn selbst wenn er sich auf Zehenspitzen stellen würde, überragte ich ihn noch immer um einen halben Kopf. »Du kannst der Einwanderungsbehörde gerne Grüße von mir ausrichten. Mein Vertrag bei Lockwood ist längst unterschrieben und er ist unbefristet. Außerdem war ich vorhin in der Stadt und habe mir zufällig ein hübsches, nettes Loft gekauft, das ab sofort mein ganz eigener Hauptwohnsitz ist, über den du nicht bestimmen kannst.« Richs Kopf platzte fast, so sehr glühten seine Augen vor Wut. »Du hast nichts mehr gegen mich in der Hand, Arschloch. Du kannst mir nichts wegnehmen, was ich freiwillig abgegeben habe.«

»Und was jetzt? Verpfeifst du mich bei der Staatsanwaltschaft? Du weißt, mit diesem Geld, um das ich den Staat betrogen habe, gab ich deiner Mutter und dir ein Dach über dem Kopf. Ein ziemlich komfortables sogar. Ich habe mich immer um sie gekümmert, auch wenn du es nicht sehen wolltest. Und jetzt fällst du mir so in den Rücken und willst mich auffliegen lassen?« Richs Wut wandelte sich in Verzweiflung und ich war mir nicht sicher, ob ich ihn je so gesehen hatte.

»Nein«, sagte ich entschlossen und schob mir gelassen die Hände in die Hosentaschen. »Ich werde dich nicht verraten und werde auch nicht zur Staatsanwaltschaft gehen. Zumindest nicht, wenn du dafür sorgst, dass mein Vertrag hier umgehend aufgelöst wird und du dich weiterhin um meine Mutter kümmerst.«

Rich schien nicht nur überrascht, er war vollkommen verwirrt. »Seit wann machst du dir Gedanken um deine Mutter? Ich dachte, du gibst mir die Schuld dafür, dass sie so krank geworden ist. Wieso auf einmal die Einsicht?«

Ich schwieg. Schließlich ging es ihn nichts an und außerdem hatte ich keine Lust, mich von diesem Wichser provozieren zu lassen.

»Du meine Güte, es ist die Kleine, nicht wahr? Sie ist der Grund dafür, dass du dich zurückhältst, statt mir eine reinzuwürgen, so wie du es schon immer wolltest.« Rich lachte gehässig auf. »Die reinste Ironie des Schicksals, oder Kian? Zuerst engagierst du sie, damit sie dir hilft, mich aufs Kreuz zu legen, dann aber – vermutlich nachdem du *sie* aufs Kreuz gelegt hast – lässt sie mit ihrer ach so bezaubernden Art dein Herz erweichen und überzeugt dich davon, mich in Ruhe zu lassen. Nur damit du deine Mutter schützt. Ist das nicht unglaublich witzig?«

Ich ließ ihn diesen kleinen Triumph genießen, denn ich wusste, es war das letzte Mal, dass ich ihm erlaubte, sich über mich lustig zu machen. Außerdem hatte er immerhin nicht ganz Unrecht mit seiner Vermutung. Es war Alice, die letztendlich alles veränderte. Doch dafür war ich ihr unendlich dankbar. Sie ließ mich ruhiger werden, gelassener. Denn sonst hätte ich diesem Arschloch in diesem Moment mit Sicherheit eine verpasst, dafür, dass er immer noch wie ein Geisteskranker lachte.

»Ist gut, ich werde dafür sorgen, dass du so schnell wie möglich aus dem Vertrag kommst und werde natürlich auch weiterhin auf deine Mutter achten«, sagte Rich irgendwann, nachdem er sich beruhigt hatte, und sah mich mit leicht beeindrucktem Lächeln an. »Wer hätte gedacht, dass du eines Tages über mich siegen würdest? Fast verdienst du dafür meinen Respekt.«

Offensichtlich nur fast. Denn schon im nächsten Moment verschwand sein Lächeln und sein Blick wurde finster. »Wag es ja nicht, deiner Mutter etwas von all dem zu erzählen. Hast du verstanden, Kian? Sie würde das nicht ertragen. Gerade schien es ihr wieder besser zu gehen, nachdem sie dich und deine falsche Freundin kennengelernt hatte, mach es also nicht wieder kaputt.«

»Freundin«, korrigierte ich ihn mit einem selbstzufriedenen Grinsen. »Alice ist meine Freundin. Sie ist mein Mädchen.«

Rich hob zwar eine Augenbraue, schien aber nicht allzu sehr überrascht. »Umso besser. Dann wirst du deine Mutter nach deinem Auszug regelmäßig mit ihr besuchen. Das ist meine Forderung im Gegenzug zu dem, was du von mir verlangst.«

Damit konnte ich leben und nickte daher, als ich ihm meine Hand ausstreckte, um unsere Abmachung zu besiegeln.

»Außerdem wirst du mir einen neuen Ferrari kaufen von deiner Kohle, die du bei Lockwood verdienst«, forderte Rich plötzlich mit teuflischem Lächeln. »Meinen hatte deine Kleine ja geschrottet.«

»Kannst du vergessen«, erwiderte ich grinsend. »Das waren ein paar wenige Kratzer und ich habe sie längst ausbessern lassen.«

Rich knurrte unbefriedigt, verzog das Gesicht, ergriff aber dennoch meine Hand.

»Und jetzt hau ab, du bist in dieser Firma nicht mehr länger willkommen«, raunte er angesäuert. Doch ich wurde das Gefühl nicht los, dass er meinen Entschluss respektierte und fast sogar ein wenig Verständnis dafür bekam, dass ich keine andere Wahl hatte.

Es war bereits Abend, als ich die Preston Company zum letzten Mal verließ. Und diesmal sogar mit einem breiten, zufriedenen Lächeln auf den Lippen und einer Box mit meinen Sachen darin, die sich noch in meinem Büro befanden. Draußen roch es verdammt verdächtig nach Freiheit und das Einzige, was in diesem Moment an meiner Seite fehlte, war mein Mädchen.

Doch Alice war längst bei Gray und half ihm bei den Vorbereitungen für die Party, die er heute extra nur für mich veranstaltete – quasi als Willkommensgeschenk zu meinem vollkommen neuen Leben.

Tief sog ich die frische Luft in mich ein und machte mich auf den Weg zu Lockwoods Villa, aus der ich nach meiner Ankunft bereits dunkle Bässe wummern hörte, obwohl bis jetzt kaum Gäste da waren.

Ich betrat das gigantisch große Haus, zu dem die hinteren Terrassentüren offenstanden, und fand Gray im Wohnzimmer vor, der gerade dabei war, eine mir unbekannte

Rothaarige anzubaggern, die sich, auf welchem Weg auch immer, hierher verirrt hatte.

»Ha! Der Mann des Abends«, rief er, als er mich entdeckte. »Ladies und Gentlemen, darf ich vorstellen? Kian Paxton, der neue Geschäftsführer der Lockwood Group!«

Die Menschen um mich herum jubelten und klatschten, auch wenn sie sicherlich weder mich, noch Gray so richtig kannten. Einige Gesichter kamen mir zwar bekannt vor, doch das waren nur die Wenigsten.

»Du suchst sicher Cinderella, stimmt's?« Gray grinste mich an. »Ich hab sie vorhin zusammen mit East in der Küche gesehen. Vielleicht solltest du nachsehen, ob er noch lebt.«

Ich lachte amüsiert auf. »Danke, Kumpel! Für alles.«

Lockwood nickte nur und wandte sich dann wieder der Rothaarigen zu, während ich die Küche ansteuerte.

»Und du hast echt keine Angst, dass er wieder zurück in seine alten Muster fällt und dich mit anderen Weibern betrügt? Du weißt, ihm wird schnell langweilig«, hörte ich Easton quatschen, während er Alice dabei zusah, wie sie versuchte sich einen Drink zu mixen.

»Was willst du von mir, Price?«, seufzte Alice erschöpft. »Kian ist wie er ist. Wenn er das Gefühl hat, ich genüge ihm nicht mehr, dann ist das eben so. Solange es aber anders ist, bin ich glücklich und genieße die Zeit mit ihm zusammen. Was daran ist für dich so schwer zu verstehen?«

Easton schnaubte. »Ich wollte nur sichergehen, dass du weißt, worauf du dich bei ihm einlässt.«

Wütend ballte ich die Hände zu Fäusten und hätte ihm am liebsten direkt eine verpasst. Doch Alice kam mir zuvor und lächelte ihn zuckersüß an. »Ich vertraue ihm«, sagte sie überzeugt und nahm ihm damit allen Wind aus den Segeln. »Solltest du vielleicht auch mal versuchen.«

Sie schnappte sich ihren vollen Becher und ließ ihn einfach stehen, als sie die Küche verließ und geradewegs in mich hineinlief. »Oh, hey!« Ihre schönen, grünen Augen funkelten überrascht auf. »Wie lange stehst du hier schon?«, fragte sie prüfend.

»Lang genug, um bewiesen zu bekommen, dass ich mich für die Richtige entschieden habe«, raunte ich leise und küsste ihren Hals.

»Warst du bei Rich und hast alles klären können?«, fragte sie, als ich meine Arme um ihren zierlichen Körper schlang und sie an mich zog.

»Alles erledigt«, bestätigte ich grinsend. »Er wird meinen Vertrag bei der Preston Company auflösen und wird sich um Mom kümmern. Im Gegenzug möchte er, dass wir sie regelmäßig besuchen.«

Alice sah mich überrascht an. »Im Ernst? Das hat er verlangt?«

»Er sagte, es schien ihr die letzte Zeit etwas besser zu gehen, nachdem sie mitbekommen hatte, dass du bei mir bist.«

Sie nickte verstehend und lächelte erleichtert. »Heißt das, du bist endlich frei und kannst dein neues Leben beginnen?«

»Solange ich das zusammen mit dir tun kann?«, erwiderte ich heiser und nahm ihre Hand, um mit ihr aus dem Haus und in den perfekt gepflegten Garten von Lockwoods Anwesen zu gehen, wo es im Gegensatz zu drinnen angenehm ruhig und menschenleer war.

»Ich habe mir heute Morgen das Loft angesehen, von dem du vor ein paar Tagen erzählt hast«, gestand ich aufgeregt, weil ich nicht wusste, wie sie auf die folgende Nachricht reagieren würde.

»Und? Wie fandest du es?« Alice' Augen strahlten neugierig.

»Es ist möglich, dass ich es gekauft habe«, ließ ich die Katze aus dem Sack. »Für uns beide.«

Alice erstarrte und sah mich aus großen Augen an. Sie schien schockiert. Vielleicht auch fassungslos. Oder aber sie bekam Panik und wusste nicht, was sie dazu sagen sollte.

»Ich meine natürlich, wenn du überhaupt zu mir ziehen willst«, versuchte ich zu beschwichtigen und sah sie erwartungsvoll an. »Du musst nie wieder in dein altes Leben zurück, Prinzessin.«

Alice atmete ein paar Mal tief durch und räusperte sich dann mühsam. »Ähm ... Was *das* angeht ...«, begann sie drucksend und starrte nervös zu ihren Füßen. »Gray hat mir vorhin angeboten, für mich einen Platz an der Fort Myers University zu beschaffen, wenn ich es möchte. Er sagte, er sei es mir schuldig, dafür, dass ich ihm möglicherweise das Leben gerettet habe.«

»Aber das ist doch großartig. Oder?«, fragte ich grinsend und war etwas irritiert über ihre Reaktion. »Ist es nicht das, was du willst?«

Alice biss sich auf die Unterlippe. »Um ehrlich zu sein, bin ich mir nicht sicher. Ich meine, ich habe mein ganzes Leben lang nur gearbeitet. Aufs College zu gehen, ist etwas vollkommen anderes.«

Neckend stupste ich ihre Nase an. »Genauso wie einen ganzen Konzern zu leiten«, erinnerte ich sie und lächelte entschlossen. »Wenn ich das hinbekomme, schaffst du auch locker das College.«

Ich zog sie wieder in meine Arme und küsste sie.

»Seit wann bist du so positiv und voller Hoffnung?«, wollte sie amüsiert grinsend wissen und musterte mich prüfend.

»Seit du in meinem Leben bist«, hauchte ich gegen ihre Lippen und ließ sie damit erstrahlen.

»Und was machen wir jetzt?«, fragte sie, ihre Augen tief in meinen versunken.

»Wir beweisen Easton, dass er Unrecht hat.«

Alice lachte. »Nichts lieber als das.«

Zum ersten Mal in meinem Leben wusste ich, wie sich Glückseligkeit anfühlen musste und genoss jeden einzelnen Moment davon. Vor allem weil ich wusste, dass Alice der Auslöser dafür war.

»Ich glaube, ich liebe dich, Aschenputtel«, murmelte ich leise an ihrem Hals und suchte anschließend ihren Blick.

Alice schien den Atem anzuhalten und sah zitternd zu mir auf. »Dann sollte ich vielleicht doch besser zu dir ziehen«, scherzte sie mit warmem, berührendem Lächeln.

»Unbedingt«, erwiderte ich mit erleichtertem Grinsen. »Was meinst du, was ich dann alles mit dir anstellen könnte, wenn du immer bei mir bist?«

Alice strahlte und ihre Augen leuchteten voller Glück. »Ich liebe dich, Kian«, sagte sie schließlich und ließ damit den letzten Vorhang unseres früheren Schauspiels fallen.

»Ich bin voll und ganz Dein, Prinzessin. Du hast die Macht über mich und mein

Herz. Denn du bist mein Mädchen und du weißt ja, ich teile nicht gerne.«

Danke

Dankeschön an alle, die mich ermuntert haben, diesen Schritt zu wagen und mit dem neuen Laben »wolfswild« ein neues Genre zu begehen. Ich habe lange mit mir gerungen, doch die Neugier überwog am Ende doch. Und so entstand der erste waschechte New Adult Roman, mein Herzstück mit Kian und Alice, das euch hoffentlich genauso viel Freude beim Lesen bereitet hat wie mir beim Schreiben.

Danke an alle Fans und Leser, die mich immer und jederzeit unterstützen, mir mit ihren lieben Nachrichten und Kommentaren Mut machen, mich motivieren und mir Kraft geben. Ihr seid die Besten!

Danke deswegen an dieser Stelle ganz besonders an: Natascha R., Sabrina K., das Prachtmädel Vanessa, Maria Weish., Sabrina G., Sandra alias »Schurtzi«, Olga K., Manja S. und Jana V. Ohne euch wäre es unglaublich langweilig und meine Motivation würde im Keller versinken.

Vielen lieben Dank auch an alle Wölfchen in meinem Blogger Team.

Ganz besondern Dank auch an die wundervolle und einzigartige »Lilly«, Jacqueline, »London«! Du bist mein Plot-Friend und ich mag dich nicht mehr missen, mein Partner in Crime. Tausend Dank für deine Hilfe und Mühe, für deine Motivation, deine Arschtritte und fürs Zuhören!

Ganz, ganz lieben Dank auch an die fantastische Sandra R. Ihr seid einfach unglaublich und auch ihr habt mich während der gesamten Zeit wahnsinnig aufgebaut, habt mich motiviert und mir damit sehr viel Kraft geschenkt. Dankeschön für eure herzensguten, lieben Worte und eure Unterstützung!

Nathalie K., du weißt, ich hab dich wahnsinnig doll lieb und kann dir gar nicht genug dafür danken für die Hilfe, Unterstützung und Rettung, die du mir bei jedem Buch, an dem wir zusammenarbeiten, lieferst. Auf dich ist immer Verlass und deswegen bist du mein kleiner Fels in der Brandung. Dankeschön für alles!

Zum Schluss schicke ich ganz viel Liebe und Dankbarkeit an meine Familie, Schwiegerfamilie, Freunde und meinen ganz persönlichen Helden, der es nun schon über 13 Jahre an meiner Seite aushält! Ihr seid das Wichtigste für mich in meinem Leben, gebt mir Kraft, Hoffnung und Geborgenheit. Dafür liebe ich euch!

Uber den Autor

Katie Weber wurde 1986 in Sibirien geboren. Seit 1992 lebt sie in Deutschland. Schon als Kind wollte sie Schriftstellerin sein und schrieb oft und gerne Kurzgeschichten.

Bereits seit 2012 schreibt sie Bücher und hat sich 2016 dazu entschieden, diese zu veröffentlichen. Mit ihrem Lebensgefährten lebt sie in der Nähe von Heidelberg im schönen Odenwald.

Weitere Informationen unter:

Website: wolfswild.com
Facebook: facebook.com/katieweberautorin
Instagram: instagram.com/katieweberautorin

LESEPROBE

Hurt me GENTLY

WRECKED II

Prolog
Gray

Die langen Haare der Brünetten fielen über mein Gesicht, wie ein dichter Vorhang, der mir die Sicht auf das nahm, was meine Augen seit einer gefühlten Ewigkeit fixierten – ihre Titten, während sie rittlings auf mir saß und sich das nahm, was sie wollte.

Ich erinnerte mich nicht mehr daran, wie es dazu gekommen war, geschweige denn an ihren Namen oder daran, wer sie war. Mein vernebeltes Hirn spuckte nichts von all dem aus, was die letzten Stunden passiert war. Das Einzige, was ich wusste, war, dass ich nicht zuhause war und dass die Drogen, die ich vorhin genommen haben musste, mich beinahe betäubten, statt mich aufzuputschen.

Mein Schwanz war nicht einmal richtig hart, doch das schien die Dunkelhaarige mit den stark geschminkten Augen nicht zu stören. Sie ritt mich, als würde ihr verdammtes Leben davon abhängen. Dabei spürte ich kaum etwas und geil machte sie mich sowieso nicht wirklich.

Ich musste die Sache schnellstmöglich zu Ende bringen und mich von hier verpissen, wo auch immer ich hier war. Sobald die Tussi mit der Koksnase mich erkannte oder von irgendwem meinen echten Namen aufschnappte, war ich am Arsch.

Dank meines Vaters und seinem Namen war ich im ganzen Land bekannt wie ein bunter Hund. Die Bürde der Lockwoods wog schwer, zu schwer für meine abgewrackten Schultern, wie es schien. Denn seit Jahren schon, noch vor dem Tod meines Vaters, hatte ich meine Seele an den Teufel verkauft. Und das alles nur wegen der Drogen, ohne die ich heute kaum einen Tag überleben würde.

Wie gut, dass mein guter, alter Herr mit seinem Konzern Milliarden angehäuft hatte, die nun alle mir gehörten. Mir ganz allein. Ich war Einzelkind und meine Mutter war schon lange tot, noch ehe mein Gedächtnis bereit war, sich an sie zu erinnern.

Besser so. Sonst würde ich heute längst an der Nadel hängen und für einen einzigen Schuss die abartigsten Dinge tun.

Heroin war das Allerletzte. Genauso wie das tückisch funkelnde Crystal, das dich bis zur Unkenntlichkeit in etwas verwandelte, das eher einem Zombie glich als einem Menschen, und dich dann elendig verrecken ließ, während du um dein beschissenes, wertloses Leben bettelst.

Da blieb ich lieber bei meinem weißen Schnee und den vielen hübschen, bunten Pillen. Die hatten ohnehin einen viel besseren Effekt und ließen mich fliegen – manchmal wortwörtlich.

Mir reichte es für heute.

Lieber bezahlte ich eine Nutte, mir ordentlich einen Blasen zu lassen, als von dieser Schlampe wundgeritten zu werden.

Scheiße, merkte sie überhaupt, dass mein Schwanz in ihr immer kleiner wurde, statt aufrecht seinen Mann zu stehen? Dieses Mädchen hatte keine Ahnung, was sie da tat und außerdem turnte sie mich nicht sonderlich an. Noch so ein Grund, weshalb ich mich wunderte, was für abgefuckte Pillen ich vorhin eingeschmissen haben musste, dass ich mich dennoch auf sie einließ.

Jetzt war Schluss. Mein Geduldsfaden riss und ich stieß sie unsanft von mir runter.

Mit vor Schock aufgerissenen Augen fiel sie rückwärts auf die schäbige Couch, auf der wir saßen und begann zu jammern. Mir war das herzlich egal. Ich ließ sie protestieren und mich verfluchen, während ich aufstand, das Kondom abzog und auf den Boden schmiss, meine Jogginghose wieder hochzog und ohne mich noch einmal zu ihr umzudrehen oder etwas zu sagen, ging.

Fuck! Wo zur Hölle war ich hier gelandet?

Draußen kam mir rein gar nichts bekannt vor, nachdem ich das mir unbekannte Gebäude verließ, und nur die grell beleuchteten Palmen ließen mich wissen, dass ich noch in Florida sein musste. Immerhin etwas.

Nach kurzer Suche fand ich meinen schwarzen Pick-up am Straßenrand und stieg stolpernd in den Wagen. Wie ein Stein ließ ich mich hinter das Lenkrad auf das dunkle Leder des Sitzes fallen und starrte mit verschwommenem Blick durch die Windschutzscheibe.

Scheiße.

Vielleicht war es keine so gute Idee, selbst zu fahren. Vielleicht sollte ich besser Henry, meinen Chauffeur und Hausangestellten, anrufen, damit er mich abholte. Oder einen der Jungs. Möglicherweise auch Alice – Kians Aschenputtel, mit der er seit einiger Zeit wie ein glücklicher Idiot zusammen war und das Pärchendasein genoss. Wichser! Ich beneidete ihn darum. Obwohl ich jetzt, wo ich darüber nachdachte, keinesfalls Alice anrufen würde, damit sie meinen Arsch rettete. Die Frau hatte mehr Eier als wir fünf Jungs zusammen, so hatte ich manchmal das Gefühl.

An Optionen mangelte es mir scheinbar nicht, gerettet und abgeholt zu werden. Meine Freunde waren immer für mich da. Und Henry würde mich ebenso niemals im Stich lassen. Der Alte hatte ein so großes, gutes Herz, es reichte für uns beide.

Schnaubend startete ich den Motor und sah hinaus zur Straße, die von Laternen beleuchtet war, die ich doppelt und dreifach vor mir sah. Das dürfte eine interessante Fahrt werden, sollte ich es überhaupt schaffen, loszufahren.

Doch bevor ich tatsächlich wieder jemanden um Hilfe bitten und mir vor ihnen eingestehen musste, was für ein erbärmlicher Trottel ich war, schrottete ich lieber die Karre und versuchte, in diesem Zustand irgendwie nach Hause zu kommen.

Mein Stolz war zu groß, größer als es mein Verstand je war. Und mein Leben ... Es war ohnehin nichts mehr wert.

Hurt me GENTLY

Band 2 der WRECKED Reihe

Ab Herbst 2018 als Kindle E-Book und Taschenbuch erhältlich.

Weitere Bände der WRECKED Reihe:

Band 1: Love me LORDLY - Sommer 2018
Band 2: Hurt me GENTLY - Herbst 2018
Band 3: Crush me TENDERLY - Frühjahr 2019
Band 4: Play me VICIOUSLY - Sommer 2019
Band 5: Push me SLIGHTLY - Winter 2019